AS PORTAS DE ENEDINE

CRIMES, ABISMO E ASCENSÃO

Copyright © Edna Bernardes, 2022
Todos os dieiros reservados

Copyright © 2022 by Editora Pandorga

Direção Editorial
Silvia Vasconcelos

Produção Editorial
Equipe Editora Pandorga

Preparação e Revisão
Henrique Tadeu Malfará de Souza

Diagramação
3k Comunicação

Capa
Rafael Bernardes

Texto de acordo com as normas do Novo Acordo Ortográfico da Lingua Portuguesa

Dados Internacionais de Catalogação na Publicação (CIP) de acordo com ISBD

B522p	Bernardes, Edna
	As Portas de Enedine: Crimes, abismo e ascensão / Edna Bernardes. - Cotia, SP : Pandorga, 2022.
	348 p. ; 16cm x 23cm.
	ISBN: 978-65-5579-177-8
	1. Literatura brasileira. 2. Ficção. 3. Ação. 4. Suspense. I. Título.
2022-1847	CDD 869.8992
	CDU 821.134.3(81)

Elaborado por Vagner Rodolfo da Silva - CRB-8/9410

Índice para catálogo sistemático:
1. Literatura brasileira 869.8992
2. Literatura brasileira 821.134.3(81)

IMPRESSO NO BRASIL
PRINTED IN BRASIL
DIREITOS CEDIDOS PARA EDIÇÃO À
EDITORA PANDORGA
RODOVIA RAPOSO TAVARES, KM 22
CEP.: 06709-015 - LAGEADINHO - COTIA - SP
TEL. (11) 4612-6404

www.editorapandorga.com.br

EDNA BERNARDES

AS PORTAS DE ENEDINE
CRIMES, ABISMO E ASCENSÃO

PandorgA

Agradecimento

Agradeço a Deus infinitamente, que me resgatou de abismos obscuros e me deu ordem para escrever este livro e reintegrar-me à vida! Agradeço aos grandes poetas, escritores e pensadores, influências salutares em minhas decisões e escolhas. Agradeço minha mãezinha, Dirce Souza, que falou sobre o passado e seu romance com meu pai, Lázaro Bernardes (in memória), antes que o Alzheimer roubasse completamente suas memórias. Agradeço a minha amada tia Maria e ao tio Jaime que, generosos, pacientes e cordiais, esclareceram infinitas dúvidas sobre meus antepassados. Agradeço meu companheiro Josenaldo que incentivou cada linha escrita, ouvindo minhas narrativas regadas à lágrimas exorcizadas. Agradeço aos meus filhos iluminados, Mariana, Marcia e Rafael, que fraternos e amorosos, não me deixaram desistir e aliviaram minhas crises existenciais com doses exageradas de amor. Agradeço às minhas netas Luiza e Beatriz, que ao longo dos dois anos da confecção do livro, lindas e inocentes, torceram a todo momento por sua conclusão. Ressalto minhas 11 irmãs, Matilde, Aparecida, Vera Lúcia (in memória), Veronice, Nair, Maria do Carmo, Rosangela, Romilda (in memória), Rosa, Eunice, Cristiane, e meu irmão Adilson, que colaboraram, cada um à sua maneira, para as muitas etapas desta proposta! Agradeço de coração minha amiga Valéria que me trouxe pessoas especiais! Agradeço incomensuravelmente à Vanessa Rodrigues, um ser de Luz enviado por Deus, de sorriso branco e franco, que entendeu minha intenção, e apoiou minha obra, acreditando em nosso potencial divino! Agradeço a cada personagem singular que fez parte de minha trajetória e ajudou em minha construção. Obrigada a todos! E não posso deixar de agradecer, é claro, a todos os leitores e curiosos literários que fazem do mundo, um lugar melhor para se viver, mais inteligente, e muito mais esclarecido! Obrigada Deus!

Prólogo

Sou muito mais leitora do que escritora, é um fato! E se não temos caminhos asfaltados, precisamos aprender a andar na lama e desatolar os pés, antes que o barro seque. Este livro nasce da dor, da ousadia e da coragem de enfrentar todo tipo de críticas. Demorei 25 anos para me engajar nesta obra por achar que eu não tinha estudo suficiente. A vida ensina e se torna um grande magistério, se a gente se colocar no banco do aluno. Vou morrer de qualquer forma, então não posso morrer sem tentar! Deus me capacitou, em virtude de esclarecer acontecimentos que serão salutares para a vida de muitas pessoas trancadas em suas portas de lamentações. Tenho certeza que as impressões aqui escritas, colocarão à superfície da vida, infinitos motivos para refletir sobre a própria existência!

Sumário

1. Enedine Montanha dos Santos O disparo do revólver (1983) — 14
2. Dulce Feliciano dos Santos Cambé, Paraná (março de 1953) — 21
3. José Feliciano e Palmira Espírito Santo (Presidente Bernardes, 1922) — 22
4. Lauro Montanha da Silva (Cambé, 1952) — 25
5. Frederico e Estela (1929) — 27
6. O baile – Fazenda da Esperança (Cambé, 1953) — 30
7. O namoro (Cambé, 1953) — 32
8. A traição – Mirna Maria da Conceição (Cambé, Paraná, 1953) — 33
9. Benemérito Dias Mesquita (Cambé, 1953) — 36
10. Miguel Hamadiko e João Cândido Severo (Cambé, 1953) — 38
11. A feiticeira Malvina Tempestade (Cambé, 1953) — 40
12. O velório – Fazenda Mesquitas (Cambé, 1953) — 44
13. O casamento (Cambé, 1955) — 47
14. Mirna e o feitiço da vingança (Cambé, 1955) — 51
15. O amanhecer de uma mulher – Fazenda Pedro Cristino (Cambé, 1955) — 53
16. Clotilde e Margarida – Fazenda Pedro Cristino (Cambé, Paraná, 1956/1957) — 57
17. A insatisfação de Lauro – Fazenda Pedro Cristino (Cambé, Paraná, 1957) — 58
18. Jandaia do Sul/Lucimara – Fazenda Jandainha (1957/1958) — 60
19. Água fervendo – Fazenda Jandainha – Paraná (sexta e sábado, 1960) — 62
20. Manchete dos jornais (Londrina, Paraná, 1960) — 66
21. Tereza (Jandaia do Sul/Borrazópolis, 1960) — 69
22. Desatinos (Paraná, 1961) — 71
23. Bela Vista do Paraíso (Paraná, 1961/1962) — 73
24. Bicatu (Cambé, 1961/1962) — 75
25. Nadir – Fazenda Bicatu (Cambé, 1962) — 77
26. Carmem Lúcia – Fazenda Bicatu (Cambé, 1963) — 79
27. Elizângela – Fazenda Bicatu (Cambé, 1964) — 80
28. Pão com manteiga – Fazenda Bicatu (Cambé, Paraná, 1965) — 82

29.	Rosas e feitiço – Fazenda Bicatu (Cambé, Paraná, 1965)	84
30.	Fazenda Figueiras (Cambé, Paraná, 1966)	86
31.	João Augusto Dias Mesquita (Cambé, Paraná, 1966)	87
32.	Família Beraldin – Fazendinha São José (Cambé, Paraná, 1967)	89
33.	Dias felizes – Fazendinha (Cambé, Paraná, 1967)	91
34.	Trégua para o amor – Fazendinha São José (Cambé, Paraná, 1967)	93
35.	Brigite – Fazendinha (Cambé, Paraná, 1968)	94
36.	A lenda dos cavalos mágicos – Fazendinha (Cambé, Paraná, 1969)	95
37.	Enedine – Fazendinha (Cambé, 1969)	100
38.	Suzana – Fazendinha (Cambé, 1970)	102
39.	Rosália – Fazendinha (Cambé, 1971)	103
40.	Capital de Sonhos (São Paulo, 1972)	105
41.	Mais do mesmo – Fazendinha (Cambé, 1972)	107
42.	Alice – Fazendinha (Cambé, 1973)	108
43.	Fazenda Figueiras (Cambé, 1974)	109
44.	Sítio do Júlio André – Ribeirão Vermelho (Cambé, 1974)	111
45.	São Paulo a qualquer custo (dezembro de 1974)	113
46.	Casa de Marta (Campo Limpo, 1975)	115
47.	Enedine e Duque (Campo Limpo, 1975)	117
48.	Juarez e Severo Taxistas (Campo Limpo/Olaria, 1975)	118
49.	Jardim das Oliveiras (Olaria, junho de 1975)	119
50.	Leonardo (Jardim das Oliveiras, outubro de 1975)	121
51.	Celino Motta (Jardim das Oliveiras, 1976)	123
52.	Negro como ébano (Olaria, 1976)	125
53.	Competências de Brigite (Olaria, 1976)	127
54.	Balanço e surra de pneu (Olaria, 1976)	128
55.	Mensageira (Campo Limpo, julho de 1976)	130
56.	O bem e o mal (Campo Limpo, julho de 1976)	132
57.	Valentina (Aparecida do Norte, agosto de 1976)	134
58.	Escola (Campo Limpo, outubro de 1976)	135
59.	Seu Silas (Jardim Maria Virgínia, 1978)	136
60.	Recicláveis (Faria Lima, 1978)	138
61.	Brigite evasiva (Jardim Maria Virgínia, 1978)	140
62.	Vai trabalhar, menina! (Faria Lima, 1978)	141
63.	Irmãs crescidas (Faria Lima, 1979)	143
64.	Casa da Mãezinha (Jardim Martinica, 1979)	144

65.	Cardápio de meninas (Jardim Martinica, 1979)	145
66.	Brigite modificada (Jardim Martinica, 1979)	148
67.	Um pé de manga (Jardim Martinica, 1981)	150
68.	Aninha (Jardim Martinica, 1981)	151
69.	Enedine usuária (Jardim Martinica, 1981)	152
70.	Robertinho (Campo Limpo, 1981)	154
71.	Banco escolar vazio (Jardim Martinica, 1982)	157
72.	São Pedro e a Cantina Italiana (Jardim São Pedro, 1982)	159
73.	Trabalho distante (Jardim São Pedro, 1982)	160
74.	Família Cristo (Cerqueira César, 1982)	161
75.	Natal de 82 (Jardim São Pedro)	163
76.	Maurício Teixeira (Jardim São Pedro, 1982)	165
77.	Dorinha (Cerqueira César, 1982)	166
78.	Sumiço de Brigite (Jardim São Pedro, 1983)	168
79.	Jardim Nakamura (ponto de encontro, 1983)	170
80.	Negócios com bandido (Jardim São Pedro, 1983)	173
81.	Ouro dos outros (Cerqueira César, 1983)	174
82.	Natal fatídico (São José do Rio Preto, 1983)	176
83.	Novo Oriente (Parque Ipê, Campo Limpo, 1984)	178
84.	Crime e trabalho (Parque Ipê, Campo Limpo, 1984)	180
85.	Família Clarim (Caxingui, São Paulo, 1984)	182
86.	Juventude assassinada (Jardim Novo Oriente, São Paulo, 1984)	184
87.	Os bons da boca (Jardim Novo Oriente, São Paulo, 1984)	186
88.	Brigite e Tibiriçá (Jardim Novo Oriente, São Paulo, 1984)	188
89.	Malu Montanha (Jardim Novo Oriente, São Paulo, 1984)	191
90.	Um saco de ouro (Jardim Novo Oriente, outubro de 1984)	193
91.	Gangues femininas (Jardim Novo Oriente, São Paulo, novembro de 1984 a maio de 1985)	195
92.	Natal de 1984 (Jardim Novo Oriente, São Paulo)	197
93.	A jovem Brigite (Jardim Novo Oriente, São Paulo, junho de 1985)	199
94.	Um tiro na noite (Jardim Novo Oriente, São Paulo, 1º de junho de 1985)	201
95.	Dia dos Namorados (Jardim Novo Oriente, São Paulo, junho de 1985)	204
96.	Recorte de Jornal (Jardim Novo Oriente, São Paulo, junho a agosto de 1985)	207

97.	Aids e furtos solitários (Jardim Novo Oriente, São Paulo, junho a agosto de 985)	209
98.	Sorveteria (Jardim Novo Oriente, São Paulo, agosto de 1985 a março de 1986)	211
99.	Picolés e massas geladas (Jardim Novo Oriente, São Paulo, agosto de 1985 a março de 1986)	213
100.	Germano da Silva (Jardim Novo Oriente, São Paulo, agosto de 1985 a março de 1986)	215
101.	Pó de café e enxoval (Jardim Novo Oriente, São Paulo, março a julho de 1986)	217
102.	Gabriela Montanha (Jardim Novo Oriente, São Paulo, julho de 1986)	219
103.	Roseane Fernandes Linhares (São Paulo, 1978)	221
104.	Uísques e baralho (julho de 1986)	224
105.	Visita para Enedine (Jardim Novo Oriente, São Paulo, julho de 1986)	225
106.	Rosana Shinkai (Pinheiros, São Paulo, 1986)	227
107.	Tribunal do crime (Jardim Novo Oriente, São Paulo, 1986)	229
108.	CEAGESP e sabores (Pinheiros, São Paulo, 1987)	231
109.	Casal conflitante (São Paulo, 1987)	232
110.	Dra. Isabel (São Paulo, 1987/1988)	233
111.	Daniel Montanha (Vila Carrão, São Paulo, 1988)	236
112.	Replanejar (São Paulo, 1988)	238
113.	Boca do lixo – Rua Aurora (São Paulo, 1989)	240
114.	Favela que subtrai (Jardim Novo Oriente, São Paulo, 1989)	243
115.	Coragem para mudar (Jardim Novo Oriente, São Paulo, 1989)	245
116.	Jardim Miriam (São Paulo, 1989)	247
117.	Lima Refeições (Jardim Miriam, 1989/1990)	248
118.	Fraldinha e chupeta (Jardim Miriam, São Paulo, 1990/1991)	251
119.	Tentativas de emprego (Jardim Miriam, São Paulo, 1990/1991)	252
120.	Show de Calouros (Jardim Miriam, São Paulo, 1991)	255
121.	Boteco na favela (Jardim Miriam, São Paulo, 1992)	258
122.	Festinha para Daniel (Jardim Miriam, São Paulo, 1991/1992)	259
123.	Joel Domingos (Jardim Aeroporto, São Paulo, 1993)	261
124.	Balde, rodo e esfregão (Jardim Miriam, São Paulo, 1993)	262
125.	Lauro convalescente (Jardim Miriam, São Paulo, 1993)	267

126. Edifício Conchas (Vila Mariana, São Paulo, 1993)   269
127. Espírito de cantador (São Paulo, 25 de junho de 1994)   271
128. Chama o síndico (Vila Mariana, São Paulo, 1994)   273
129. Dra. Marlene Alves de Castilho (Mooca, São Paulo, 1995)   276
130. Governanta (Mooca, São Paulo, 1995)   278
131. Carteira de joias (Mooca, São Paulo, 1995)   280
132. Novos rumos (Vila Mariana, São Paulo, 1997)   282
133. Entrevista (Alto de Pinheiros, São Paulo, 1997)   284
134. Irmãos gêmeos (Alto de Pinheiros, São Paulo, 1997)   286
135. Esfregão e esperança (Alto de Pinheiros, São Paulo, 1997)   288
136. Porta trancada (Alto de Pinheiros, São Paulo, 1997)   290
137. Venda de jaquetas (Alto de Pinheiros, São Paulo, junho de 1997)   292
138. Escalope de filé mignon (Alto de Pinheiros, São Paulo, 1997)   294
139. Cimento e computador (Alto de Pinheiros, São Paulo, 1997)   296
140. Almoço para a cliente (Alto de Pinheiros, São Paulo, outubro de 1997)   297
141. Mamas e Dualid (Hospital Brigadeiro, São Paulo, 1997)   299
142. Obrigada, doutor (Alto de Pinheiros, São Paulo, 1998)   301
143. A ocasião faz o ladrão (Alto de Pinheiros, São Paulo, 1998)   303
144. Reforma na favela (Jardim Miriam, São Paulo, 1998)   305
145. Tempo iminente (Alto de Pinheiros, São Paulo, 1998)   307
146. Perspectivas (Alto de Pinheiros, São Paulo, 1998)   309
147. Encosta o caminhão (Jardim Miriam, São Paulo, 1998)   310
148. Vila Menck (Osasco, São Paulo, 1998)   312
149. Invólucros pardos (Alto de Pinheiros, São Paulo, 1998)   314
150. Primeiros paletós (Alto de Pinheiros, São Paulo, 1999)   316
151. A fila virou a esquina (Alto de Pinheiros, São Paulo, fevereiro de 2000)   317
152. Ateliê da Idalina (Alto de Pinheiros, São Paulo, 2000)   319
153. Dona Zaquia Hodaka (Alto de Pinheiros, São Paulo, 2000)   321
154. Um piso de um prédio (Vila Madalena, São Paulo, 2001)   322
155. Quatro rodas vendem mais (Vila Madalena, São Paulo, 2001)   323
156. Contrato social e notas fiscais (Vila Madalena, São Paulo, 2001)   325
157. Um carro e uma casa (Vila Madalena, São Paulo, 2002)   327
158. A família de Enedine (Vila Madalena, São Paulo, 2002)   329
159. Mundo corporativo (Vila Madalena, São Paulo, 2002)   331

160. Registro em carteiras (Vila Madalena, São Paulo, 2002) 332
161. Encantar clientes (Vila Madalena, São Paulo, 2009) 333
162. Um amigo, talvez (Vila Madalena, São Paulo, 2009) 334
163. Passado de tormentas (Vila Madalena, São Paulo, 2009) 336
164. Maria Luiza e outras pessoas (Vila Madalena, São Paulo, 2010) 338
165. Acompanhante (Vila Madalena, São Paulo, 2011) 340
166. Cruzeiro em alto-mar (2011) 341
167. Não olhes para trás (São Paulo, 2011) 346

1 Enedine Montanha dos Santos
O disparo do revólver (1983)

O alvorecer da manhã era bem-aventurado no Jardim Canaã, região oeste de São José do Rio Preto. Era véspera do Natal de 1983! Dia especial para os seus moradores, que alimentavam as reuniões familiares. Faltavam algumas horas para o grande momento da oração, da união e da ceia coletiva. O açougue estava lotado, e uma jovem aguardava na fila. Enedine percorria lugares distantes de seus pensamentos confusos, e nem se atentou quando o dono do estabelecimento a chamou.

— Pois não, filha, o que vai ser para hoje, minha querida? — perguntou, brincalhão. — Quantos frangos e quantas paletas vai levar para a família? Capricha, para não faltar! Amanhã estaremos fechados!

Contudo, por instantes, Enedine permaneceu envolvida em uma bruma de considerações taciturnas e distantes e não atendia a nada em seu silêncio clandestino, como se estivesse em uma redoma sufocante, uma campânula de vidro em forma de sino, isolada e apartada do mundo. Refletia sobre sua mãe Dulce Feliciano, e seu pai, Lauro Montanha. Lembrava-se de seus dez irmãos distantes; pensava na polícia, que a procurava, na fuga de casa; e pensava em dona Adriana, que carinhosamente a chamava de menina. Dois meses haviam se passado. Estava aflita e perturbada!

Fugira de casa com um homem mais velho, proveniente de assuntos discrepantes. Estava em São José do Rio Preto, a centenas de quilômetros da família. Recentemente havia completado quatorze anos e não tinha ninguém para abraçar. Embora fosse uma menina avançada para os padrões convencionais, tornara-se sua própria antagonista! O peito estava oprimido com a ventilação bloqueada, sentindo-se aperreado, empurrando sua alma para um lamaçal pantanoso de águas turvas.

O dono do açougue percebeu a penumbra que lhe assomava o semblante. Era uma mocinha morena, alta, de cabelos cacheados, aparentando dezessete anos, mais ou menos. O comerciante chamou-a novamente. Ela voltou-se para ele com os olhos perdidos no tempo. Com a expressão sombria e um sorriso espontâneo, ela nublou o semblante e lhe respondeu:

— Bom dia, moço! Me desculpa! Eu tava distraída! Quero um pernil e uma peça pequena de lagarto.

Enedine retornou ao seu refúgio com os braços tomados de sacolas. Comprara muitos ingredientes para o preparo da ceia de Natal! Queria ocupar a mente e não desejava remoer a situação em que estava envolvida. Remoer era sinônimo de tortura e muitas lágrimas. À noite, Maurício voltaria, e eles jantariam juntos! O refúgio era uma fileira de casinhas simples alugadas para casais em lua-de-mel. Apresentaram-se assim à gerência, inibindo perguntas acerca de sua vida. Era mobiliado com o necessário para a empreitada que Enedine teria pela frente, e o horário das onze horas era bom!

Temperou o pernil com agilidade e o embalou em papel alumínio para acomodá-lo no forno. Depois ficou descalça e mais leve, para realizar as tarefas. Antes de iniciá-las, porém, acendeu um baseado e deu várias baforadas. Em seguida, pegou uma caixinha de incensos e os acendeu pela casa, na intenção de burlar o cheiro da maconha. Ao som de Johnny Rivers, envolveu-se no preparo de uma deliciosa refeição que alimentaria mais de uma dúzia de pessoas!

Enedine Montanha vinha de uma existência tão pobre que se estendia muito facilmente ao miserável. A necessidade de sobreviver e se livrar de tantas inconveniências e complicações a tinham levado a desenvolver maneiras muito singulares de assimilar e aprender tudo ao mesmo tempo. Livre por omissões e despreparos, era solta no mundo desde os seis anos de idade, se arranjando por meios que somente Deus podia explicar. O ato de cozinhar se tornara uma paixão, concedendo-lhe ricos conhecimentos, através da cozinha de mulheres fantásticas.

O Natal era uma data muito especial para Enedine! A magia que envolvia o nascimento de Jesus, as refeições melhoradas e a família unida, por maior que fosse a pobreza, lhe enchiam a alma de uma alegria triste, mas também de esperanças!

Finalizou a ceia às 19 horas e forrou a mesa com uma toalha de estampas natalinas. Por volta das 20h30, colocou uma fita cassete para ouvir Maria Bethânia cantar Explode coração enquanto se banhava. Pegou o sabonete e a bucha vegetal, friccionando-os e formando com ele espumas perfumadas, que iam crescendo como nuvens em suas mãos! Massageou seu corpo jovem com vigor e lembrou-se de Maurício, seu paladino – se é que podia chamá-lo assim. "Paladino desincumbido", talvez, seu algoz! Estavam juntos havia alguns meses, vivendo uma vida a dois. Era um homem interessante, de traços bonitos que ele não fazia questão que se avultasse. Nutria um olhar profundo, e quando a afrontava quase entrava em seu âmago desprotegido! Era atencioso e gentil e lhe escrevia lindos poemas de amor!

Saiu do banho e escolheu um vestido de musseline vermelha, cheio de babados esvoaçantes, para combinar com a flor escarlate que adornava o cabelo lavado e perfumado. Adorava vermelho! E era noite de Natal! A cor púrpura combinava!

Junto com Maurício, tinham vindo dúvidas, devaneios, medos e uma série de novas sensações confusas na alma de Enedine. Agir com desenvoltura, tratar vários assuntos com liberdade e ser uma jovem desembaraçada e marrenta transmitiam a mensagem de largas experiências! Nunca havia sequer namorado! Não houvera tempo para isso em seu trajeto até ali, e de repente se vira acumulando um tanto de emoções confusas em seu coração, as quais não conseguia resolver em sua adolescência desinformada. Decidira segui-lo pelos labirintos que ele conhecia tão bem, totalmente entregue e confiante! Segurara em sua mão e enveredara, excitada e curiosa, pelos caminhos do amor livre, do sexo arrebatado e da entrega sem frenesi. Estava apaixonada por um errante!

Na mesa tinha enfeite floral, velas e frutas. Ela preparara o lagarto com *bacon*, para depois cortá-lo em fatias discretas e regá-lo com molho da borra da panela. O pernil desmanchava num pirex de vidro, decorado com cebolinha verde. Acompanhavam arroz, maionese e uma miscelânea de rúcula, alface e tomate! Colocou champagne barato para gelar e fez manjar branco com damascos em calda.

As horas iam longe, e o relógio apontava 22 horas! Pela manhã, antes de sair, Maurício havia dito que não chegaria tarde. Sabia que iam comemorar a ceia de Natal e que ela só tinha a ele, naquela cidade desconhecida. Principiou a ficar ansiosa e saiu para respirar a brisa noturna. Queria ouvir o barulho da moto roncando, trazendo-o para ela, mas não ouviu.

Ficou sentada na calçada, de vestido vermelho e flor púrpura no cabelo, assistindo a encontros e ouvindo risadas felizes como uma canção de Natal.

Rio Preto vibrava! As lojas estavam decoradas com o que havia de melhor para chamar a atenção dos clientes indecisos. Intenso fluxo de pessoas apressadas e cheias de sacolas! Contavam também vendedores ambulantes e outros artistas. Mexicano era um artesão hospedado em Rio Preto havia dois meses. Sua arte trabalhava pequenos pedaços de madeira, onde ele tatuava, com uma caneta pirógrafo, desenhos ou textos específicos que o cliente quisesse. O dia se transformava em crepúsculo, e ele estava a postos! Seu público não buscava artesanato, e sim uma substância diferente para a cabeça. Por volta de 19 horas, um jovem o interpelou:

— E aí, Mexicano, tem aquele do "bom", prometido pra hoje?
— Opa, da melhor qualidade, irmãozinho! — respondeu.
— Tá quanto as parada, Mexicano?
— Vinte cruzeiros a paranga com haxixe e trinta o papelote da pura!

O rapaz se projetou, metendo a mão no bolso.

— Vê pra mim então quatro parangas e dois papelotes!
— Beleza, irmãozinho!! Tá na mão!! Vai com Deus! — Mexicano finalizou, entregando-lhe a droga.

Maurício Teixeira era conhecido como Mexicano pelos "irmãos" de Rio Preto – apelido expedido por causa de seu inseparável chapéu mexicano, um sombrero negro de abas largas. Era estratégico, assim como as madeiras artesanais, para ocultar o tráfico de drogas. O alinhamento sobre um carregamento se arrastava havia mais de uma semana! Maurício lembrava-se da conversa pela manhã.

— E é isso, Mexicano, a carga vai chegar aqui na cidade na véspera de Natal! E é claro que nóis acredita que tudo vai dar certo, cê tá ligado, irmão? Temos uma escolta firme e forte nos bastidores, e a equipe tá trabalhando igual gente grande. E você fica esperto! Assim que a parada estiver pronta pro comércio, sua pessoa entra na distribuição! — disse um sujeito chamado Craio.

Era um negro alto, impactante, de trinta e dois anos, com aspecto de quarenta, que trajava roupas de qualidade e ostentava joias verdadeiras, o que não mudava em nada seu aspecto de origens duvidosas. Tinha cara feia, cicatrizes de eventos infelizes, e era muito considerado na irmandade. Entrava nas negociações conectado até as raízes de seu cabelo afro e gostava de trabalhar com Mexicano.

— Fica em paz, tamo junto, você sabe! Se dei minha palavra, vou cumprir! — Maurício falou.

Deteve-se em seus pensamentos e lembrou-se de Enedine. Definitivamente ela não ia entender! E ele havia prometido que voltaria cedo. Não contava com o imprevisto! A carga avaliada em milhões de cruzeiros ia chegar depois do Natal. Tinham surgido problemas na organização, tudo se antecipara, e ele não podia dizer não ao amigo. Estava em maus lençóis e sabia! Entretanto, varreu com vigor os pensamentos e as lembranças perturbadoras de sua jovem amante e colocou-se a postos.

Enedine não sabia quanto tempo havia passado contemplando a felicidade alheia. Já passava de 23 horas, e a lua estava alta, clara e linda. O céu começava a se colorir com alguns fogos de artifícios se insinuando antes da meia-noite. Revestida de tristeza, Enedine voltou para dentro de casa. O aroma dos assados enchia o ar. Estava arrasada, desiludida e com o coração aflito! Precisava fazer algo! Qualquer coisa, desesperadamente!! Decidiu fumar um baseado. Encaminhou-se até a gaveta para pegar a maconha e notou o revólver 38 no fundo. Lembrou-se de Maurício quando lhe disse:

— Qualquer coisa, você prega bala em qualquer filho da puta que folgar, viu? Depois a gente vê o que faz!

Ele havia dito isso por consequência de certos mal-entendidos, e a ensinara a usar a arma.

Enedine fumou um baseado, depois dois, depois três, e depois já não sabia quantos mais. Estava muito louca e fora de sintonia com a esperança!! A maconha já não era satisfatória! Precisava de algo maior! Mais forte! Abriu o armário onde Maurício guardava suas cachaças e tomou um litro inteiro de tequila amarga. Enedine transportava-se para um ambiente nebuloso e escuro. Só enxergava o deserto e a solidão em que se encontrava. Angústia e aflição no peito. Saudades da família!! Tinha vontade de falar, mas sua voz rouca não saía! Sofria de mau funcionamento da laringe.

Mesmo sem voz, chamou baixinho pela mãe, e sentiu-se de fato uma menina. Jovem demais, desprotegida demais! Sentiu-se sozinha e estava muito mal. Estava muito bêbada! E devagarinho, homeopaticamente, foi ouvindo o som da própria voz, que vinha serpenteando, se insinuando e abrindo caminhos através de suas dolorosas cordas vocais. E, como larva cuspida de um vulcão em erupção, ouviu a eclosão, a emissão de sua voz, arregaçando a garganta inchada e cansada. Como um animal ferido, gritou pela mãe aos prantos:

— Aaaaaah, mãe! Que saudade, mãe! O que vocês fizeram pra janta, hoje?! Fiz um monte de comida, mãe! Mas não tem ninguém pra comer! E o pai?! Tá tudo bem com ele?! Não bebeu hoje não, né? Ele tá são?! E as meninas?! Tá todo mundo aí?! Eu tô com muita dor de cabeça, mãe!! Preciso que as pessoas parem de gritar! Eu sei que eu errei! Me perdoa, mãe, me perdoa, pai! Me perdoa, dona Adriana!! Me perdoem, me perdoem!

Enedine mal conseguia falar, apenas balbuciava falas disformes, babando nas palavras. Seu coração gritava claramente um pedido de perdão aos pais. Seu rosto estava lavado em prantos, com um olhar vermelho e distorcido. "Os fantasmas do ambiente nebuloso e muito escuro se uniam coletivamente querendo levar uma alma para o inferno, e se erguiam diante da jovem trôpega".

As vozes fantasmagóricas estavam elevadas. Muito altas! Enedine estava em estado de pânico total e absoluto, prestes a ser lançada no inferno! Não conseguiria sobreviver àquela gente toda, querendo trucidá-la. Eram muitas pessoas apontando e gritando. Não conseguiria fugir dali! Estavam vindo em sua direção para matá-la! Eles iam matá-la! Sabia que iam matá-la!

Olhou na direção do móvel, no canto da parede, e se dirigiu a ele cambaleante, com o corpo pesando uma tonelada. Abriu a gaveta e pegou o revólver. Ficou observando a arma e ouvindo coisas horríveis. Estava tudo errado! Ela estava errada! A vida não era boa, era uma miserável!

Sentou-se na cama defronte ao espelho, fitando a si mesma por um tempo que lhe pareceu infinito, eterno, imorredouro. Seus olhos estavam abrasados, injetados e acesos, desfigurando a beleza jovem de seu rosto. Nem mesmo uma flor púrpura conseguia alegrar-lhe a face! O lindo vestido de musseline vermelha esvoaçante era uma cachoeira de sangue a sujar-lhe o corpo e condenar-lhe a alma. Os fogos de artifício começaram a explodir ao longe, ruidosos e incessantes. Estava totalmente amorfa, disforme e horrenda! Podia ouvir o som das pessoas, ainda que distantes, desejando feliz-natal com efusão e alegria. Não tinha ninguém para acalentar sua dor! Não tinha ninguém para abraçar e desejar feliz-natal! Não tinha ninguém para beijar e dar amor. E tinha tanto amor dentro de si, tanto amor! Sua imagem no espelho estava borrada, suja, criminosa e desproporcional. Não gostou do que viu! Não gostava de si! E aquela não era ela! Não era a jovem Enedine de apenas quatorze anos. Levou o revólver até o alto de sua têmpora no lado frontal direito da cabeça e... puxou o gatilho!

2 | Dulce Feliciano dos Santos
Cambé, Paraná (março de 1953)

Dulce era uma rapariga de dezessete anos, bonita por natureza e formosa como um botão. O pai, José Feliciano, era um homem negro, e a mãe, Palmira, era branca e descendente de índios. União que lhe trouxera a singular beleza cabocla. A fazenda do Seu Pedro Cristino era próspera, cujo ponto forte era o cultivo do café. O pai de Dulce desfrutava de confianças conquistadas, e moravam numa casa de cômodos arejados. Tinham uma linda visão do nascer e do pôr-do-sol na varanda onde o pai contava causos no final de tarde, quando chegava da roça.

Dulce estava ansiosa para o baile de logo mais à noite. O vigor da mocidade lhe dava combustível suficiente para encher-lhe a vida de doces expectativas, e o rubor lhe afogueava o semblante quando se lembrava de Lauro. Ah, como ele era lindo! E forte! E trabalhador! A irmã dele havia lhe contado além do necessário, para quem nem precisava de maiores ressaltos, sobre o interesse do rapaz.

— Ele tá caidinho por causa docê, Dulce! Sua mãe terminô o vestido? — Marta perguntou.

— Ah, tá terminando, Marta! Meu pai comprô o tecido na cor que eu pedi! — respondeu Dulce.

3 | José Feliciano e Palmira Espírito Santo
(Presidente Bernardes, 1922)

A caminho de Londrina, José Feliciano se viu divagando em memórias. Era um crioulo alto e magro, com ossos fortes igual a um dinossauro. Nem bonito nem feio, tinha uma aura de altivez que o assentava interessante. Rosto fino coberto por espessa barba negra a lhe compor o visual, sempre com um chapéu de palha disposto. O olhar era miúdo e observador, inclinado aos pretos sofridos e desconfiados. Ainda moço, seguiu para Presidente Bernardes/ Vale do Paranapanema, em busca de melhores recompensas. Disposição para trabalhos braçais lhe deram alcance a pequenas fortunas, guardadas a sete segredos!

Em meio à pobreza daquela gente, avistou uma linda jovem branca com aspectos indígenas. Fitava-o, tímida e curiosa, através de uma fresta na porta. Ela ansiava saber quem era o negro de porte orgulhoso, que vez ou outra conversava com a mãe em sua casa. Ele despertara seu interesse! No coração crescia o desejo de sumir daquele lugar, que cheirava a sangue de gente inocente.

Feliciano pediu sua mão em compromisso. Queria-a muito, loucamente apaixonado! Poucos meses depois, frequentando a casa, casaram-se, no ano de 1922. Ele, com vinte e oito, ela, com dezoito anos de idade!

Em Presidente Bernardes, iniciaram a vida em moradas de barro e sapé. Anos depois, José Feliciano vendeu o que tinha e partiu com a mulher e seus filhos bernardenses. Martinópolis ficava a vinte e nove quilômetros e era uma cidade próspera! Em alguns anos, José Feliciano tivera êxitos, fartas colheitas com seu trabalho, e deu abrigo a um rapaz chamado João Cândido, que o seguiria por muitas empreitadas. As crianças eram saudáveis, dispostas e sem doenças importantes; só não tinham acesso ao essencial e não sabiam que o saber era essencial". Não falavam em estudo porque isso não era importante para as famílias mais simples da roça. Na cultura dos pais caipiras, só os mais ricos precisavam de estudo!

Feliciano conheceu Pedro Santana Cristino, fazendeiro forte e homem de bom coração que ganhou sua confiança. Pedro negociava safras de café em Martinópolis, e viu no homem negro e orgulhoso um pai de família dedicado e sujeito de valor. Guardava há tempos um projeto sobre alambique e esperava um parceiro de caráter ilibado, para encarar a missão. Oferecia condições favoráveis para seu contratado, desde que o sujeito tivesse coragem para trabalhar e desejo de ganhar dinheiro. José Feliciano tinha força, saúde, desejo de ganhar dinheiro e filhos pequenos para criar. Então o agricultor partiu com sua família para Cambé, no estado do Paraná, a 173 quilômetros de Martinópolis.

Ouvia muitas histórias sobre a cidade, quando demorava um pouco mais nas compras da semana, no Armazém Cambeense, do Seu Horácio, onde todos os colonos, meeiros, capatazes, porcenteiros e fazendeiros iam buscar suprimentos. O dono conhecia todos os fregueses e tinha uma caderneta para anotar os fiados. As compras eram colocadas em sacos de papel pardo, e as mulheres costuravam embornal de pano para levar a mercadoria. Pendurados nos caibros do estabelecimento e seguros por ganchos de ferro ficavam, às vistas, polpudas mantas de carne de sol e toucinho, embutidos de mortadela, queijos curados, linguiças e requeijão. Não podia faltar uma pinguinha "lambe os beiços", no copinho de fundo grosso, para ser consumida ali mesmo!

Feliciano sempre se abastecia do aroma inigualável, enquanto aguardava e observava o entrar e sair de gente de todo jeito. Era um sujeito que falava pouco e ouvia muito! Tinha gosto quando avistava Frederico Montanha saltar do cavalo, em meio àquela confusão! Era seu vizinho de roça, contador de histórias, e adorava uma bazófia! Sempre brindavam o encontro com uma boa cachaça. Toda vez que se encontravam, travavam no armazém longa prosa acerca dos assuntos favoráveis às suas lidas!

Dentro de sua cabeça, José Feliciano, um crioulo sem eira nem beira, sentia orgulho de si mesmo, muito recatado e tímido. Não era homem de vaidades bestas e desnecessárias. Fazia parte daquilo tudo, com muito trabalho, suor derramado e dignidade! E, com tantas lembranças lhe consumindo os miolos, seu compasso ficou lento, sem que notasse. O cavalo relinchou e puxou as rédeas de sua mão, como se quisesse avisá-lo. Num sobressalto à realidade, riu da situação, ajeitou a postura, incitou o animal e continuou seu galope para as Casas Pernambucanas.

4 Lauro Montanha da Silva
(Cambé, 1952)

O povo do campo tinha uma alegria diferente na Folia de Reis, e aguardava ansioso a passagem dos foliões. As canções eram sobre temas religiosos, versos cantados, falas improvisadas e lindas danças típicas, como catira ou cateretê.

Altivo e na flor da idade, com dezenove anos, Lauro estava feliz no meio dos amigos. Os jovens estavam vestidos de maneira alegre, para justificar a comemoração. José Feliciano ouviu a cantoria animada e logo se apresentou na varanda de sua casa. Os carnavalescos se amontoavam no pé de sua escada, com lampiões para iluminar o caminho. Os rapazes e as moças prestigiavam os pândegos. Lauro dirigiu as palavras ao dono da casa, reverenciando o canto:

Seu José aqui estamos, parados em seu terreiro...
Queremos cantar e tocar, mas a passagem pedimos primeiro!
Seu José, a casa é sua, olha nós, aqui sorrindo...
Venha ver o céu de estrela, que ilumina um Menino!
Velho José, a casa é sua, e se escutar, entendereis...
Que dos ventos tão distantes vêm chegando os três Reis!
Viemos lhe cantar as modas, e também lhe visitar...
Velho José, a casa é sua, e Deus quer te abençoar!

Sucedeu alegria coletiva com a permissão do dono da casa, e os galhofeiros foram entrando e se acomodando! Dulce observou o moço bonito e falante e ofereceu-lhe um refresco de limão rosa. Lauro se deparou com a jovem parada à sua frente; num instante, seus olhares se cruzaram profundamente! Ela tentou desviar num lampejo, num momento fugidio, sem no entanto conseguir. Ele a deteve em seu olhar por infinitos segundos, e achou a moça bonita demais!

Os foliões voltaram para casa de madrugada. Falavam, riam e cantavam junto às roças viçosas de café. Estavam cansados, suados e felizes! A iluminar-lhes o caminho, tinham a lua por companheira, lampiões dispersos em suas mãos, e a juventude como um abraço a lhes enaltecer a vida. Daquele dia em diante, Lauro não deixaria de pensar na cabocla bonita, e só a veria dentro de três meses. O baile badalado e falado ia acontecer na fazenda da esperança!

Lauro era um rapaz trabalhador e muito cobiçado pelas moças. Sujeito bronzeado das lavouras, estatura alta, magro, tinha um espesso cabelo preto a emoldurar seu rosto bonito. Era linha de frente na lida com os irmãos mais novos, e se o galo cantava de madrugada ele acordava junto. Bom irmão, filho dedicado, sempre aparecia com uma piada pronta. Era um exímio contador de causos e dono de um magnetismo singular, que o colocava sempre às voltas com muita gente, sobretudo a mulherada, que brotava como suas roças de café!

5 | Frederico e Estela (1929)

O pai de Lauro tinha origem humilde e era um rapaz indumentado de beleza. Descendente de italianos, nascido em 1902, em Pouso Alegre, tinha cabelos loiros e olhos claros bem aventurados. Herdou a sabedoria de benzer o povo e fez dessa atividade seu ofício! Costumava dizer que "das plantas ele entendia tudo, e as palavras eram suas aliadas". Andava com corcéis equipados e era um viajante vaidoso. Suas camisas e calças eram de alfaiataria qualificada, e a cingir-lhe o pescoço usava um lenço de seda vermelho. Atravessava longas distâncias com seus ramos de arruda e seu terço sempre à mão. "Não custa nada!", ele falava, quando indagado sobre o valor de suas visitas. "Deus me dá de graça e de graça eu também dou!". Assim, ele não sabia onde colocar tantos presentes em forma de grãos, animais, dinheiro e joias. Sua fama de benzedor corria e se alastrava, levando-o para propriedades à mercê de doenças e pestilências.

Manoel Flores Magogue era um rico fazendeiro. Em tempos de humilhação e descasos, por causa da cor de sua pele, instituiu aos filhos que se misturassem com os brancos para melhorar a raça. Estela Flores Magogue, uma de suas filhas, nasceu em 1911 em Congonhal, e aos dezoito anos ainda era solteira. Morena, estatura baixa, corpo delineado em curvas bem cheias e cabelos enrolados, às primeiras vistas não chamava atenção pela beleza estética. Estudou durante um curto período, tempo suficiente para lhe trazer as bênçãos da leitura, proporcionando-lhe visões panorâmicas e pensamentos modernos através dos livros.

A propriedade era um dos grandes amores de Manoel. Estava sem dormir havia alguns dias, preocupado. Os animais tinham começado a morrer da noite para o dia, sem nenhuma explicação! Frederico fora convidado, e depois das orações descobriu, escondido no meio de matagal viçoso, um ninho de serpentes venenosas. Estela acompanhava de longe as idas e vindas do rapaz, que desfiava prosas e contava causos por longas horas na sala de sua casa. Manoel viu, no jovem benzedor, uma ótima oportunidade para a filha se casar! Era um rapaz branco, que havia conquistado sua amizade! Ela agradeceu a Deus o milagre do amor! Casaram-se em 1929, na Capela São José, em Congonhal. Ela, com dezoito anos, ele, com vinte e sete anos. A festa foi realizada na Fazenda Flores. Manoel fez questão de pagar tudo do bom e do melhor, para alegrar sua filha!

O casal iniciou a vida em Congonhal, e Frederico contava com o dote da mulher. Nasceram os primeiros filhos, e Estela, uma esposa dedicada, se desdobrava para ajudar. Estava sempre envolvida em malabarismos emocionais para que as feridas abertas logo no início não fossem remexidas.

— Tá vendo, Teia, aquele seu pai ranzinza bem que podia ajudá! Num era pra nóis tá nessa vida dura dos inferno não, muié! Vaca, bezerro, porco! Acha que isso é dote!?! Um miserável, isso sim!

Eram muitos nascimentos de crianças e abortos naturais. Estela costurava dia e noite, sem nunca reclamar o que deixara para trás. Amava Frederico! O dinheiro do pai não lhe interessava, e não guardou mágoas sobre o dote. Mas Frederico era pobre, sem herança, e tinha crianças pequenas para sustentar. As rezas e os benzimentos continuavam sendo solicitados e eram pagos com presentes que já não atendiam às suas necessidades.

Soube que, em Ipuiúna, a vida estava melhor, a sorte não lhe sorriu como havia sonhado. Foram para outros rumos entre a Chapada e depois para Poços de Caldas. Os filhos, em idade de trabalhar, se empregavam em armazéns e roças de fazendas vizinhas.

Anos depois, Frederico partiu novamente com sua família para Cambará, no Paraná, a 465 quilômetros de Caldas. Empregaram-se numa fazenda de café, tendo os filhos mais velhos como garantia do sustento da família. Frederico era tomado por inquietudes, e nenhum lugar apaziguava sua alma. Tinha certeza de que seu pote de ouro o estava esperando no final do arco-íris. Sem êxito em Cambará, mudou-se para Andirá, depois para Ipaussu e para Santa Cruz do Rio Pardo.

Aos dezessete anos, Lauro estava cansado e irritado com os desatinos e as indecisões do pai. Em Santa Cruz, Frederico adoeceu de um mal-estar sem precedentes. Vomitava tudo o que comia, tinha náuseas e feridas pelo corpo. Queimava em febre sem ter reza para si próprio, e ficou acamado durante dias que viraram meses. A esposa se apegava às preces e súplicas e fazia decocção de ervas selvagens. Lauro começou a ir ao armazém da cidade fazer as compras. Passou a gostar da tarefa e esperava o sábado com ansiedade! Era agradável sair da roça e ter outras visões das cercanias.

No armazém, conheceu a professora Lavínia Delphina. Ela se agradou de seus modos e reparou em sua beleza. Ele também se agradou dela, e se abraçaram num romance descompromissado. Ela era viúva, não tinha planos de casar-se, e Lauro chegava como uma bênção em sua vida sofrida! Novo viço, descontração e risadas gostosas! Furtavam-se no galpão de grãos, e ela se encantava com o rapaz pobre, enquanto ele vivia um amor de magistério!

Frederico se recuperou e, sem diagnóstico da doença misteriosa, aludiu a enfermidade a algum feitiço.

— Certeza que foi mandinga da bruxa Malvina Tempestade! Eu conheci ela em Florestópolis, numa comitiva que mi deu carona há muito tempo atrás! Só pode sê, uai! — disse para a mulher.

O breve relato sem aprofundamento detalhado deu o caso da doença como resolvido e encerrado. Descontente em Santa Cruz, Frederico tinha certeza de que a família iria viver melhor em Cambé.

6 | O baile – Fazenda da Esperança
(Cambé, 1953)

Lauro e Dulce se viram poucas vezes depois da Folia de Reis. Os poucos encontros aconteciam mediados por Marta, que se tornou o cupido dos apaixonados. Às vezes, o rapaz era surpreendido e ficava admirando a morena descer as ruas de café junto com a irmã, somente para lhe ver! Momentos que passavam tão rápido como um suspiro! No coração de Dulce, junto a outros pedaços de estórias, tudo se costurava como uma trabalhada colcha de retalhos.

Os bailes na roça eram os eventos mais aguardados no povoado. Os olhares de Dulce e Lauro se encontraram. Ela esbanjava romantismo e o seduzia de maneira sutil. O corpete superior do vestido verde-água era sem mangas e tinha alças fininhas, decorado com pequenas flores bordadas. No decote suave, um bonito colar verde. O cós era marcado com cinto largo em forma de laçarote a envolver a cintura fina. A saia era volumosa, rodada, e fazia movimentos como se pudesse dançar sozinha. Os longos cabelos pretos estavam soltos, e a maquiagem era um pó de arroz cor da pele e um batom vermelho ressaltando os lábios. Em seu peito, o coração batia em ritmo descompassado!

Lauro tinha aroma almiscarado e chamava a atenção das moças solteiras que o abordavam às claras. Mas ele só tinha olhos para a morena que o espreitava. Estava orgulhoso e seguro de si! Vestia camisa branca de algodão com listras fininhas em forma de relevo, calça social azul-marinho e um pequeno lenço de seda verde no pescoço. Seus cabelos pretos estavam reluzentes com o poder da brilhantina!

Dulce o olhava encantada, e ele a elogiava abertamente em cantadas versadas. Dançaram todas as músicas com prazer indescritível, permitido apenas pelo romantismo da juventude. Dulce descobriu nele um pé de valsa recôndito, e Lauro a conduzia com molejo e graça pela festa. Andavam de mãos dadas pelos ritmos musicais, com tempo para muitas conversas sussurradas ao pé do ouvido e declarações poéticas de amor inicial. Momento apropriado para um contato mais próximo de seus corpos, assinalando a certeza de união!

No outro dia, Lauro falou com o pai sobre a donzela, e foram visitar o vizinho e sua família. Pediu Dulce em namoro! Cumpriu os costumes da época e cortejou a moça na casa dos pais!

7 | O namoro
(Cambé, 1953)

Nos fins de semana, se arrumavam com suas melhores roupas e usavam seus melhores bálsamos. Dulce auxiliava nos afazeres domésticos e cuidava do galinheiro, lugar de lembranças de Joãozinho, onde às vezes perdia-se em pensamentos sobre o moço, que um dia fora embora sem dizer-lhe adeus. Mais tarde se arrumava e aguardava o encontro com seu noivo de alianças. Pensava em Lauro dia e noite, e um calor natural subia por seu corpo, colorindo sua face! O namoro era cercado de pudor e recato. No momento de ascensão, Lauro os trazia sem ultrapassar os sinais, respeitoso e sério com a moça!

Após as tarefas do sábado, Lauro se aprontou para encontrar Dulce. A mãe pediu-lhe que ficasse em casa para descansar e conversar um pouco. Tocada de amor maternal, esboçou desejo em acariciar seu rosto bonito, todavia não o fez, para não enfraquecê-lo. Apontou para o céu escuro, anunciando chuva pesada. Ele não se importou! No semblante, vestígios de episódios tristes dos últimos dias.

Sua feição desalentada vinha sombreando seu espírito alegre. O chapéu preto estava caído na fronte. Cavalgava devagar e pensativo! O pai havia sumido por uma semana e, questionado, argumentou de modo plausível. Buscou desfecho favorável para seus sumiços sigilosos. Lauro estava cansado de tanta insensatez, logro e mentiras! Discutiu com o pai, às vistas da mãe, e ela não interferiu em nenhum momento.

Aos vinte e dois anos, Lauro era o filho mais velho da casa, e a mãe nutria por ele amor incondicional! Dos irmãos tinha o respeito e a confiança, e das irmãs mocinhas, a admiração!

8 | A traição – Mirna Maria da Conceição
(Cambé, Paraná, 1953)

Lauro tinha uma paquera chamada Mirna Maria da Conceição. Moça bonita, de porte médio, magra e elegante, tinha cabelos loiros e fartos, sempre soltos ao sabor do vento. Tinha os olhos claros e uma personalidade voluntariosa. Contava vinte e um anos e era especialista na arte do amor. Conheceu-a num baile venturoso, frequentado por rapazes solteiros, com flertes mais avançados. O primeiro olhar foi um gatilho para despertar fantasias, e ela se tornou sua amante! Encontros às escondidas e tórridos momentos de luxúria! Estava apaixonada e aguardava casamento!

Lauro lembrou-se de Mirna no caminho para a casa da noiva. Estava apreensivo e não achava jeito para dar a notícia de seu casamento. Era uma paixão avassaladora que ficaria no passado! Não era moça para altar! Todavia, gostava quando ela se ancorava nele aos beijos e abraços! Visitava Mirna nas noites escuras, e assobiava no cafezal perto de sua casa. Ela inventava desculpas para os pais e corria ao seu encontro. Linda e envolvente, conduzia-o para uma cabana na mata.

Num ímpeto, puxou as rédeas do cavalo e, decidido, seguiu para a casa de Mirna. Não seria boa companhia para Dulce! Não naquele dia! Arrumaria uma boa evasiva para a noiva e, com jeito, ganharia o indulto!

A mãe ficaria aliviada! Há tempos ele chegava de madrugada igual cachorro arrependido em sua pujança, pisando leve para não acordá-la, e vez ou outra ela estava lá, sentada no sofá da sala, às escuras. Ele prometia ser a última vez, mas continuamente retornava para os braços da amante.

Nunca ocorriam encontros durante o dia, por isso Mirna ficou em dúvida quando ouviu o assobio. O tempo estava frio, e a chuva, ameaçadora. Olhou-se no espelho, insuflada pela vaidade, e voou lépida os poucos metros que os separavam. Ele estava abatido e diferente do sujeito que ela conhecia: sem beijo, sem abraço e sem calor! As interrogações faziam rugas em sua testa. Entraram na cabana aquecida de lembranças. Ele abriu a janela, tirou o chapéu e o pendurou num gancho da parede. Olhou-a em silêncio, desejou palavras certas, se debruçou na claraboia e falou:

— Nóis vamo nos apará, Galega! Há dois anos tenho compromisso cuma moça em Cambé, e vô mi casá im breve! Tô ensaiando esse discurso faiz muito tempo, mas o desejo de voltá sempre foi maior!

A chuva caía copiosamente, e tudo escurecia. Mirna virou-se de costas, olhando pela janela, para esconder os olhos úmidos. Não anelava aquele término! Não esperava ser tão desdita, e não queria perdê-lo! Sentiu sua presença tão próxima e um silêncio triste entre eles. Lauro calou-se; esperava sua reação, numa quietude sem paz e alma sem calma. Ela passou o dorso das mãos pelos olhos, secou as lágrimas, juntou seus resquícios de dignidade, olhou-o demoradamente e falou:

— Vejo qui ocê tá decidido, e si esse é nosso último encontro, num me dexe hoje não! Fica comigo! — suplicava insinuante, tocando em seu rosto. — Dê ao menos um desfecho feliz pro meu coração!

Ele se desarmou dos compromissos e amarras, e se amaram pela última vez na cabana incomum.

No domingo, Lauro acordou indolente e despediu-se carinhosamente da rapariga. Alcançou o chapéu pendurado e saiu caminhando pelas roças viçosas. Balançou as galhadas irresistíveis dos pés de café, só pra ver a água espalhar. Puxou o animal pelas rédeas, devagarinho, e alcançou a rua para montá-lo. Reparou em outro cavaleiro na mesma direção. Diminuiu o ritmo quando ouviu seu nome:

— Lauro, meu amigo! Mais num é ocê? Acaso tá perdido por estas bandas, meu companheiro?

Era Natanael, seu amigo de distrações que há muito não via. Contavam idades semelhantes, e ele nutria muita estima pelo rapaz. Encostaram os animais, apearam e apertaram as mãos fortemente.

Natanael Aleixo Fortes tinha um bigode de Charles Chaplin que dava à sua fisionomia uma graça peculiar. Tinha um comportamento excêntrico a lhe compor os sentimentos, e os amigos diziam, em tom de brincadeira, que de "forte" ele não tinha nada! Era um chorão convicto e desimpedido da vergonha em se emocionar. Não importava a distância que o separava da morte; Natanael estava lá, chorando pelo morto, que ele sequer conhecia! Lauro, a princípio, no início da amizade, achava que era uma brincadeira rega-bofe e ria do bem-criado, que se punha magoado ante as pilhérias depreciativas de sua dor. Nos portais do tempo, seu modo exótico, chorando sobre caixões desconhecidos, acabou se tornando assunto natural e respeitado entre seus comuns. Vez ou outra, quem não o conhecia e se colocava a par de sua resenha não se monitorava; por mais que tentasse, e diante da dor da morte, quase morria de rir!

9 | Benemérito Dias Mesquita
(Cambé, 1953)

Benemérito Dias Mesquita era dono de muitos alqueires de terra e empregava dezenas de trabalhadores! Paranaense do saco roxo, olhava o mundo com maiores dimensões e ansiava por que a justiça adormecida se levantasse. Tinha quarenta e nove anos, porte altivo e atlético, um verdadeiro homem do campo! Ativista destemido, invocava para si o ódio de muitos antagonistas de plantão. Era casado com Ana Maria e pai de Maria Rita e João Augusto. O rapaz tinha dezesseis anos, e a menina, catorze.

Em cima de seu cavalo, com arma de fogo na cintura, percorria os povoados apaziguando maquinações perversas e ajudando os pobres. Era formado em agronomia, e seu embasamento sobre a educação agrícola consistia, antes de tudo, em valorizar o trabalhador e mostrar-lhes que a agricultura era a mais nobre das ocupações. Sem ostentar nenhum título, era chamado de Dr. Mérito pelos mais humildes, que o tangiam igual a uma autoridade.

Um dia o céu ficou escuro, anunciando tempestade. Benemérito conversava com um chegado no Armazém Cambeense. Envolvido em boa parola, aludiu pressa em retornar antes do agueiro. Despediu do amigo, aguilhoou o corcel e saiu a galope.

Quando Benemérito nasceu, seu pai viu o "bem" assinalado nele! Caminhos escolhidos honraram a perspectiva paterna. Três capangas armaram emboscada para ele num trecho de mata, que os camuflava, numa aba do caminho. Desmerecendo a intenção de seu nome, de forma indigna o assassinaram! Seu corpo estava amarrado ao tronco de uma árvore! Seu torso de coragem estava despido, e ele vestia apenas calça de brim azul. Sua camisa branca de linho estava rasgada, jogada no lamaçal escarlate, formado abaixo de seus pés descalços!

Ferimentos expostos davam-lhe méritos de quem lutou até o último instante. Com vários tiros à queima-roupa, o herói do povo estava com os olhos abertos, denunciando dor e perplexidade.

Lauro foi tomado por uma crescente indignação! Na encosta da estrada, ouvia calado a narrativa do amigo Natanael. Tentava processar seus próprios problemas pessoais, mais a morte de um baita homem! Natanael, lastimoso, com a voz querendo embargar, tendo a atenção do amigo captada a lhe facear, falava emocionado, como se pudesse aliviar sua dor no relato funéreo:

— Uma tragédia, rapaiz! A notícia si espalhou igual língua di fogo! Eu tô indo lá no armazém pegá umas encomendas pra minha mãe! Assim que eu terminá, vou inté sua casa! Vamos chorar a morte dele mais tarde!

Lauro concordou, desorientado, e seguiu seu percurso.

10 Miguel Hamadiko e João Cândido Severo
(Cambé, 1953)

Dulce estava zangada com o bolo da noite passada. Enquanto escovava os dentes, pensava: "Muito bonito! Eu toda perfumada pra ele, pamódi sê enganada! Onde já se viu?! Tá pensando que não tenho quem me queira!? Com dois paqueras loucos por mim, e ele me dando uma banana?! Ah, se o Miguel e o Joãozinho soubessem disso! Ai, ai! Que saudade deles, viu! Que saudade!".

Miguel Hamadiko era um imigrante japonês que buscava oportunidades e melhores condições de vida no Paraná. Vizinho de José Feliciano, aceitava todos os convites do mais velho para ficar perto da moreninha. Trabalhador e responsável, aos trinta e quatro anos era dono de bons alqueires de terras na região e prometia ser um marido sério e zeloso com sua pretendida. Com as bênçãos de Feliciano, tudo se tornava mais fácil para casar-se com Dulce. Ela gostava de ser cortejada, porém fazia-se de desentendida. José Feliciano apoiava, mas não podia mudar o coração da moça.

João Cândido Severo nasceu numa pobreza danada, nos confins da Bahia. Mala de pano com cadeado de nó, ainda menino sumiu-se pelo mundo em busca de uma vida melhor. Abandonado em Martinópolis, Feliciano o conheceu no armazém da cidade, quando João tinha treze anos. Foi trabalhar com o velho, e logo conquistou saúde. O amor da família foi um bálsamo milagroso, que despertou no catraio uma coragem impulsiva. Sua dedicação desmedida foi decisiva para ser contratado definitivamente.

Tinha porte mediano, e era um rapaz bonito, de pouco riso e olhar triste. Se encantou por Dulce ainda criança, e acompanhou o desenvolvimento da menina. Nos cultivos de algodão e café, o pai a chamava para mostrar-lhe as plantações. Perspicaz, Joãozinho seguia a visita explicativa, cheio de amor, falando das lavouras, sem tirar os olhos da trigueira. As respostas positivas da moça aos seus galanteios aumentavam sua esperança! Nada podia separar dois eixos interligados que se queriam! O desvanecer de sua espera e a certeza de ser muito pouquinho para ter seu amor chegaram no dia em que Lauro o desbancou. Desconsolado, com vinte e um anos, juntou sua pouca bagagem e se pôs a correr o mundo, em busca de outras fábulas!

11 | A feiticeira Malvina Tempestade
(Cambé, 1953)

Malvina Tempestade não gostava de ninguém. Se embrenhou na floresta, e na solidão da mata desenvolveu aprendizado de feiticeira. Era procurada para fazer amarrações de amor ou dissabor! Freguesia esdrúxula, as mulheres, em sua maioria, acreditavam que a pessoa amada podia ser induzida por feitiçarias eróticas. Malvina se abastecia de drogas provenientes de plantas, animais venenosos e a invocação de seres de outro mundo. A existência da feiticeira era assunto proibido e sussurrado às escondidas. Mirna criou coragem e decidiu procurá-la, em Florestópolis, a sessenta quilômetros de Cambé.

O dia estava claro e luminoso. Depois da noite de amor, Mirna galopou estradas conhecidas até adentrar um desvio para outros estreitos. Caminhos incômodos de cavalgadura para o animal. Decidida, prosseguiu. O dia escureceu, e surgiram cenários sinistros. As árvores que enfeitavam as estradas começaram a se transformar, macilentas e cadavéricas. Com medo aterrador, Mirna incitava ferozmente o cavalo na escuridão. O animal saltava alucinado, cruzando, com milagrosas piruetas, grandes penhascos que surgiam de repente!

Entregue aos solavancos, sentiu o animal freando e se jogou, relaxando os músculos tensos no dorso do animal. Levantou os olhos e ficou deslumbrada com a beleza diante de seus olhos: uma vereda de flores coloridas e uma linda cabana rústica com as portas abertas.

A sala era entrada e parada para quem chegasse. Tinha uma cristaleira e dezenas de vasilhames rotulados. As paredes eram preenchidas com retratos de pessoas estranhas que pareciam ter vida e clamavam para sair de suas prisões papelescas. No meio da sala, uma mesa de jacarandá. Dispostos nas laterais, um cântaro com flores, uma chaleira de chá, dois cálices de chifre, papel e lápis, uma lamparina apagada e uma bacia de esmalte branco com água violácea.

Mirna não conseguia desviar os olhos das fotografias que a encaravam de forma assustadora. Malvina estava sentada na cadeira, atrás da mesa. Excêntrica, vestia longa saia rodada de seda preta e regata de cetim roxo. Tinha colares adornando a sua goela, e o vasto cabelo prateado balançava solto, cobrindo parcialmente a sua face ossuda. Depois de observar o líquido na bacia por tempo indeterminado, levantou o olhar cinzento, encarando Mirna.

A rapariga sobressaltou-se! Sem apresentação, sem perguntar sequer seu nome, falou com voz cortante:

— Eu estava te esperando! Ninguém consegue achar a feiticeira Malvina se tiver indecisão! Pegue a chaleira de chá e encha os dois cálices! Acompanho todos os meus clientes no chá! Depois escreva o nome da pessoa que fez você enfrentar tantos perigos e me entregue junto com o cálice que usou.

O cálice e o papel foram atirados dentro da bacia e diluídos no líquido colorido. O rosto de Lauro apareceu no mar de águas revoltas, sem conseguir respirar. Mirna quase desmaiou! A bruxa a segurou pelos braços e balançou seu rosto, advertindo-a e fazendo revelações de sua vida.

Mirna estava confiante na estranha. Desfilou o enredo como se Malvina fosse sua melhor amiga.

— Podemos fazer uma magia de amarração de amor. Tem dado bons resultados! – a bruxa falou.

No rosto de Mirna, sombreou meio sorriso.

— Mas pode falhar também! — disse a bruxa, rapidamente, ao notar o faceado da jovem. — Não assanha muito as lombrigas, não! O sucesso vai depender do amor que une este rapaz com a sua noiva! Quando existe sentimento puro e genuíno, a feitiçaria pode azedar!

Mirna insistiu, e a bruxa continuou:

— O resultado de uma magia destas é a longo prazo e vai custar caro! Vou precisar de alguns animais de quatro patas; um tanto de animais de pena, uma quantidade de bebidas e comidas específicas; velas brancas e coloridas, incensos, fumo de corda e um fio de cabelo do rapaz.

Encantada, Mirna concordou!.

Malvina despediu-se da moça e relaxou em sua cadeira, sentindo uma alegria que vinha das tripas. O olhar estava fixo na parede mágica! A revelação fotográfica de Mirna foi se estruturando até aparecer o rosto inteiro. Em troca de feitiçaria, deixava a alma para a bruxa aumentar seu tempo na Terra. Aliados trevosos dificultavam a chegada de qualquer pessoa até a cabana; só interessavam as almas determinadas. Esfalfados e lassos eram interceptados pelas adversidades e fraquejavam.

Resfolegando, a bruxa contava o bolo de notas e pensava: "Então o filho do Montanha está dilacerando corações? Que mundo pequeno! Éééé, amigo Montanha, as pedras se encontram!". Malvina não perdoava quem cruzasse seu caminho, humilhando seus conhecimentos de feiticeira!

Certa vez, um fazendeiro rico da região a contratou para destruir tudo o que respirasse no quintal do vizinho. O sítio do mais pobre fazia divisa com suas terras, e ele o queria longe, para se apropriar do pequeno vale! O fronteiro vivia com a mulher e um bocado de crianças pequenas! Malvina fez um feitiço que arruinava pouco a pouco as terras do sitiante. Apenas a bondade virtuosa poderia desbancar a maldade. A Bruxa descansava deitada na impiedade, pois sabia que não existia esta compaixão na Terra!

Frederico era um contador de histórias mentiroso e enrolado, mas tinha em si um bom coração. Certa vez pegou carona com uma comitiva em Florestópolis, e andava pelo acampamento na hora da boia quando ouviu uma conversa entre dois peões:

— Mas rapaz, ocê viu só como tão ficando as terra do amigo Januário? O hómi tá numa tristeza di dá dó! Num tem remédio que dê jeito e nem conversa que o console! Sujeito bão danado! Recebia nóis cum tanta inducação! O povo tá falando qui fizero feitiçaria pra famía dele, e deram inté nome pra marvadeza! Uma bruxa chamada Marvina Tempestade!

Imbuído de amor fraternal, Frederico se compadeceu do pobre e quis voltar pelo caminho e oferecer suas rezas. O sítio estava em ruínas, carcomido de pestes e doenças sem cura. Januário, desnutrido e cansado, não acreditava mais em Deus. Não teve ânimo para despachar o séquito que lhe oferecia rezas sem pedir nada em troca. Não tinha nada a perder! Frederico, arrepiado dos pés à cabeça, pegou um feixe de ramos verdes e arruda. Na outra mão, segurou o terço e abriu os braços sobre toda a família. Pediu permissão às Alturas em silenciosa prece e chamou Januário à frente.

O sítio se recompôs e trouxe fartura aos pastos novamente! O fazendeiro rico difamou a bruxa aos quatro ventos e a colocou em desvantagem por muito tempo. A bruxa, por sua vez, alimentou ódio crescente por Frederico e buscou avidamente informações sobre sua vida! Não gostava dele e de nenhum Montanha! Malvada, grassou gargalhada diabólica que ecoou por toda a floresta.
— Ahahahahahahahahahahahahahahahahahahaha!!!!!!!!

Mirna ouviu a risada maléfica repercutindo pela mata, e um arrepio correu por sua espinha. Puxou as rédeas do cavalo e deu uma parada breve, virando-se para trás. O gramado verde, as flores e a linda cabana haviam sumido! No lugar, havia uma tapera de barro desprovida e mal-acabada! Fumaça preta saía pela chaminé torta. Sem entender nada, com o tempo lhe desfavorecendo para mais aventuras, balançou a cabeça, cabreira, instigou o cavalo e seguiu seu caminho. Sua fotografia, totalmente revelada, deixava à mostra seu sorriso bonito, e mais uma alma na coleção da feiticeira! Na tapera de barro escura e mal-ajambrada, começava a brilhar a luz de uma lamparina a óleo!

12 | O velório – Fazenda Mesquitas
(Cambé, 1953)

Estela fazia arroz no fogão à lenha e Frederico estava na sala, ouvindo rádio. O portão estalou, e o cavalo de Lauro relinchou, barulhento. Estela ajeitou as panelas na trempe menor e saiu à porta, secando a mão no inseparável avental. Ficou parada na porta, esperando o filho apear do animal.

— Bença minha mãe! — ele, gritou ainda em cima do cavalo.

— Deus ti abençoe, meu fio! Tudo bem? — perguntou com carinho maternal, sem atinar suas desventuras.

Lauro a chamou para fora e abriu o jogo dos últimos acontecimentos. A mãe fez o sinal da cruz, dando graças a Deus. Entendeu o apuro do filho em se livrar do rabo de saia e escutou a narrativa do que era doce e havia se acabado. Estava serena, e Lauro cogitou que a família não sabia do assassinato.

— Ocêis tão sabendo da covardia que fizero com o Dr. Mérito ontem, mãe?

A Fazenda Mesquitas ficava a trinta quilômetros do centro de Cambé. Numa colina próxima à reserva de mata, ficava a entrada do cemitério da fazenda. O ipê branco cheio de flores, plantado há mais de cinquenta anos, dava sombra ao túmulo do fundador, e ao lado abria-se outra cova, para Benemérito. A viúva tinha sentimentos nobres, tanto quanto seu marido. Dividiam, visceralmente, os mesmos sonhos! Letárgica, ela circulava na varanda dando as últimas coordenadas para os empregados. Na entrada da fazenda, onde um dia tinham construído um lindo alpendre, coberto de primavera vermelha, adentrava, sombrio, o rabecão mortuário, trazendo atrás de si um séquito fúnebre e o corpo de seu marido.

Os irmãos de Dulce voltaram da casa de Lauro, e a família se reuniu na varanda, para saber as últimas notícias. Houve burburinho enquanto Zinho falava, com voz calma e mansa:

— Só si fala na morte do homem, sô! Dona Estela deu graças a Deus pela chuva de ontem! E foi por isso qui o Lauro num veio, viu Dulce? — ressaltou, olhando para a irmã e atenuando sua gastura.

Em pensamentos, ela pediu perdão: "Me perdoe, Mãe Santíssima! Me perdoe! Pobrezinho!".

O fazendeiro gordo estava alegre. Avarento nas negociações advocatícias, esfolava seus clientes, principalmente se fossem pobres. "Para quê os pobres queriam bens, se não sabiam usufruir das coisas boas da vida? Eram miseráveis!" Detestava pobre! Detestava mais ainda quem os defendia. Ganância e inveja habitavam sua alma. Era desfigurado, seu nariz era retorcido, sua cara crispada, e os olhos, intumescidos. Deixava rastros de ruindade por onde passava e não vibrava com a alegria de seus comuns.

No quarto luxuoso, de paredes cinzas, olhou-se no espelho, conferindo a silhueta rotunda em finos trajes funéreos. Depois, acomodou-se na varanda e mandou os empregados trazerem sua dieta da tarde. Serviu-se de uma xícara de café com leite, torradas com requeijão, ovos mexidos e goiaba em caldas. Com a pança cheia, arrotou como um porco! Pegou o chapéu e a bengala no mancebo da sala luxuosa, acendeu um charuto cubano e entrou no carro, todo barroco. Precisava ver de perto o serviço daqueles jagunços de merda! Fazia questão de dar adeus ao queridinho dos pobres e mortos de fome!

Na casa de Natanael, a família trajava roupas pretas, reverenciando a ocasião. Dentro dos bolsos do rapaz havia quatro lencinhos de algodão, lavados e engomados pelo capricho da mãe, para enxugar as lágrimas que já haviam se iniciado, antes mesmo de chegarem à sentinela.

Lauro chegou antes e ouviu a missa com Dulce. Beijou-a em silêncio; ela o olhava apaixonada e arrependida! Lauro se comoveu quando os filhos do falecido se encostaram no caixão. João Augusto cumprimentou-o com leve aceno de cabeça. Lauro desfrutava de sua companhia nos folguedos, e João se apetecia com os causos contados pelo trabalhador.

O delegado responsável pelo caso, sujeito forte e barbudo, estava sentado em lugar estratégico, observando, solitário, a todos que chegavam.

O fazendeiro gordo passeava pelos aposentos da fazenda e aceitava todos os comes servidos. Gasoso, ele se abastecia da dor alheia! Juntou-se ao delegado e cavou conversa para tapear. Estendeu-se o palavrório deveras, sabichão que era o gordo! O policial, notando-lhe a sagacidade e a fala difícil, não queria ficar para trás e quis mostrar serviço. Colhudo e bamba, ostentando sua estrela de homem da lei, apontou para Natanael, que pranteava o morto, cofiou sua barba vagarosamente e disse ao fazendeiro roliço:

— O senhor vê né, doutor?! Este rapaz não parou de chorar um minuto desde que chegou aqui. Tô desconfiado que esse chororô é de quem matou e tá arrependido! O senhor não acha?

13 | O casamento
(Cambé, 1955)

O casório foi marcado para o dia cinco de novembro de 1955. A administração da fazenda figueiras trabalhava com um fundo cooperativo, espécie de "caixinha" destinada aos funcionários, retirada em datas especiais. Lauro sacou o valor para as despesas do casamento, e gerou mal-estar com seu pai. A mãe interferiu duramente, junto ao marido:

— Ara, homi de Deus!! Ocê tá de miolo mole é? Então num percebe que nosso fio vai casá e tá precisando desse dinheiro mais do que nóis!? E, outra coisa, que tanto de suor tem da sua testa, nesses papéis? Ocê devia era tá ajudando ele, isso sim... e não querendo tirá o pouco qui ele tem! Poca vergonha!! Onde já se viu isso! — Cheia de razão, Estela colocou o marido em seu devido lugar!

Sem argumento, o esposo murchava, se fingia de doente, e resmungava baixinho:

— Eu divia memo era morrê, procêis ficá em paz!! Porque eu só vô tê alegria quando vortá pra Minas Gerais!

A estas alturas, Lauro estava de saco cheio dos tremeliques do velho. Fazia de conta que não entendia, ignorava seus desejos de mudança, e soltava uma pérola para o pai:

— Papai, tá bom então do senhor começá a morrê aqui em Cambé e tarminá em Caldas! Tá loco sô...que tanto reclama...nunca tá bom em lugar nenhum... nunca tá bom!

E saía apressado da sala, antes que o manhoso caísse duro ali mesmo!

Chateado com o pai e doido para bater asas, o rapaz resolveu ir embora de casa. Depois da janta, conversou com a mãe, enquanto ela lavava suas panelas na pia da cozinha.

— Meu sogro ajeitou lugar pra mim lá na fazendo do "Seu" Pedro, mamãe... e eu aceitei! - ele falava com o olhar distante. Tá na hora de partir e seguir minha vida adiante...já, já eu caso, e dependendo das empreitadas eu finco pé por lá memo... as terras são muito ricas...tenho fé que vai sê bom pra mim e pra Dulce! - ele falava sem ver a carinha chorosa da mãe, e andava devagar pra lá e pra cá, com as mãos entrelaçadas nas costas, demarcando o chão de cimento queimado. — Vô dexá as coisa andando, e vai dá tudo certo, mãe! Abraçou-a ao ver sua expressão!

Ela assoou o nariz, com os olhos marejados e falou com voz embargada:

— Tá bão meu fio! Tá bão! Deus te proteja! Nossa casa vai ficá vazia sem ocê! Mais segue seu rumo! Nunca se esqueça da mãe, viu!? E que a Virgem Maria te abençoe!

Lauro seguia na Fazenda Pedro Cristino, e o patrão se agradava dele! Era cativante, e futuro genro de José Feliciano, o que lhe agregava outras patentes! **"Diga-me com quem tú andas, e eu te direi quem tú és"**, já dizia o ditado! Contratou o rapaz, e o colocou na equipe do parceiro para adaptação. Os homens da fazenda respeitavam o jovem rural, que se mostrou um valente trabalhador! Ficou hospedado num rancho grande, dentro das dependências da fazenda, junto com outros trabalhadores autônomos. O patrão, vez ou outra, aparecia nas roças que José Feliciano tocava, sem anúncio. Gostava de uma parola, e o preto ficava muito contente, embora não demonstrasse.

Um dia chegou animado, apeou do cavalo e foi logo falando com seu leal:

— Feliciano meu velho, estive pensando na menina Dulce e no Lauro! O que o amigo acha de fazer a festa de casamento na sede da fazenda? Os galpões estão vazios, só esperando a sanfona pra começar o arrasta-pé! Finalizou, rindo alto!

Feliciano enrolava um cigarro de palha calmamente, e respondeu:

— É "Seu" Pedro, vosmecê sabe que num sô eu quem vai casá num é memo? Assim sendo, eu fico muito agradecido, mais num posso dá a resposta! Eu, se fosse pra eu casá, já tava arresolvido! Mais num sendo eu, eu num posso afirmá! - Falou pausadamente, sem rir, e disse que ia consultar a filha! Pedro não se conteve e gargalhou! Não conseguia conversar com Feliciano sem rir de sua seriedade! " Povo besta sô! Ri de tudo! Num sei adonde acha tanta graça!" Pensava o velho toda vez que o patrão saía rindo da lavoura.

Certa vez procurou o patrão em sua casa, preocupado sobre o futuro de Dulce e seu desejo de pai em manter o casal por perto. O patrão pediu que voltasse um dia depois com o genro. No dia seguinte, à tarde, na varanda da fazenda, o patrão os cumprimentou alegre e sentou-se na poltrona. De modo conselheiro e sem rodeios falou:

— Lauro, meu rapaz, a maioria dos homens desta terra não tem recurso, e não sabem dar destino ao dinheiro que ganham. Eu e seu sogro queremos que você fique depois do casamento! Tenho um lote rural, no limite da fazenda! Quero te vender de forma facilitada! - falava com entusiasmo! — Uma boa oportunidade para um jovem trabalhador se tornar proprietário! O lote tem acesso à água, a parte mais alta fica para a agricultura do café, a mais baixa, para casa, formação de horta, pomar, e criação de animais! — os olhos do rapaz brilhavam. - Para isso acontecer, basta você aceitar a proposta! — Finalizou encarando os homens à sua frente.

O velho ouvia a narrativa comovido. Lauro, enquanto o superior falava, conseguia vislumbrar em sua mente todo o traçado de sua vida.

Dulce estava feliz e aguardava o grande dia!
O sol e a chuva pintavam arco-íris nas lavouras uniformes. Floradas branquinhas, cacheadas e grudadas nos galhos, prometiam frutos polpudos. A beleza dos cafezais era inigualável, e Lauro estava feliz! Iniciara a construção de sua morada. Ficariam na casa do sogro inicialmente, onde era tratado igual a um filho. Tudo estava bem! Eram tempos de arregaçar as mangas, trabalhar e sonhar!

Pela manhã, às margens do rio, mulheres e homens cuidavam das provisões para o casamento. A beira do rio era rasa e a água clarinha, pontuada com pedras, onde Feliciano ia pescar com Palmira. O pai de Lauro, em melhores condições, chegou de carroça com Estela com 45 frangos gordos e uma porca de cem quilos, para somar ao garrote e aos outros suínos que Feliciano havia abatido. Os rapazes fizeram fogueira cercada de tijolos e colocaram sobre ela um grande caldeirão de água quente, onde mergulhavam as aves para depenar. Montaram jiraus de madeira no cenário natural.

Os jovens noivos acompanhavam empolgados o desdobramento das duas famílias. Feliciano era pego em risadas discretas, junto com Frederico, gozador e contador de causos. Comandavam o abate dos gêneros e os mandavam para outra turma, que limpava as vísceras dentro do rio e dava alimento aos peixes, numa alegria coletiva. A festa estava estimada em mais de 400 pessoas!

O sino tocou, anunciando o casamento. Lauro usava terno de gabardine preta, cravo branco na lapela e camisa social. No rosto sóbrio, tinha um olhar inquieto. Após a entrada dos participantes, fez-se silêncio. Ao som do compositor e maestro Felix Mendelssohn, a noiva entrou com a marcha nupcial Sonho de uma noite de verão, de 1842. Foi o momento máximo da emoção. Dulce estava divina!

O vestido tinha modelagem confortável, cintura marcada, mangas compridas de renda e decote discreto, onde jazia um colar de pérolas, romântico. Vozes sussurrantes e olhares brilhantes se voltavam para ela. Era o encanto da noiva que passava, levando fé e alegria no olhar. Dulce seguia pela nave, encantada, temerosa e séria. Em seu pensamento só cabia um personagem, e ela estava se casando com ele! Amava Lauro! Em trajes de gala e bem-apresentado, o pai Feliciano levava a filha até o altar. O padre recitou discurso de esperança aos corações transbordantes. A capela estava cheia e comprometida com a palavra de Deus!

14 | Mirna e o feitiço da vingança
(Cambé, 1955)

Dias antes do casamento, Mirna partiu para Florestópolis, para acertar alguns ponteiros com a bruxa, e aguardou numa clareira da floresta. Malvina notou pepino do grosso e foi logo se manifestando:

— O rapaz Montanha vai se casar, e eu já fui advertida! Imagino que esteja aqui por isso! O que você quer comigo? — perguntou, observando a figura esquálida que se levantava lentamente da árvore.

— Eu quero que ele sofra, Malvina! — Sua voz destilava veneno. — Num vai ficá comigo, mais num será feliz com mais ninguém! Agora chega! Quero um feitiço pra acabá com a alegria dele para sempre!

A bruxa ouvia fingindo tristeza, enquanto ria por dentro! No caminho para a cabana, ela confabulava consigo mesma: "Até que enfim essa tonta caiu em si! Eu sabia que o feitiço ia falhar, por causa da outra mocinha bocó! Mas a messalina quis saber mais do que eu! Quero ficar livre desses encostos! Vou dar um feitiço que é tiro e queda pra essa aí sumir de uma vez! Bando de caipiras!".

Entrou na cabana se requebrando e alcançou um frasco contendo pó de cascavel venenosa. Rabiscou algumas palavras num papel, elencando-as passo a passo, e quando saiu viu seu vulto no espelho. Alisou o cabelo de ninho de passarinho, toda cheia de si, e disse em voz alta para seu reflexo:

— De águas passadas você não tem nada, hein?! E ainda dá uma boa tinta viu?! Lindona!

Jogou um beijo para sua imagem alcoviteira no espelho e saiu levando um vidro de conteúdo malévolo.

Encontrou a jovem recostada na árvore e falou, com a voz esganiçada:

— Olha só, mocinha, este vasilhame contém mistérios que eu nunca dei pra ninguém! Mas, como não quero te ver mais, com este feitiço vai dar cabo da felicidade do rapaz para sempre. É só seguir o que está escrito e colocar tudo dentro desse frasco. Deverá enterrar o vidro num buraco bem fundo, em terras de cemitério. Vai esquecê-lo e arruinará para sempre os dias dele na Terra!

Mirna pegou o vasilhame com o pó da maldade e os colocou no alforje. Parecendo sombra de gente, montou em seu cavalo e se virou nos cascos. No escape para a estrada, titubeou por instantes, pensando em desistir, porém, resoluta, puxou as rédeas do cavalo e seguiu para um cemitério mais adiante!

15 | O amanhecer de uma mulher – Fazenda Pedro Cristino (Cambé, 1955)

Lauro era experimentado nos caminhos do amor quando se casou com Dulce. Afoita e desejosa de conclusões mais adiantadas, a trigueira era uma donzela! Na festa de casamento, o casal não parou um minuto, levado de um grupo a outro consecutivamente. Os espaços da fazenda estavam vibrantes, enfeitados com arranjos naturais de cipó cambira e suas flores roxas. O churrasco caipira invadia olfatos e atiçava paladares!

A valsa atraiu os olhares para o jovem casal. O noivo, elegante e muito ágil, conduziu a noiva com maestria e encantamento pelo salão improvisado. A festa rolava solta pelas tantas da noite, quando Lauro fez uma boa média entre os amigos e deu um jeitinho de sumir com seu pitéu, sem dar aviso prévio para ninguém!

O dia amanheceu bonito e ensolarado. Dulce despertou faceira ao lado de um homem pela primeira vez! Ele dormia profundamente com o braço em cima dela; expressão serena e feliz! Delicadamente Dulce empurrou as mãos calejadas de seu entorno e ficou recostada nos travesseiros com as mãos entrelaçadas embaixo da cabeça, relembrando os últimos acontecimentos. O quarto, bagunçado, tinha roupas e toalhas jogadas pelo chão. Dulce estava ditosa, realizada e envolvida numa mistura densa de emoções! Passavam mil coisas por sua cabeça: "Minha Virgem Maria! Como é que eu vô olhá pro pai mais a mãe? Com que cara eu vô encará eles depois dessa noite? Valei-me minha Nossa Senhora!". Ficou deitada ao lado de Lauro, plácida, com a cabeça fervendo, sondando como sair daquela situação. Quando pensava na noite de amor, o sangue subia-lhe à face, queimando sua cara de vergonha!

O aroma do café invadiu a casa, dando sinais de vida na alvorada. Palmira estava na cozinha, e Feliciano esperava o primeiro gole no pé do fogão. Dulce chamou Lauro baixinho, avisando que ia se levantar. O chamego dele não a segurou por mais tempo na cama. Se lavou e colocou um vestido de tricoline florido. Sentou-se na frente da penteadeira e fez um coque no cabelo. Juntou as roupas do chão e saiu pisando miudinho, na ilusão de se tornar inaudível e invisível!

Lauro levantou e se arrumou para o novo dia. Planejou trabalhar na construção, e a lembrança o animou! Vestiu calça de serviço e camisa de algodão xadrez adiantada em uso e calçou as velhas botinas. Olhou-se no espelho da penteadeira, galhofeiro, e se achou bonito! Pegou seu chapéu e foi direto pra cozinha, atraído pelo cheiro bom. Cumprimentou os sogros de maneira alegre e disse, em tom de brincadeira, que a mulher havia lhe abandonado!

Em cima da mesa tinha mandioca derretendo na panela e manteiga de garrafa. Depois do café, Lauro partiu com os cunhados e o sogro. Palmira amarrou um encontro para o almoço. Tinha muitas sobras do casamento, e queria juntar a filharada!

Enquanto fazia o galinheiro, Lauro pensou: "Ara, sô! Coisa mais esquisita, a muié sumi desse jeito! Acho inté que eu sei onde ela tá". Alegou moringa vazia e foi até a nascente. No caminho apanhou frutas maduras, na intenção de agradar sua cabocla. Ela estava sentada à sombra de uma árvore, as roupas pela grama. Dispersa e absorvida em devaneios, não notou a presença do marido, que a contemplava. O sol da tarde estava a pino, Lauro tirou o chapéu para refrescar a cabeça, e alisou os cabelos para trás. Numa mão, o alforje cheio de frutas, na outra, a moringa como desculpa. Dulce assustou-se com o beijo suave em sua face e levantou-se rapidamente.

— Ara, Lauro! Ocê tá doido, hómi? Qué mi matá di susto? — ela falou, encarando-o, e ele riu.

— Uai, minha preta! O que tanto te incomoda? Ocê fugiu da cama logo cedo! Nós casamo inda ontem, e o povo continua comemorando nosso casamento! — disse, conciliador.

— É o pai, Lauro! Num consigo incará ele dispois de tudo qui nóis fizemo! Tô com muita vergonha!

O marido principiou rir da situação, calando-se logo em seguida diante do olhar severo da mulher. E, então, ele disse, sério:

— Oh, minha pretinha, seu pai é entrado nos anos! Nunca que ele ia criticá ocê por causa disso! Ergue essa cabeça, sô!

Lauro encheu a moringa na mina. A expressão de Dulce estava mais serena. Concordara com o marido! Recolheu suas roupas secas, dispersas pela grama, para ir embora, disposta a encarar quem quer que fosse. Lauro a mediu da cabeça aos pés, quando lhe entregou as frutas.

— Vem cá, vem! Tá tão bonita, nesse vestido cheio de flor! Dá um abraço e um beijo no seu marido!

Ela chegou-se a ele, brejeira, e do beijo de amor se apropriaram, tal qual os casais em lua de mel.

Uma boa cachaça na cristaleira era habitual para Feliciano. Fazia parte de sua história e de suas raízes! Vez ou outra entornava um copinho da margosa na companhia dos filhos, mas as moças nunca eram convidadas a participar. "Cachaça era coisa de homem", ele falava sério, na intenção de deixar as filhas afastadas da mandureba.

A casa de Dulce estava lotada. Frederico e a prole tinham chegado cedo e participavam da patuscada. Na varanda, os recém-casados se alegravam com os amigos, os irmãos e um violão. Na sala, Feliciano estava sentado à mesa com as pernas cruzadas e um prato de tira-gostos, observando de longe. Dulce foi ao banheiro e deu de cara com o pai. Ficou sem graça, e ele notou seu embaraço.

— Durce, vem aqui, minha fia! Quero falá com vosmecê!

Dulce se voltou, obediente, e aguardou em silêncio as palavras corretivas. Mas o velho estava plácido e tranquilo; seus olhos pequenos se detinham em cada gesto da filha, transmitindo-lhe ternura, quando apontou a cadeira e falou:

— Sentaí, Durce! Puxa uma cadeira e vamo prosiá um tantinho!

Ele foi até a cristaleira, pegou uma cachaça envelhecida e sentou-se diante da filha.

— Sabe, minha fia, tem momentos na vida qui nóis tem que passá de cabeça erguida! Sem medo di encará nada, nem ninguém! Vosmecê agora é uma muié! E vai seguir sendo minha fia amada! Eu num dexei di sê seu pai, e quero qui ocê se alembre disso, toda vez que vier me pedir a bênção!

Finalizou o discurso perscrutando-a com um olhar sincero, depois encheu dois copinhos de cachaça, pegou um para si e deu o outro para a filha. Emotivo e com os pequenos olhos marejados, ele acrescentou:

— Um brinde, Durce! Um brinde a vosmecê, minha fia! Qui agora é uma cabocla mais bonita ainda!

Ela ouviu emocionada o desfile de palavras amorosas do pai, levantou-se da cadeira e brindou a si mesma com seu tutor. Sentiu-se verdadeiramente acolhida num novo mundo! Foi a mais amarga e mais deliciosa cachaça de sua vida, que esquentou sua alma e seu coração! Nesse dia, Dulce sentiu a plenitude do verdadeiro amanhecer de uma mulher.

16 Clotilde e Margarida – Fazenda Pedro Cristino
(Cambé, Paraná, 1956/1957)

A moradia simples, mas feita com esmero, abraçava o primeiro ano do jovem casal. A esposa, apaixonada, fazia de tudo para viverem bem! A falta dos estudos não a incomodava; sabia o suficiente para ajudar seu companheiro! Lauro labutava sem preguiça, para ver as engrenagens funcionando. O galinheiro estava piando. No chiqueiro, parrudo casal de porcos e seus leitõezinhos. O pomar dava mostras em mudas insinuantes. Do ribeirão de águas claras vinham traíras frescas! Na horta, colhiam feijão verde, cambuquira e couve. Feliciano concedeu uma vaca leiteira com um bezerro mamando, como presente de casamento, e Lauro levou dois cavalos para iniciar a vida com Dulce.

Frederico, vez ou outra, apeava de seu cavalo na porta da sala, chamando alto:

— Ô di casa... tem um cafezinho fresco para um forasteiro?

Entre cafés e biscoitos de polvilho, eram longas as prosas, assinaladas de esperança. A jovem mãe alisou o barrigão, enternecida, e sorriu! Seguia arrebatada por todo o enredo disposto!

Um ano depois, no dia 15 de setembro de 1956, nasceu a moreninha Clotilde, de olhos pequenos e tristes, como o avô materno, e compleição montanhosa, puxada pelo avô paterno.

A menina tinha muita força, e seu apelido seria Tilde. Lauro terminava o dia de trabalho na roça, e tinha prazer em voltar para casa para ver suas moreninhas! Foi um curto tempo feliz para Dulce, que sem maiores informações não se preocupava em evitar gestações. Ao Clotilde completar 5 meses, a mãe engravidou novamente! No dia 14 de outubro de 1957, nasceu Margarida, mais uma moreninha açafrão! Seu apelido seria Guida.

17 | A insatisfação de Lauro – Fazenda Pedro Cristino
(Cambé, Paraná, 1957)

Lauro tornou-se amigo de um diarista na fazenda que enchia o peito de orgulho ao narrar suas andanças pelo mundo. Curioso, Lauro pediu a Dulce para fazer uma comidinha caprichada, convidou o amigo para jantar em sua casa, e a prosa se estendeu noite adentro, entre um licor de jabuticaba e outro! O sujeito voltava de, além de Jandaia do Sul, para onde muitos colonos estavam se mudando. A terra era tão boa que as sementes cresciam a ponto de cobrir um homem, e o capim era tão espesso que três golpes de facão davam um bom feixe! Um pobre conhecido chegou lá de mãos vazias e já tinha terras, cavalos e vacas leiteiras. Ele mesmo não ficou porque se enrabichou por uma dona que o colocara em maus lençóis! Nesse enredo fascinante, falou a Lauro, seu amigo ouvinte:

— Um caboclo bão igual você faz fortuna fácil, fácil!

Lauro sentiu seu coração se encher de desejo e pensou: "Por que sofrê desse jeito, se eu posso tentar ser feliz em outro lugar?".

Feliciano notou mudanças no comportamento do genro! Sempre vibrante e coletivo, por vezes notava-o em silêncio, perdido em divagações, dentro de uma bolha de sonhos. Convidou-o para um cigarro de palha e uma prosa.

— Tenho notado desconforto nocê, Lauro! O que tá se passando, caboclo?

Lauro abriu o coração e falou sobre seu desânimo e o caminho muito longo para conquistar alguma coisa. O sogro ouvia calado, pensando numa solução que o envolvesse, para que ele não partisse com Dulce e as crianças. Se o problema era dinheiro, ele poderia ajudar nas vendas de cachaça! Feliciano tinha como certo que seu orçamento cresceria. Lauro soltava fumaça no ar, pensativo, sem olhar para o mais velho.

Dulce não se lembrava do esposo embriagado. Uma bebida ou outra, socialmente. Era um rural destemido, forte, e tinha alimentação saudável! Cangibrina à toa não iria derrubá-lo! Passou a receber um marido destoante de seu amor primeiro. Deixou de ser um trabalhador dedicado, envolvendo-se no comércio da cachaça, pelas quintas vizinhas e nos armazéns de Londrina e Cambé. Vendia na sua excelência de vendedor, mas bebia mais do que arrecadava.

O patrão conversou duramente com o empregado, mas não resolveu! Feliciano envelheceu de tristeza, tentando dissuadi-lo. O genro estava obcecado e decidido. Em 1957, Lauro juntou sua mudança num caminhão e partiu sem olhar para trás!

18 Jandaia do Sul/Lucimara – Fazenda Jandainha (1957/1958)

O patrimônio em Jandaia do Sul tornou-se a centralização de agricultores vindos de todas as partes do país, atraídos pelo sonho de riqueza. Lauro empregou-se na Fazenda Jandainha, a vinte quilômetros do centro. A fazenda era próspera e tinha extensa área de beneficiamento. As casas dos funcionários eram bem acabadas e limpas, e a sede ficava no alto da propriedade. O dono acompanhava boa parte do movimento nas lavouras, e Lauro estava animado. Seus olhos tinham o brilho da ambição!

Café, algodão, feijão ou soja, nada era segredo, e de tudo ele sabia tirar da terra. O dono da fazenda ficou admirado com a tarimba do rapaz e lhe propôs a ocupação de "gato". Lauro gostou quando entendeu a configuração do cargo! Apertos de mão, reuniões e muitos compromissos!

Dulce não parava um minuto. Clotilde e Margarida eram bebês, e Dulce engravidou de novo. Em outubro de 1958, nasceu Lucimara. Menina branquinha, cabelos pretos e olhos brilhantes! Seu apelido seria Lucinha.

Lauro se ausentava por meses, e quando voltava das cruzadas a peonada abatia um animal para comemorar seus retornos regados a cachaça. Dulce não gostava da farra em seu quintal. Mulherada à toa e peões embriagados! Lauro explicava os festejos como incentivo para os homens renderem no cabo da enxada. Nos regressos, trazia histórias mentirosas e joias caras para tapeá-la. Dulce o recebia enfurecida de imediato, porém impassível e submissa diante do amor que sentia por ele!

— Puxa vida, Lauro! Por que ocê desaparece por tanto tempo? — perguntou-lhe, após fazerem as pazes.

Ele a envolveu ternamente, bico doce que era, e falou:

— Ah, minha preta! Se ocê soubesse a luta qui eu passo pra achá esses hômi! — E valorizava o discurso: — Tenho viajado pelos quatro cantos do Paraná, pamódi formá turma! Mais as coisa tão andando, num tão? Tô cuma boa equipe de 40 homens, num farta nada procê mais as meninas, temos boa traia pros animais! E eu tô ganhando dinheiro pro nosso futuro, minha preta! — falava, em tom ameno.

— Num tá bão, não, Lauro! Eu ando cansada cum tanto trabaio em casa, e nóis temo três criança pra cuidá! Sem falá no serviço dos terreiros, que fica aí por conta de Deus! — Dulce retrucou, brava.

Lauro plantou os pés na fazenda e consertou tudo que estava fora do lugar. As meninas, felizes, se jogavam em seus braços para serem lançadas para o alto. O jovem agricultor vivia um bom momento, colhendo frutos nunca esperados. Sua fama de bom articulador corria com o vento e lhe trazia ótimos negócios. Usava boas roupas de linho e relógios de ouro no pulso. As melhores condições atraíam olhares sinistros de outras criaturas que o queriam. O inimigo o espreitava dia e noite!

Pouco se sabia sobre os retirantes na época, e no meio deles destacava-se um rapaz chamado Dito. Moço de bom coração, bebia além do normal, não dava conta da enxada e era motivo de chacota no meio dos peões. Lauro estava firme na decisão de se livrar dele, e discutiu sua demissão com Dulce.

— Demitir o Dito!? Ocê tá doido? O Dito é meu braço direito quando ocê some nesse mundo di Deus!

O marido ficou surpreso com o apreço da mulher pelo indolente; achou graça e botou reparo nele. Realmente, o rapaz levava jeito com as crianças e obedecia piamente aos comandos da mulher!

Lauro deu aumento de salário para Dito, lhe ajeitou um quartinho nos fundos, e antes de partir deu as coordenadas para ele ajudar a esposa. Despediu-se da morena triste e das filhinhas, que o olhavam sem entender tantos desenredos. Paradas à porta lhe acenando, ficaram as quatro mulheres, e mais uma criança que estava na barriga da mulher.

19 | Água fervendo – Fazenda Jandainha – Paraná
(sexta e sábado, 1960)

A permanência de Dito foi uma bênção para Dulce. O marido estava fora de casa há tempos, mas seu retorno estava previsto para breve. Enchia o coração de expectativas, pensando em sua volta!

Lauro mapeou as cidades mais próximas de Jandaia do Sul para suas buscas. Atendia demandas com indicação em povoados num raio de cem quilômetros. O cavalo cortava estradas entre Borrazópolis, Apucarana, Arapongas, Cambé e Londrina. Onde tinha boa força de trabalho ele ia, sem pestanejar! Sempre apeava em Cambé para ver os familiares. Passavam-se quase três anos de sua partida! Para as duas Tribos, ele ilustrava um cenário onde a mulher e as crianças estavam felizes e regaladas. Adorava aquela vida sem hora marcada, correndo o mundo em cima do lombo de seu cavalo e fazendo breves paradas em longas caminhadas!

O Cabaré Lisboeta ficava em Londrina. As luzes claras e piscantes do lado de fora contrastava com o ambiente interior, sem muita luz. Antro de aventuras, pecados, e um dos pontos de parada preferidos de Lauro. Apeou do cavalo e entregou o animal ao cuidador. Bateu o pó da roupa com o chapéu e entrou. Sentou-se no banco junto ao bar e pediu um trago ao garçom. Notou a chegada de um homem gordo, que sentou ao seu lado. Lauro balançou a cabeça, cumprimentando-o. O gordo mediu o rapaz com desdém e mudou-se de lugar. Detestava gente pobre!

Lauro logo se esqueceu do sujeito. Debruçado no balcão, ficou no mesmo lugar por horas, pensativo. A essência de suas ideias diluíam lentamente no álcool dos sonhos! Algo o incomodava peremptoriamente. A messalina exuberante se aproximou sensualmente, mas ele não queria companhia de ninguém naquela noite.

Estava ensimesmado. "Por fora, bela viola, por dentro pão bolorento", já dizia o ditado! Quanto mais ganhava, mais gastava! Vida noturna e personagens deslumbrantes! Bebia cada vez com mais frequência, como se as taças cheias de líquidos brilhantes pudessem fazê-lo esquecer as tristezas. Enganava a si mesmo e a mulher. Enganos e mentiras ao longo dos anos. Era sua alma! Não conseguia parar! Pensou na esposa bonita, grávida de novo, e entornou mais uma dose. "Minha Dulce não merece isso! E as meninas também não!" Seus pensamentos eram bolhas cheias de erros. Ele furava uma a uma, na intenção de cessá-las, sem sucesso e sem alívio para a sua dor.

Na entrada da fazenda havia uma porteira de madeira alta e duas palmeiras viçosas nas laterais. Os pés de café eram iniciados a partir das demarcações. A estradinha se estendia por setecentos metros, surgindo uma encruzilhada que dividia as localizações. A casa de Lauro tinha cômodos além do necessário para a família. Os móveis eram da primeira morada, impregnados de recordações. Um dos quartos sem uso ficava nos fundos da casa e dava saída para o quintal. Em dias muito frios, Dulce usava o espaço para dar banho nas crianças em cima de uma mesa alta. No final do dia, os peões pediam água para disfarçar o pó. Lauro providenciou mais um fogão à lenha do lado de fora, onde não faltavam duas latas grandes de água quente e uma tina de cem litros de água fria para reposição.

Dulce estava brava. Dito resolveu beber justo naquela tarde! E ela precisava tanto dele! Lauro estava chegando, e tantas coisas haviam acontecido em sua ausência. Há alguns dias, o empregado estava consertando um buraco no galinheiro, e Dulce lavando roupas. De repente ele saiu correndo em direção ao tanque, quando viu uma mulher sair correndo de dentro das lavouras com um estilete brilhante. Loucura e insanidade esculpiam seu semblante, e ela ia direto nas costas da grávida. Dulce soprou as lembranças, juntou as roupas do varal dentro de um cesto e entrou em casa, fugindo do vento gelado que soprava pelas campinas.

No fogão do lado de fora, havia duas latas de água fervendo. Dulce separou os pijaminhas de flanela, colocou a bacia de zinco em cima da mesa no quarto e encheu-a com água fria e quente.

— Lucinhaaa, vem, minha fia... vamo tomá um banho pra ficar bonita pro pai ti vê?

A menininha de dois anos levantou-se de onde estava brincando e foi ao encontro da mãe, arrastando um tamanco velho. Dulce a olhava com ternura, enquanto caminhava com passinhos curtos, fazendo troc, troc, troc!

Um pedacinho de gente aprendendo as primeiras palavras! A mãe deu-lhe um banho rápido, vestiu-a com seu pijaminha cor-de-rosa, deu sua chupeta e penteou seu cabelinho. Lucimara tremia muito, e Dulce a colocou sentada na extensão do fogão à lenha, para se aquecer. Depois, colocou Guida no banho.

Risadinhas felizes chamaram a atenção da gestante. Ela saiu e deu de cara com Dito, encostado no fogão, mais pra lá do que pra cá. A prosa com a menina que o adorava era entrecortada por soluços!

Ele mal conseguia ficar em pé, quando tentou falar com a patroa:

— Oia só... hic... Dona Durce... a sinhora mi perdoe, viu... hic! Pufavô... mi perdoe... hic... eu respeito muito a sinhora... hic! E amo essas mininas! Eu vô ti ajudá a terminá... hic... o seviço! Vô ajudá!

— Vai durmi, Dito! Eu termino o serviço sozinha, pode deixar! — Dulce falou, dispensando o ébrio.

Ele pediu para ficar só um pouquinho. Contrariada, Dulce entrou no quarto e chamou Clotilde:

— Tildeee, vem, minha fia, vamo preparà sua aguinha agora!

Deu um banho rápido na menina e vestiu nela o pijaminha azul. Foi ao banheiro jogar a água do banho na privada, e nesse momento ouviu os gritos mais horripilantes de toda a sua vida!

Dito vivia um dilema. Estava apaixonado por uma moça e tinha parado de beber por causa dela! Se viam às escondidas da família da donzela, e o romance ia de vento em popa! Os irmãos da moça ficaram sabendo e deram uma surra nele! Deixasse a menina em paz, senão o assunto era de morte! Não passava de bêbado e vagabundo sem eira nem beira! Depois do café da manhã, tentou ajudar a patroa, mas não conseguiu. Necessitava afogar suas mágoas e só saiu da venda à noite! Completamente embriagado, queria ajudar a patroa nos últimos afazeres; pegar latas de água quente em cima do fogão era serviço besta!

Soltou as mãozinhas de Lucimara e procurou um pano. Duas latas na trempe, uma com volume menor, outra intacta em ebulição. Sua culpa incentivou a maior! Sem forças, não se deu conta do peso, do calor e de suas mãos trêmulas. A alta temperatura lhe bafejava o focinho, e ele tremia-se todo, com o líquido fumegante e letal! A angústia invadiu seus órgãos vitais, e ele começou a gritar igual animal ferido em vias de morrer, esperando o golpe final.

Seu equilíbrio o abandonou, impossibilitando-o de lutar! Em milésimos de segundos, viu a vida passar diante de seus olhos de ébrio arrependido. A morte juntou-se ao cenário e, de mãos dadas com a vida, ria de sua desgraça! Em câmera lenta, mostrava-lhe os momentos felizes com a criança! Todo o seu amor não foi suficiente para impedir que a lata de água virasse sobre a cabeça da menina! Desesperada, Dulce alcançou a porta, com os batimentos cardíacos acelerados, e encontrou Dito, com a lata vazia, pendendo em sua mão, paralisado e em estado de choque! Lucimara agonizava diante da morte! Sua chupetinha branca estava ao seu lado, torta e desfigurada pelo calor!

O vento forte açoitava a fronte de quem ousasse enfrentá-lo na noite sombria. Lauro cortava estradas em direção a Jandaia do Sul, anestesiado pelo ar frio. Contava chegar a tempo de ver as crianças acordadas, para dar as balinhas. Na saída do cabaré, foi surpreendido por um interrogatório policial. Quando finalmente conseguiu escapar, o quiprocó estava armado. Radialistas e jornalistas em busca de um furo de reportagem! As horas já iam longe, e Lauro estava com maus pressentimentos!

20 Manchete dos jornais
(Londrina, Paraná, 1960)

O carro preto parou na frente do cabaré na noite de sexta-feira. No banco de trás, o homem bem vestido se levantou com muita dificuldade, abraçado a uma maleta preta. Apoiou a bengala no chão para sair, tentando em vão se aprumar. O motorista, néscio e simplório, estendeu a mão para ajudar, e ele bateu-lhe com o cajado, desdenhando! Mal humorado, o ricaço avarento desceu do carro, ansioso pela noite que o esperava. Gostava das prostitutas! Cliente fixo do cabaré, sua presença causava pânico nos bastidores. Contratou a quenga por todo o período e foi no bar tomar um uísque.

A suíte do cabaré cheirava a fumo e perfume vulgar. A prostituta estava suada, e sua maquiagem se derretia. Olhos tristes na massa preta de rímel, corpo de meia-idade coberto por minúsculas vestes desconfortáveis, rebolava e se insinuava para um par de olhos vermelhos, há mais de uma hora! Nenhuma puta quis atendê-lo, e Nazaré agradeceu a oportunidade! A aberração banhuda espalhada na cama olhava para ela com ferocidade, louco para possuí-la, mas com o membro sem ereção!

— Pare, pare, pare! Você não sabe me fazer feliz! Pegue minha maleta em cima da mesa! Vamos!

Ela não podia ir embora sem pagamento. A cabeça do filho estava a prêmio na favela.

— Meu terno está pendurado no armário! No bolso interno tem uma chave dourada. Pegue-a e me traga aqui! Bem depressa, sua meretriz sem sucesso!

Colocou a maleta em cima da cama e abriu-a completamente. As costuras laterais estavam recheadas de notas; muitas notas de dólares bem organizadas, um chicote de couro, um par de algemas e vários poemas românticos.

Virou-se abruptamente para a mulher, desconfiada, e perguntou com sarcasmo:

— Sabe ler ao menos, madame?

Ela balançou a cabeça, afirmando.

— Pegue este poema, sua lesa! — Entregou-lhe o papel. — Leia o texto olhando em meus olhos.

Insegura e sem concordância, a moribunda começou a ler, com as mãos trêmulas.

— Não, madame! Tem que ser com emoção! Com emoção! — gritava ele.

Se colocou em pé, com dificuldade, diante dela, e beijou-a com bafo fétido e respiração arfante. A quenga sentiu o chicote cortar sua coxa, sem nenhum aviso prévio, numa dor lancinante.

— Continue, meu amor! Continue! Leia o poema que fez para mim! Fico todo arrepiado com tanto amor!

E o chicote marcava a pele clara da prostituta, provocando-lhe profundos vergões com fios de sangue.

A miserável era o retrato do desespero! O cliente parou de repente, sentindo uma ereção, e gritou:

— Venha, minha amada! Venha! Me prenda com estas algemas! Depois me chicoteie com força!

Ele sentia um prazer inigualável com seu membro duro, viril, e subitamente começou a berrar:

— Chega, meretriz dos infernos! Rameira imprestável! Venha beijar minha boca e dizer que me ama!

Nazaré sacou seu estilete afiado. Voltou ao insano, preso pelas algemas prateadas, e murmurou:

— Onde você quer que eu beije primeiro, meu amor?

— Na boca, quenga! Na boca! — Falando palavras de amor sussurradas! - ele fremia de prazer.

Nazaré abraçou-o por trás e decapitou-o com um golpe profundo e letal.

A música tocava alto no ambiente. Largou a cabeça ao lado do defunto trêmulo, preso às algemas, desceu meio grogue da cama e limpou o sangue de suas pernas. Trocou de roupa, arrumou a maquiagem e fez um coque nos cabelos. Assentou no corpo o conjunto de liquidação, composto de saia e blusa vermelha, alcançou a maleta preta sobre a cama e pegou a bolada de dólares. Saiu pelos corredores do cabaré, sumindo pelas portas do fundo! Vários poemas ficaram espalhados pelo quarto! Um, em especial, colado na poça de sangue que vertia do corpo, estava intitulado *Moscas e mel.*

"**Do pote de mel... A gota caiu... A mosca chegou... Lambeu e lambeu... E se lambuzou... A perna prendeu... A asa caiu... Lutou e lutou... Até que morreu....**" (Esopo)

No outro dia, nas bancas de jornais, em letras grandes e grifadas, as manchetes destacavam: **Assassinato no Cabaré Lisboeta. Fazendeiro e advogado, herdeiro de imensa fortuna, é degolado enquanto transava com prostituta. Polícia investiga o crime.**

21 | Tereza
(Jandaia do Sul/Borrazópolis, 1960)

Dulce estava diante de um quadro dantesco, sem conseguir sequer chorar. Emitia um som animal, de gritos abafados, entrecortados de soluços sufocantes. Desesperada, mergulhou Lucimara dentro da tina de água gelada. A criança agonizava, e a mãe não sabia o que fazer para amenizar sua dor!

Lauro apeou na entrada de casa, ao lado da varanda, e encontrou tudo muito quieto.
— Uai, cadê o povo? — disse em voz alta! — Dulce! Clotilde! Guida! Lucinha!
Só o silêncio respondeu!

Chegou ao quarto dos fundos, onde a mulher costurava. A cena à sua frente era tétrica. Dulce estava sentada numa cadeira de balanço, a enorme barriga estufada. Em seus braços, Lucimara jazia enrolada numa manta infantil, quase sem vida. A mãe a consolava, esperando um milagre! Clotilde e Margarida choravam baixinho, com medo! Não comemoraram a volta do pai. Em transe, Dulce balbuciou o ocorrido. Diante da tragédia pronta, Lauro galopou até a casa do patrão, em busca de ajuda. Passou em casa, pegou os documentos necessários e sacudiu a mulher, para voltar à superfície da existência, desesperadamente. Segurou a filhinha Lucimara nos braços e foram para a casa de saúde mais próxima, a 40 minutos de distância.

O tempo estimado dobrou, em virtude das más condições da estrada. A correria diante da gravidade do caso e toda a atenção do hospital não foram suficientes: Lucimara não resistiu e morreu. Dulce, pertinho de dar à luz, era o retrato da dor!
Enterraram o corpo da menina numa cerimônia triste e dolorosa. Dulce murmurou contra a justiça divina, questionando o Senhor. Dito, a quem

Lucinha amava e dividia brincadeiras, sumiu pelo mundo afora e nunca mais ninguém ouviu falar dele.

Vinte dias depois da morte de Lucimara, no dia 11 de novembro de 1960, Dulce deu à luz Teresa. A linda bebê, moreninha de cabelos pretos escorridos, foi registrada no cartório de Borrazópolis. Arteira além da conta, faria estripulias e traquinagens pelos campos afora. Seu apelido seria Tetê.

22 | Desatinos
(Paraná, 1961)

A tropa de cavaleiros atravessava as campinas em direção a Jandaia do Sul. Trabalhadores rudes, contratados recentemente, iam na frente, sentiam o terreno e depois buscavam suas famílias. Há quatro anos, Lauro usava a mesma estratégia positivamente. Os homens, cansados, açulavam os animais e ansiavam por repouso quando a noite se anunciava.

Próximo a Tamarana, surgiu um descampado com densa floresta e rio. Os homens pararam. Devagarinho as prosas altas foram se tornando sussurros, até a caboclada ser vencida pelo cansaço.

Lauro estava preocupado! O patrão queria conversar, e se ele fosse despedido estaria frito na gordura quente. Uma série de promissórias para quitar! Dulce não sabia um terço de suas dívidas! Viu o dia amanhecer sem pregar os olhos.

Sua esposa, de vinte e cinco anos, estava envolvida com os afazeres do lar. Da panela no fogão à lenha exalava o cheiro bom de feijão com toucinho defumado para o almoço. Clotilde, de cinco anos, Margarida, de quatro, e Tereza, de um ano, não conheciam a tristeza que se instalava no coração da jovem mãe. A cada volta das invernadas, o marido trazia impregnado em suas vestes o cheiro da luxúria.

Dulce perfumou as crianças com talco e as vestiu com vestidinhos brancos e longos. Ouviu a algazarra dos cavaleiros subindo a estradinha de terra e chamou as meninas:

— Podem ficar na varanda oiando, que já já o pai docêis entra na portera!

Lauro apareceu, empoeirado de terra vermelha dos pés à cabeça, com o chapéu arriado. Saltou do animal e sacou os alforges, cheios de surpresas. As crianças avançaram, e cada uma ganhou um saquinho pardo. Virou-se para a mulher bonita, sentada no muro observando. Sedutor com as palavras e com jeito fácil de pintar a vida, fez um rapapé com o chapéu e lhe deu uma caixinha contendo um brinco de ouro. Envolvida e feliz, Dulce, sorriu e avisou que o almoço estava pronto.

Depois do almoço, Lauro começou a falar, pausadamente:
— É, minha preta... acho que nosso tempo nessas terras tão chegando ao fim!
— Ara! Como assim, Lauro? Qué dizê qui vamos embora daqui é? — perguntou, surpresa.
— Então, vou conversar com o patrão amanhã cedo pra sabê ao certo.
— Puxa vida, tamo tão acostumada aqui!! — falou, pensativa. — Mais por quê, Lauro? Ocê andou fazendo argum rebuliço qui eu num sei? — perguntou, cismada.
— É craro qui não, sô! — Ele defendeu-se prontamente. — Sei lá que diacho tão pensando!
— Ai, minha Virge Maria... Valei-nos meu Deus! — falou, fazendo o sinal da cruz. Lauro continuou:
— Amanhã cedo vô descê o trecho... seja feita a vontade de Deus, minha preta... seja feita a vontade de Deus... se tivé que ir embora, nóis vai... medo de trabaiá num tenho não!
— Amém! — balbuciou tristemente a mulher, passando a mão na barriga, que despontava.

Na manhã seguinte, Lauro vestiu-se com sua roupa de trabalho e desceu para a casa dos patrões. O diálogo não teve contextos amenos, e ele não ficou surpreso com o desfecho da conversa. Comportamento desvirtuado, somado a outras mazelas, tinha determinado sua demissão. Na volta, atravessou o vilarejo ao sopé da colina, evitando os fofoqueiros, e saiu cavalgando pelos campos, sentindo o vento gelado da manhã. Em todos os lugares, via os férteis cafezais balançando ao sabor do vento. Puxou as rédeas do cavalo e ficou parado, mensurando tanta beleza. O tempo para ele e sua família na Fazenda Jandainha havia chegado ao fim. Tinha um mês para se mudar!

23 | Bela Vista do Paraíso
(Paraná, 1961/1962)

Partiram para Bela Vista do Paraíso com os poucos pertences que sobraram. Pela janela do caminhão, Dulce viu a entrada para Cambé, e incontidas lágrimas correram livres por seu rosto triste. No peito oprimido, um enorme desejo de se aninhar no abraço amoroso do pai, se fortalecer na sua integridade e ouvir as modas de viola na varanda de casa, quando ele a chamava de moreninha.

Na ceia de Natal de 1961, a mesa de refeições, sempre tão abastada, não oferecia alimentos suficientes para a família. Lauro ganhava por comissão, as roças não prosperavam, e o dinheiro não entrava! Quando recebeu o primeiro salário, levou Clotilde até o armazém de secos e molhados.

Pegou na mão da filha e fez o trecho por dentro do cafezal, cortando caminhos. Na venda ele entregou a lista, pediu uma cachacinha, um guaraná para a menina e saiu para fora, com um cigarro de palha. Mercadoria acomodada em saco branco, jogou nas costas e partiu de volta com a filha. O dia escurecia devagar quando passavam por uma rua de lavoura. Os pés de café, galhados e cheios, faziam um paredão, bloqueando a visão do outro lado.

Uma mulher apareceu igual uma alma penada! Desceu o porrete na cabeça de Lauro pelas costas e saiu correndo. Ele caiu com a cabeça ensanguentada e o saco de compras se esparramou. Lauro nunca soube explicar o ocorrido. Na lembrança de Clotilde, o acidente seria eternizado!

As meninas brincavam à sombra da única mangueira no quintal, e a mãe preparava o almoço. O pai acabava de chegar. Abriu a porteira e conduziu o cavalo abrasado. As meninas foram ao seu encontro. Abençoou-as uma a uma, passando a mão vigorosamente em suas cabecinhas luzidias! Entrou em casa, tirou as botinas e o chapéu, e com os pés descalços se deteve pelo terreiro afora, com as crianças, entre uma tarefa e outra. Mais tarde, a genitora dirigiu-se à porta de entrada, secando a mão no avental, e chamou:

— Lauro, vem armoçá! Traiz as crianças! A comida tá pronta!

As meninas entraram uma depois da outra, e o pai veio por último, com uma braçada de lenha. Despejou ao lado do fogão, e sentaram-se todos ao redor da mesa. Dulce colocou a comida diretamente nos pratos! Serviu às crianças uma a uma e depois ao marido. Nas panelas, tinha mandioca com carne de porco e feijão cozido com cebolinha. As crianças reclamavam, mas limpavam os pratos com pedaços de pão caseiro. Em casa de gente pobre, o pão feito em casa era sagrado e não podia faltar na despensa!

Dulce serviu toda a família e, finalmente, sentou-se com um suspiro.

— Aaah! Que bom discansá um pouco! — disse, encaixando as ancas na cadeira e relaxando o corpo pesado. — Vão brincá lá fora, vão! Tá muito quente aqui dentro! — falou para as crianças.

Ao engolir a primeira garfada, Dulce notou o marido pensativo. Perguntou se ele estava bem, e ele falou:

— Vô discansá um pouco! Mais tarde, vô selá meu cavalo e vô batê lá em Cambé, na casa do seu pai!

— Como ansim, Lauro? O qui aconteceu? — perguntou, surpresa.

— Num aconteceu nada ainda, minha preta! Mais creio qui vai acontecê! Dependendo do resultado da prosa, nóis vamo imbora ainda esse mêis! — Lauro estava determinado: — Andei pensando bem, e daqui nóis num vamo tirá nem pro sal. E vivê desse jeito num é o mió jeito, num é memo?

24 | Bicatu
(Cambé, 1961/1962)

Lauro chegou em Cambé com a luz do dia, como havia planejado. Diminuiu a cadência do animal e adentrou as estradinhas de terra tão familiares. Ainda que a juventude o abraçasse, aos vinte e oito anos, eram muitos os quilômetros percorridos. Numa encruzilhada, precisou seguir caminho oposto ao que sempre fazia para as fazendas Pedro Cristino e Figueiras, quintais de sua mocidade e amizades inesquecíveis. Puxou as rédeas do animal e apeou, captando no olhar aqueles infinitos vales e descampados de terras roxas e lavouras de café, tão íntimas de sua trajetória verde. Acendeu um cigarro de palha e tornou-se parte do quadro formado pela terra e pelo homem. Diante da natureza, se emocionou e seus olhos caipiras marejaram, sem nenhuma timidez!

A Fazenda Bicatu, de 400 alqueires de terras férteis, era um patrimônio em franca expansão na época corrente. José Feliciano trabalhava na fazenda havia quatro anos. Situada em Cambé e banhada pelos rios do Paraná em suas inclinações, a Fazenda Bicatu empregava mais de oitenta famílias, cadastradas e registradas. O sogro de Lauro, experiente e respeitado, encontrava-se bem colocado na fazenda, e seus filhos e filhas, casados, lutavam juntos nas roças de café.

Feliciano estava sentado num banco de madeira na frente de casa, no final da rua. Absorvido por pensamentos, pitava um cigarrinho tranquilamente quando avistou um cavaleiro empoeirado na estrada. Vinha num trote lento, observando todo o cenário que cabia em seu olhar. O entardecer já escondia o sol e trazia a noite, pausada, sem pressa de a escuridão tomar conta do horizonte. No lusco-fusco, reconheceu Lauro! Seu velho coração acelerou um pouco mais. Pensou na filha e nas netinhas! Colocou-se em pé prontamente. Centenas de pensamentos em forma de redemoinhos!

Acomodaram-se no sofá da sala, e Lauro narrou toda a situação. Atencioso, o sogro ouvia sem dizer nada. Era muito claro o desespero do genro! Ao fim, falou para Lauro:

— Óia, caboclo, o bom mesmo era ocê tê um pé di meia pamódi começá, num sabe? Dessa forma, ocêis teriam um dinheirinho melhor no tempo da colheita... mais, pelo qui ocê falô, as coisa num tão das boa... e aí tem que pensá! Posso arranjá procêis emprego nas roças, cum salário igual aos otros colonos! Ocê é bão di serviço... e eu tenho como certo qui a situação si arranja por si só... a fazenda oferece terra boa, e os patrão são genti honesta! — finalizou, encarando o genro, pensativo.

25 | Nadir – Fazenda Bicatu
(Cambé, 1962)

Ainda que a felicidade fosse efêmera, nada podia deixar Dulce triste naquele momento. Não era dada a manifestações festivas, porém seus órgãos pulsavam e ritmavam uma canção de alegria. A tristeza de Lauro por estar sem dinheiro, a falta de cama para as crianças; a falta de quase tudo que iriam precisar para montar uma casa novamente; o peso da gestação de quase sete meses; a empreitada da mudança. Nada a afetava! Estava feliz, pois finalmente voltaria para perto dos pais!

No dia da mudança, as irmãs de Dulce se uniram para ajudar a família. As meninas, esquecidas momentaneamente pela mãe, ajudavam o pai nas pequenas tarefas entre uma brincadeira e outra. Lauro instalou um fumeiro acima do fogão à lenha. Do fundo de casa, ouviu a voz do sogro:

— Ôôô di casa!

Ele empurrava um carrinho de mão cheio de carne e acenava, alegre.

— Bom dia, caboclo! Ocê tá bão? Num deu pamódi vim antes! Cabei de matá um porco gordo procêis! — O sorriso iluminava o rosto pretinho quando olhou a filha descendo os degraus.

Dulce o abraçou. O velho desvencilhou-se educado, para não chorar, e continuou a prosa:

— Eu separei um saco de arroz e feijão procêis começá, Durce. Inté o Lauro fincá o pé, sabe?! — E, virando-se para o genro, prosseguiu: — Tá bão, Lauro? Num vai si chatiá, não, né?

— Capaiz, meu sogro! Capaiz! Num vê intão qui eu só tenho a agradecê?!

No dia 24 de maio de 1962, nasceu a menina Nadir. Bonitinha, alvinha, cabelos lisos e carinha rechonchuda! A avó Palmira fez seu enxoval simples na velha máquina de costura caseira. Lençóis usados viraram cueiros enfeitados, fraldas e pijaminhas confortáveis. Onde a pobreza morava se faziam ricos os momentos de doação! A quinta filha de Lauro teria o apelido de Naná.

A esse tempo, a lida de Lauro nas roças estava no início, e não tinha muito o que colher. A alegria da chegada de mais uma criança durou pouco, e a vida se mostrava arredia. Lauro alegrava-se quando tomava umas e outras, no bar do patrimônio, e, ébrio, iludia-se com outros contos, naquele ambiente fabuloso.

26 | Carmem Lúcia – Fazenda Bicatu
(Cambé, 1963)

Vez ou outra, a casa ficava silenciosa, sem o barulho das meninas, e isso contrariava o pai. Gostava de brincar com as menininhas, que o amavam verdadeiramente, e quando não as via questionava a mulher, que respondia, ressabiada:

— Ah, elas tão lá na casa da mãe. O pai veio buscá elas pamódi comê pamonha! Vão dormir por lá memo! Tavam tão alegrinhas, Lauro! Só ocê vendo!

Dulce apaziguava o esposo e terminava a conversa um tom acima. O marido entrava no jogo e entendia que era um convite para o amor!

A lida de Lauro nas roças de café o aniquilava, e no final do dia estava cansado demais para discutir assuntos domésticos com a mulher. Não tinha vontade de voltar para casa e de vez em quando sumia sem pretexto. A esposa o recebia resignada, sem reclamar, com receio de despertar no marido o desejo de partir para outros rumos.

Quando Nadir completou cinco meses, Dulce engravidou novamente. Era sua sexta gestação, e no inverno de 1963, no dia 16 de julho, nasceu mais uma menininha. A garotinha era uma réplica da pequena Lucimara: Carmem Lúcia era charmosa, de nariz afilado, carinha salpicada de sardas e pele branquinha como a neve! Seus pais ficaram em choque ao vê-la tão idêntica à outra filhinha. A menina era tímida, de olhar angelical e modos contidos de ovelha, como se fosse uma prometida do Senhor. Seu apelido seria Carminha!

27 | Elizângela – Fazenda Bicatu
(Cambé, 1964)

As meninas cresceram vendo a mãe ninando, dando de mamar e trocando panos molhados! Aos sete anos de idade, Clotilde sonhava com uma boneca de verdade. Só conhecia as espigas de milho que ela mesma inventava. Seus pais, notando sua desenvoltura e força, decidiram que ela ia ajudar na roça.

Quando completou oito anos, seu presente foi uma enxada! Uma boneca enorme de cabeça grande e corpo seco, sua fiel companheira de infância e adolescência!

Quando Carmem Lúcia completou oito meses, Dulce engravidou novamente. No dia 18 de dezembro de 1964, nasceu mais uma filhinha de Lauro, uma bebezinha branca e loira. Tinha o rosto pintadinho e um nariz largo igual ao do pai! Elizângela era o mais próximo de um moleque na vida de Lauro e o acompanharia em todas as caminhadas, igual um grude. Desacostumado com tanto rabicho, se apegaria à menininha de uma forma diferente, nascendo entre eles um amor desmedido. Apelidada de Sancha, seria a caçula durante cinco anos, maior período que a mãe ficou sem engravidar!

Lauro trabalhava de sol a sol, igual um animal. Clotilde era valente e chegava pau a pau com o pai nas ruas de café. O serviço de limpar troncos havia ficado para trás, e ela manejava a enxada igual gente grande! Margarida, com idade muito próxima à sua, assumiu o serviço deixado para trás. As irmãs se uniam nas roças verdejantes e faziam do trabalho uma brincadeira para sobreviverem às duras condições que a vida aplicava. Vez ou outra o pai as surpreendia em ruas de café mais distantes, cantando igual dois passarinhos.

Os poucos ganhos de Lauro ficavam na venda, e seu nome sempre estava na parte vermelha da caderneta! Compadecidos do jovem pai de família e contentes com seu desempenho, os patrões autorizaram o plantio de arroz num baixadão dentro da fazenda. Animado, Lauro se empenhou na labuta e iniciou o plantio junto com suas duas filhas maiores!

28 | Pão com manteiga – Fazenda Bicatu
(Cambé, Paraná, 1965)

"O pão do pobre, quando cai, cai sempre com a manteiga virada para baixo!"

A labuta na roça começava bem cedinho, antes de o galo cantar. Clotilde levantava-se na frente, acendia o fogo, e a mãe vinha preparar o café. No breu da madrugada, Dulce os acompanhava da varanda, até as silhuetas singulares de chapéu de palha na cabeça sumirem na escuridão. Às 10h30 ela chegava no cafezal com o almoço e uma marmita extra, para o marido forrar as tripas ao meio-dia.

Clotilde, que nunca vira o pai relaxado no trabalho, notou estranheza em seu comportamento! Ele costumava sentar-se debaixo de um pé de café de copa larga para almoçar, e assim que terminava sumia rapidamente e voltava com uma melancia docinha. Naquele dia, Lauro não se levantou! Ficou derreado sob a árvore folhuda, com ataques repentinos de arrepios e suores constantes. Quando tentou se levantar, sentiu tontura e náusea e vomitou tudo o que havia comido. Desesperada, Clotilde correu para ajudá-lo a se encostar na árvore, chamando-lhe:

— Pai, pai! O qui o senhor tem, pai? Fala comigo, pai! Fala!

Ela o sacudia, buscando respostas que não vinham! Apavorada, viu o pai revirar os olhos em vias de convulsão e sua boca ficar cada vez mais ressecada!

Chamou a irmãzinha, que observava de longe, chorando em silêncio, e pediu-lhe para segurar o pai encostado no pé de café, para que ele não caísse de novo. Saiu igual vento pelo cafezal afora, deixando as lágrimas reprimidas escorrerem livres por seu rosto moreno.

Lauro tinha trinta e um anos e estava com malária! Clotilde disse ao avô que seu pai estava morrendo! José Feliciano chamou um de seus homens e partiu imediatamente para o roçado. Ao abrir os olhos, na cama do hospital, viu Dulce ao seu lado, com o semblante preocupado. Ele não contava com a má sorte! Chegava perto de fazer sua primeira colheita de arroz! Estava animado e feliz!

O médico esclareceu o diagnóstico e impôs regras para a recuperação. Lauro saiu do quarto, amparado pela esposa. No corredor, o sogro ficou feliz em ver o agricultor andando com as próprias pernas!

Lauro estava pensativo e taciturno, sentado ao lado da esposa na caminhonete. No banco da frente, o sogro observador quebrou o silêncio, como se adivinhasse os rumos dos pensamentos do rapaz.

— Ô Lauro, ocê sabe cum quem eu me encontrei otro dia no armazém?

Com a negativa de Lauro, meneando a cabeça, o velho continuou:

— Pois então, rapaiz! Quando eu tava saindo, topei cas fuça dum rapaizão apanhado! O caboclo me cumprimentou, e quando botei reparo era o fio do Seu Mérito! Feiz gosto encontrá ele, viu?! Ele perguntou docê! Qué sabê das novidades que ocê trouxe das suas andanças!

29 Rosas e feitiço – Fazenda Bicatu
(Cambé, Paraná, 1965)

Clotilde amava os encantos da natureza e suspirava quando via um jardim florido. Certo dia, depois do almoço, os pais foram passear, e a moreninha de oito anos pediu para ficar em casa com as irmãs.

— Quero ir não, mãe! Nóis vamo plantá uns pé di rosa no quintal da frente!

A mãe virou-se para ela, com as mãos na cintura e o olhar duvidoso, e falou:

— Ara! Mais ocêis gosta tanto de passear! E num vão purcausa di um pé de rosa? Ocêis é que sabem! Dispois num reclama não!

Clotilde concordou, e foi buscar uma enxada para realizar o serviço. As casas que perfilavam a rua eram enfeitadas por plantas. Lauro fez a horta e o pomar nos fundos, e a frente ficou nua! Há muito que ele não plantava flores! A terra era remexida para semear sementes de pão.

As meninas cavavam os buracos, animadas. Clotilde olhou a escada de madeira e disse à irmã:

— Guida, vô prantá um pé di rosa debaixo da escada! Quando nóis tivé na sala, nóis fica admirando ela!

Tereza, a menorzinha mais arteira, com terra até os olhos, vibrava:

— Eeeeeh, vai ficá *indo*!! Vai ficá *indo*!

"Ara!! Por causa do quê a enxada não encontrou a terra dura? Coisa mais estranha", pensou Clotilde. Notou que a terra estava muito fofa, e suavemente começou a puxar. De repente, a enxada fez um barulho seco e vibrante. A curiosidade da menina aguçou, e ela não parava de cavar, cavar, cavar!

A terra estava mole, recém-mexida. Um cheiro horripilante de carniça alcançou suas narinas. Tirou da terra uma enorme cabeça de porco, em adiantado estado de decomposição! Ao lado da matéria apodrecida, uma garrafa de pinga intacta! Clotilde tirou tudo do buraco e plantou a roseira no lugar do feitiço.

O retorno do casal virou uma incansável discussão. A mãe estava brava e alterada.

— É isso qui dá essa sua sem-vergonhice cum muié ramera, Lauro! Acha intão que essa macumba na nossa porta foi por causa de quê? É ocê, hómi, qui num muda, qui num toma prumo nem vergonha na cara! Em todo lugá qui a nossa família tenta vivê é a mema coisa!

Lauro, cabisbaixo, sem confrontá-la em sua razão, só ouvia calado, com os pensamentos bem longe dali: "Mais rapaiz, quem será que me quer tão mal assim? Tá doido?! Mas será o Benedito, sô?!".

30 | Fazenda Figueiras
(Cambé, Paraná, 1966)

Lauro desanimou de tal maneira que não encontrava mais alegria no Bicatu. E, quando ele cismava, ninguém conseguia segurar! Clotilde, já maiorzinha, com recato na expressão, falou com o genitor:

— As coisa vão miorá, pai! Nóis vamo ajudá mais! E num queremo ficá longe do padrinho, tamém!

— Dá não, minha fia! O qui eu tinha pamódi ganhá aqui já ganhei. Num tenho mais alegria aqui não!

Foram morar na Fazenda Figueiras, onde os ganhos eram maiores. Só não foi avisado que a terra era pedregosa! Se não houvesse um milagre, suas sementes jamais brotariam naquele solo árido!

No final do segundo mês de trabalho, numa sexta-feira à tardinha, Dulce entregou ao marido a lista para ir ao Armazém Cambeense. Depois de um dia cansado e sem perspectivas, obedeceu prontamente à mulher, selou o cavalo, pegou seu chapéu na parede, abraçou os embornais e saiu a galope pela estrada afora. Não se incomodou com a calça surrada e a camisa amarela suja de terra. A brisa gostosa batendo em seu rosto era um presente! Sensação maravilhosa de liberdade! Vivia preso em condições impostas por ele mesmo, sonhando com o impossível, e abraçava os bons momentos permitidos.

31 | João Augusto Dias Mesquita
(Cambé, Paraná, 1966)

Lauro parou na porta da venda e encheu o peito, inalando o cheiro daquele lugar de recordações. Cheiro dos animais atrelados ao braço de um cercado do lado de fora. Cheiro de secos e molhados. Cheiro de querosene, fumo de rolo, cachaça, creolina e banha de porco. Cheiros almiscarados que lhe faziam tão bem! A fartura para os olhos, o colorido do lugar e seus balcões apinhados de luz e prosperidade!

Lauro cumprimentou Seu Horácio e entregou-lhe a lista de compras. Se ajeitou na mesa do lado de fora e cruzou as pernas. Enrolou um cigarro de palha calado, se guarnecendo de suas lembranças.

A chegada de um cavaleiro chamou sua atenção. Era um homem alto, de porte altivo e boa aparência. Vestia-se com boas roupas e aparentava ter vinte e oito anos. Lauro sentiu crescer no peito uma mescla de emoções. Lembrou-se de uma noite de tempestade e um embuste covarde.

— Si ocê num é o João Augusto, eu num me chamo Lauro Montanha!

Seus olhares se cruzaram, e o rapaz ficou genuinamente feliz pelo encontro!

— Aaah, mas num tô acreditando não, caboclo... quanto tempo não te vejo, homem!

Lauro o encarava admirado, e os dois riram contentes!

— E como tá sua mãe e sua irmã? — Lauro perguntou ao rapaz.

— Mamãe está bem, na medida do possível. Adoeceu muito ao longo dos anos, e Maria Rita está estudando veterinária — esclareceu ao amigo curioso, que emendou sem cerimônias:

— E a morte do seu pai, João Augusto? Ninguém descobriu nada?

— Rapaz, você sabe que durante alguns anos eu parecia um zumbi, né? Andava com arma de fogo na cintura e muito ódio no coração. Procurei o assassino por muito tempo, gastei dinheiro com detetive particular e contratei capangas criminosos. Vivia assombrado e quase me perdi nos caminhos do inferno! Só acordei quando minha mãe quase morreu e sonhei com meu pai. Em 1960, quando completei vinte e três anos, chegou um jornal de Londrina. O sujeito foi assassinado num cabaré por uma prostituta! Na época não assimilei, achei que era só mais uma tragédia. Aí um funcionário da fazenda desfiou o rosário. O advogado era o mandante do crime, e daí em diante abandonei de vez meu desejo de vingança! — E, com um sorriso, o nobre quis saber, antes que Lauro aludisse mais indagações: — E você, caboclo? Vamos ter que marcar outro dia! As horas voaram, e eu preciso ir! Obrigado, meu amigo! Foi muito bom prosear com você! Estava com saudade das suas fábulas!

Se abraçaram, e João Augusto complementou:
— Lauro, eu conversei com o velho Feliciano por esses dias! Soube de sua insatisfação na Fazenda Figueiras, é isso mesmo?
Pego de surpresa, Lauro apenas meneou a cabeça positivamente.
— Tenho uma indicação para você! — João Augusto emendou. — Familiares do meu pai, que vieram da Itália! Pensa num povo bom e multiplica por dez, viu, Lauro! Estão precisando de gente trabalhadora! Me procura lá na fazenda! Vamos combinar tudo, e eu te apresento a família Beraldin!

32 | Família Beraldin – Fazendinha São José
(Cambé, Paraná, 1967)

A Fazendinha São José ficava dentro de um vale verdejante. Os irmãos Bernardo e Tonico Beraldin eram os donos, e suas esposas e filhos também eram envolvidos na agricultura. Italianos decentes, de moral e bons costumes, que tratavam os empregados com respeito e educação! Para Lauro e sua família, era outro recomeço no verão de 1967! Os irmãos o receberam com um saco de vinte quilos de arroz e meio porco para alimentar as crianças, em sinal de boas-vindas.

A Fazendinha poderia ser comparada a um paraíso, por tantas virtudes que a envolviam! Quinta de terras vermelhas e riacho cristalino, na entrada os canteiros de flores vicejavam! O cafezal em flor se perdia de vista.

O sogro de Lauro foi ajudar no dia da mudança. Em momento propício, fez uma pausa, acendeu o cigarro de palha com sua binga e, calmamente, chamou Lauro para uma prosa:

— Ô Lauro, ocê dá valor pra esses italianos, viu, meu fio?! São pessoas muito boas! Ocê há di sê muito feliz mais a Dulce e as meninas! — falava pausado e educado, calculando as palavras. — Vê si num apronta e bota juízo na cuca, caboclo! Agradeça à Virgem Maria e que Deus te abençoe! — finalizou, olhando o mais jovem nos olhos e batendo em seu ombro amistosamente.

Lauro ouviu as advertências em silêncio e, em concordância, falou para o sogro, com sinceridade:

— Fica tranquilo, meu sogro! Vô tocá cum fé e coragem! Eu tô muito agradecido por tudo! O senhor tem sido mais do que um pai pra mim!

Feliciano se compadecia das meninas, que seguiam pela vida sem ter um porto seguro. Os últimos tempos junto à família o tinham aproximado muito de Clotilde. A cachopa era um retrato dele na juventude! Soltou um suspiro alto de tristeza, acalmou a respiração, e chamou a neta quando a viu passar:

— Ô trem! Vem cá, vem! O vô qué ti falá uma coisa!

Clotilde correu até ele e ficou à sua frente.

— Ocê vai se mudá pra um lugar muito bonito! Vô ti dá dois presentes!

Ele balançou dois dedos no ar, encarando-a alegre, e concluiu:

— Uma boa leitoa, pamódi ocê enchê seu mangueirão, e uma galinha botadeira!

A porca e a galinha encheriam o mangueirão e o galinheiro da família como se fosse um milagre da multiplicação!

33 | Dias felizes – Fazendinha
(Cambé, Paraná, 1967)

Lauro estava contente, aos trinta e quatro anos! Sentia-se à vontade com a família italiana. As meninas iriam receber meio-dia de trabalho e estavam sempre de mangas arregaçadas! A casa era boa, os vizinhos não eram colados, existia uma distância discreta a separá-los. A patroa, Dona Josélia, ajudou a família e conseguiu doação na paróquia local. Camas, colchões de palha e roupas usadas em bom estado! As crianças, imberbes colecionadoras de sofrimento, viam naquele lugar e naquelas almas boas um cantinho do céu, onde Deus ia visitá-las!

Domingo era dia de folga. O alvoroço dos bichos, o som dos passarinhos e o galo cantador formavam na roça uma orquestra natural. O sol despontava no horizonte, iluminando os orvalhos dos pés de café, igual diamantes em gotas! Matuto não ficava na cama por muito tempo; o corpo reclamava! Quando o sol estava alto, Lauro tinha feito coisas que até duvidava! Pulava cedo para consertar desmantelos da casa, queria reconquistar sua morena, que há algum tempo não lhe dava bola!

Dulce estava na cozinha, fazendo almoço, e o perfume do molho da macarronada e o frango caipira enchiam o ar. No quintal, o esposo mexia com cercas vivas para a horta recém-plantada. Usava chapéu na cabeça, para se proteger do sol, mas o suor escorria pelo seu rosto. Dulce o chamou da janela:

— Lauro, eu tô precisando de umas coisinhas de horta pro almoço!

— E o qui é qui ocê, precisa minha flor? — perguntou, galante, com o bico doce e todo rapapé!

— Ara, sô! Que flor o quê, hómi! Num tá vendo meu disaprumo não? Toda suada nessa cozinha! Cumé qui fica bonita?! — disse, com certa doçura e vaidade na voz. Sabia que o elogio era em busca de uma trégua! Depois da macumba, não quisera mais saber do marido! Mas gostou do elogio e continuou: — Ocê larga a mão de graça, Lauro! Vai na horta da minha irmã, por favor, e traiz cebolinha e tomate!

Lauro tirou o chapéu, fez mesura à esposa e saiu em direção ao portão, com um sorriso estampado na cara lavada. Correndo atrás dele, vinha Elizângela, com os cabelinhos amarelos soltos ao vento.

O serviço na Fazendinha começava cedo. Junto com o pai, as meninas faziam as primeiras recolhas, que iam se amontoando nas ruas de café. Antes do fim, Lauro deixava por conta de Clotilde e voltava para o começo da alameda. Em seguida, vinha ensacando os montes, e mais tarde chegava o patrão com uma caminhonete. Juntavam tudo coletivamente e levavam para um enorme pátio perto da sede, onde os grãos eram esparramados para secar. Nessas ocasiões, os patrões matavam um boi para comemorar, dividiam a carne entre todos os colonos e compravam Guaraná Antarctica para as crianças, marcando suas memórias com o sabor regado a afeto!

Dona Josélia conversou com os pais, e ficou decidido que as meninas iam estudar. Elas cortavam os quilômetros até a escola numa alegria sem precedentes. Viver na Fazendinha era muito bom! Não queriam ir embora nunca mais! As crianças menores cresciam, e a barriga da mãe nunca ficou tanto tempo sem um bebê. A casa tinha muita fartura, em pães e carnes que secavam no fumeiro. Tinha o afeto dos avós, tinha o Tio Berga, um homem trabalhador e desfeito de mimos com crianças, além de dono das melhores melancias do lugar. Enterrava as melancias, e as meninas roubavam as frutas enormes. Só tinha sabor se fossem as melancias da roça do Tio Berga!

Lauro sentia falta de Clotilde nas lavouras, e ela dobrou sua dedicação depois da escola. Em pouco tempo, acompanhava o pai "pau a pau". Um dia, na época da colheita, o patrão ficou conversando com Lauro nas ruas de café, enquanto carregavam os sacos para a caminhonete. Deu tempo de prestar atenção na desenvoltura da garotinha, que aos onze anos colocava facilmente alguns marmanjos no bolso! Por merecimento, o patrão igualou o salário da manceba ao de seu pai.

34 Trégua para o amor – Fazendinha São José
(Cambé, Paraná, 1967)

O dia ainda estava claro quando Lauro chegou do futebol com as filhas. Dulce estava na sala, com uma cesta de costura no chão, presa entre as pernas. Pensava no esposo e na falta que ele fazia para a sua existência feminina. Amava o marido à sua maneira honesta, e o casamento era sagrado! Estava na hora de levantar a bandeira branca e atender aos anseios que os envolviam!

—- Dulce?! —- Lauro a chamava há algum tempo. —- Num tá me ouvindo não, cabocla? Tô aqui na sua frente que nem estátua, e ocê nem me olha, muié! Tá tudo bem cunvancê, minha flor?

Dulce saiu das brumas de seus pensamentos e o encarou, enternecida:
—- Ave-Maria, Lauro! Discurpa! Tava aqui pensando cum meus botões! Mas já vortaram? Tão cedo assim? Num teve a festança depois do jogo, não? O Fazendinha perdeu, foi?
—- Que perdeu o quê? Ganhou, e ganhou bonito! Foi um jogo muito emocionante, isso sim! E a festança tá correndo frouxa lá no campo! Eu que num quis me demorar mais, minha preta! —- falou, saliente. —- O caminhão ia atrasá. Queria memo era ficar mais perto docê nesse restinho de domingo.

35 | Brigite – Fazendinha
(Cambé, Paraná, 1968)

No outono de 1968, a natureza nos campos e prados do interior se apresentava em cores diferentes. A queda na temperatura e o amarelar das folhas das árvores, indicando a passagem das estações, traziam mudanças ao cenário. A natureza trocava de roupas muito timidamente, e na casa de Lauro e Dulce a magia do amor se fazia presente. Em março, Dulce concebeu sua oitava gestação!

No dia 30 de novembro de 1968 nasceu Brigite, uma menina morena e cheia de sardinhas no rosto. Seus olhos eram escuros e seus cabelos eram sedosos e pretinhos. Brigite era uma das bebês mais lindas do casal! Dona Josélia ficou tão encantada que ia visitar a recém-nascida todo dia. A beleza de Brigite foi fundamental para que seus pezinhos tortos de nascença não chamassem atenção. Seu apelido seria Bida!

Quando Brigite completou dois meses, Dulce engravidou novamente. Discreta e sem graça, não anunciou de imediato a gestação, revelando-a apenas quando a barriga despontou. No emaranhado de seus sentimentos, cansada do próprio peso e sem leite para a criança de colo, já não correspondia às investidas da pequena Brigite. Ficava um tempão encostada à soleira da porta dos fundos, olhando para o nada, com o olhar não se sabia onde, alisando o ventre, mas com esperanças renovadas!

36 A lenda dos cavalos mágicos – Fazendinha
(Cambé, Paraná, 1969)

Era o amanhecer de sábado na Fazendinha, e o sol frio despontava calmamente, invadindo as frestas das casas. Lauro ia colher sua plantação de rabanetes e estava animado. Não podia imaginar que o desejo da mulher grávida em comer rabanetes fosse render uma horta tão próspera! Pulou da cama de mansinho, para não acordar a esposa, fez o sinal da cruz e rezou um pai-nosso silencioso. A barriga de Dulce estava pesada, na reta final, e nos últimos dias ela reclamava muito de dores.

Entrou no quarto com o café fumegante para Dulce, que se ajeitou na cama e o olhava agradecida. Lauro a beijou no rosto e seguiu em direção à porta. Antes de fechá-la, Dulce chamou-o:

— Lauro, ocê não esqueceu qui dia é hoje não, né?

Ele a fitou por um tempo e respondeu:

— Uai... mais é claro que não, cabocla! Então num sei que hoje é dia de contar estória pra essas meninas?! E ocê acha que elas deixam eu me isquecê?

E saiu do quarto, rindo.

Na despedida colorida do sol, um ventinho frio vinha do horizonte. Dulce saiu à porta da cozinha e chamou as crianças. A cozinha estava perfumada com a manteiga recém-batida e a fornada de pães que acabara de assar com a ajuda de Clotilde. Em cima do fogão, um enorme bule de café os esperava. Viu seu marido admirando o trabalho que havia terminado, encostado à cerca da horta, e convocou-o também para dentro de casa. Lauro elogiou o aroma da cozinha e, agradecido, disse-lhe:

— Primeiro eu vô tomá um banho pra me incontrá com algumas princesas! Depois tomo café!

As crianças, arrumadinhas e de cabelo penteado, estavam mais ansiosas pela narração da história que o pai contava do que pelo café. Dulce agasalhou-se e foi para varanda, juntar-se a elas. Lauro retornou perfumado e de roupa limpa. As crianças o olhavam como se ele fosse o mais sábio entre os homens! Ouvir as histórias contadas tão brilhantemente pelo pai transportava-as para reinos onde podiam ser princesas de verdade. Nunca souberam de onde ele extraía as fábulas, mas seu talento em ilustrar as narrativas era simplesmente maravilhoso. Os encontros se tornaram muito importantes para as meninas: dias aguardados e especiais! Depois que o pai iniciava a história, elas não queriam que tivesse fim! Sempre pediam ao pai que costurasse um conto noutro!

"Era uma vez três irmãos, Pedro, José e Joãozinho, o mais novo. Pedro um dia falou para o pai: 'Saiba, meu pai, que eu vou cuidar da minha vida'. O pai insistiu que ele não fosse, mas, vendo-o obstinado, consentiu, e, em vez da bênção que não pediu, deu-lhe uma bolsa de dinheiro, que o filho achou pouco. O pai ainda chorava sua ausência, quando chegou o outro filho, José, e disse-lhe: 'Meu pai, quero correr o mundo e tratar da minha vida. Em vez de bênção, eu quero dinheiro'. O pobre homem entregou-lhe outra bolsa e, como José achasse pouco, deu-lhe tudo que ainda tinha. Novas lágrimas e lamentos, até que veio ter com o pai Joãozinho, o mais novo, que lhe disse com carinho: 'Meu pai, venho pedir-lhe a bênção, pois desejo também partir'. O velho pôs-se a chorar, mas, como o mocinho insistia, não tinha remédio senão consentir e abençoar-lhe, já que o dinheiro havia acabado. Depois de muito andar, Pedro chegou a um castelo, onde tinha um pomar e uma grande horta, que segundo corria todas as noites era devastada por misteriosos cavalos, que ninguém tocava nem conseguia prender. Pedro pediu emprego, o castelão contou-lhe o que se passava, e o rapaz propôs guardar a horta. À noite, se colocou à espreita, mas lá pelas tantas dormiu. Vieram os cavalos e devastaram tudo. Pedro despertou, o mal já estava feito, e os animais desapareceram. No dia seguinte, o castelão ficou indignado e despediu o moço. Passados dias, chegou José, e empregou-se para o mesmo fim. E diferente não foi o resultado quando, pela manhã, a horta estava toda devastada, e José foi despedido por dormir em serviço. A esse tempo, Joãozinho, sem recursos para pagar hospedagem, passava as noites nos ranchos. Numa noite apareceu-lhe Nossa Senhora, sua madrinha, e lhe disse: 'João, estarei contigo, meu filho! Toma esta rede, para que nela descanses, este machetinho, para que te divirtas, e esta caixa de alfinetes, para espetar na rede e se manter vigilante'. Depois desapareceu, deixando o rapaz deslumbrado. Joãozinho chegou no castelo e fez tudo o que os irmãos fizeram. À noite, atou sua rede nos galhos de duas árvores, colocou os alfinetes e pôs-se a tocar o machetinho. Quando cochilava, era imediatamente espetado, já tirando notas do machete. Nisso, ouviu um rumor. Era o primeiro cavalo, muito bonito e todo baio, que chegava. O rapazinho foi ao encontro do animal, tendo antes colhido algumas folhas de couve, que lhe ofereceu. O cavalo, que era encantado, disse-lhe assim: 'Fizeste bem em praticar esta boa ação! Não vou estragar sua horta! Toma em pagamento este fio da minha crina, e quando estiveres em algum aperto, ou quando desejares alguma coisa, deves apenas pronunciar estas palavras e eu estarei ao teu lado: *Oh, meu cavalo forte! Penso em ti e de força me valho... Amarelo como o sol... Valei-me, ó cavalo baio!*'. Mais tarde apareceu um cavalo preto, e tudo se deu igualmente com o outro. E, quando se despediu de Joãozinho, disse-lhe: 'Muitos tentaram e nenhum chegou até aqui, meu bom rapaz! Toma para ti este fio de minha crina e em qualquer ocasião que precisares de minha ajuda, basta pronunciar as palavras certas, que logo chegarei a ti: *Oh, meu cavalo negro! Em sua força me deleito... Cor de ébano e brilhante... Valei-me, ó cavalo preto!*' Na mesma noite ainda, já perto do dia amanhecer, eis que surge, diante dos olhos de Joãozinho, o cavalo branco mais bonito de toda a sua vida. Pasmo de admiração, correu com a couve fresca para o animal, que lhe disse: 'A nobreza de um homem está também em sua determinação, rapaz. Leve como presente este fio de minha crina e, em qualquer ocasião que precisares de minha ajuda, basta pronunciar as palavras certas, que eu irei até você: *Oh, meu cavalo do reino! Sua cor é um encanto... Com você sou bem mais forte... Valei-me, ó cavalo branco!*'. Quando o dono do castelo viu sua horta e pomar sem a devastação, ficou muito feliz. João guardou segredo e ficou trabalhando por dois anos no castelo, de onde saiu muito bem pago. Percorrendo caminhos, João foi parar numa cidade onde havia um rei, cuja única e linda filha só se casaria com o jovem que, no torneio seguinte de corrida de cavalos, que duraria três dias, tirasse do dedo da mão direita da princesa o anel que ela traria, no andar mais alto do palácio. João ouviu contarem isso em cada esquina, e depois de ver a princesa na sacada do palácio ficou louco de amores por ela. Para mais informações, foi trabalhar como empregado na casa de jovens que moravam juntos, entregues à libertinagem. Deram-lhe os trabalhos da cozinha e o tratavam muito mal. João cumpria seus deveres e, embora tivesse reconhecido entre os patrões seus dois irmãos, não quis se apresentar. E não se falava em outra coisa senão no tal torneio, e todos faziam plano de ser o conquistador da mão da princesa. Encomendaram os melhores cavalos e, no dia, partiram. Quando João ficou só, tomou do fio da crina do cavalo baio, e numa voz alta e eloquente, disse: 'Oh, meu cavalo forte! Penso em ti e de força me valho... Amarelo como o sol... Valei-me, ó cavalo baio!'. E subitamente apareceu um lindo e vistoso cavalo amarelo como o sol, todo arreado na prata e no ouro, enquanto João se viu, pasmo, todo vestido de príncipe, com a mais bela e cara roupa que podia lhe compor o visual. Montou a cavalo e partiu pelas ruas da cidade em direção ao castelo do rei. Eram muitos os candidatos que tinham feito tentativa em vão, quando surgiu um cavaleiro, que num voo, aprumando-se nos estribos do selim, quase tirou o anel. O povo alardeou o feito em palmas, mas o prêmio não foi conquistado. Todos, inclusive a princesa e os irmãos de João, estavam doidinhos por saber quem seria aquele cavaleiro, mas nada se descobriu. No segundo dia, o assunto na casa onde João trabalhava era somente sobre o desconhecido. Os rapazes, intrigados com a apresentação, teciam planos para eliminá-lo. Os irmãos de João eram os mais irritados, pois tinham a certeza do casamento. João, silencioso e de cabeça baixa, realizou seu serviço sem ser notado, até que chegou a segunda rodada. Depois que todos saíram, pegou seu fio de crina preta, encheu o peito e falou: 'Oh, meu cavalo negro! Em sua força me deleito... Cor de ébano brilhante... Valei-me, ó cavalo preto!'. E na sua frente surgiu o mais belo cavalo negro que um homem poderia sonhar, todo lustrado e arreado em ouro. João se viu em trajes principescos, todo negro e combinando com seu corcel. Montou o animal e partiu a galope. Lá chegando, os outros corredores tinham feito a prova em vão. Então ele apareceu, e num voo do cavalo, quase, por um triz, não arrebatou o anel da mão da princesa, que sorriu, encantada. O povo explodiu e o príncipe desapareceu igual fumaça, deixando a todos curiosos. E ainda dessa vez, não conseguiram descobrir quem fosse a estranha aparição, e mil pesquisas e conjecturas se fizeram.

"Era chegada a terceira e última prova. Todos os moradores acorreram à praça do torneio, para saber quem ganharia a disputa. Era um festejo e tanto, e cada qual dos participantes vinha montado no mais belo e fogoso animal, ostentando seus melhores trajes e arreios. Nesse dia, João pregou uma boa peça nos irmãos e em seus companheiros que o maltratavam: não limpou a cozinha e deixou escrito na parede, a carvão, o seu nome, para se fazer conhecer. Em seguida, pegou no fio da crina branca e, com o peito estufado de esperança e determinação, pronunciou as palavras mágicas: 'Oh, meu cavalo do reino!

Sua cor é um encanto... Com você sou bem mais forte... Valei-me, ó cavalo branco!'. Em sua frente surgiu o mais lindo entre todos os cavalos brancos, de crina comprida e arreios de diamante. Seu traje encantado também era branco, com detalhes em ouro e prata. Montou o cavalo e saiu a galope em direção ao castelo, mais rápido que o vento. Lá chegando, os outros tinham tentado, em vão. Foi quando ele assomou em rápida carreira pelo espaço, todos o olhando boquiabertos, quando, num salto do cavalo, ele passou como relâmpago pelos ares e tirou o anel do dedo direito da princesa. O povo explodiu em manifestações alegres, e o rei foi com seu cortejo ao encontro de João, e apertou sua mão expressando grande admiração. Levaram João ao encontro da princesa que o esperava, ansiosa e feliz em seus trajes reais. Quando os irmãos viram a desordem e deram com o nome do irmão escrito na parede, entenderam logo que ele era o cavaleiro misterioso, foram ao seu encontro e lhe pediram perdão. João recebeu-os com alegria e os convidou para seu casamento a se realizar dentro de um mês. Mandou buscar seu pai, que se reuniu com a família novamente. Deu bons empregos aos irmãos no palácio, e todos ficaram muito contentes. E... fim!"

Na pronúncia do "fim", sob a luz das lamparinas, as meninas saíram do transe em que se encontravam. Clotilde, Margarida, Tereza, Nadir, Carmem Lúcia, Elizângela e a pequena Brigite vibravam na sensação de viajarem para reinos distantes. Dulce ouvia atentamente a fábula e, pensativa, voltava ao seu passado, quando o pai lhes contava causos na varanda de casa, na Fazenda Pedro Cristino. Em seu ventre, a criança prestes a nascer revirava-se como se quisesse sair para ouvir os contos!

37 | Enedine – Fazendinha
(Cambé, 1969)

A sensibilidade de Dulce estava à flor da pele. Vulnerável e com um barrigão enorme de quase nove meses, por qualquer quirela discutia com o marido. O cheiro do álcool e dos perfumes baratos voltavam a impregnar suas roupas. Quando a primavera chegou revestida em seus trajes matizados e alegres, Dulce entrou em trabalho de parto, sem esperar passar por tanta consternação.

José Feliciano, diante do sofrimento da filha, se prostrou em orações pedindo ajuda espiritual e depois do nono dia de sofrimento da gestante, foi visitá-la com duas foices alojadas em seu alforje. Pediu para a esposa ajudar Dulce a ficar de pé. Assim que a grávida se levantou ele colocou as duas foices cruzadas embaixo do colchão de mola, exatamente onde Dulce deveria se deitar de costas. Assim que ela voltou ao leito, ele ordenou ao genro que fosse buscar a parteira. O sol começava a sumir quando Lauro pegou o cavalo e saiu a galope. Dulce já tinha perdido a noção do tempo diante de tanta dor! Quando seu pai a olhou nos olhos e segurou sua mão, um alívio quase imediato tomou conta de seu semblante! Com seu olhar pequeno e marejado de preto velho, ele lhe falou:

- Ocê pode confiá viu minha Durce! - Disse muito sério. - Como tá brilhando a luz da lamparina aí do seu lado, ocê pode confiá! Essa criança vai nascer hoje! Num vai passá di hoje não! - Falou convicto e saiu do quarto, emocionado, para o terreiro escuro!

Às nove horas da noite, Dulce deu à luz mais uma menininha Montanha! O choro da criança reverberou pela casa como um som abençoado, depois de tanta espera angustiante. Lauro bebia para comemorar o nascimento de mais uma filha, e Dulce caía num sono profundo e necessário, depois de sofrer tanto para dar à luz Enedine.

A menina era morena e tinha os cabelos finos cheios de cachinhos dourados, muito parecida com Clotilde. Seu nome não daria apelido, e apenas Nadir a chamaria por outro lustre de vez em quando.

38 | Suzana – Fazendinha
(Cambé, 1970)

Em julho de 1970, o inverno no Paraná era daqueles que doíam os ossos de caboclo acostumado! A baixa temperatura não permitia que as casas simples de madeira se aquecessem facilmente, e dava o que fazer para ter lenha seca no cercado! Manter o fogão aceso era essencial para suportar o frio congelante.

Na casa da família Montanha, em tempos difíceis e invernais, tudo era pouco para tanta criança. Clotilde, já mocinha, não gostava da vida dura que se apresentava diante de seus olhos. Com sol ou tempestade, o cenário de sua vida e de suas irmãs era sempre muito igual!

No dia 9 de julho do mesmo ano, quando os cafezais estavam brancos de orvalhos cristalizados e Enedine completava nove meses, nascia mais uma menina, com a cara toda pintada de sardas e tão saudável como as outras. A recém-nascida lembrava Brigite, que completaria dois anos no mesmo ano. Batizada por Suzana, a caçula era morena, tinha fartos cabelos pretos, e chegava em tempos gelados e obscuros!

Seu único consolo era se abastecer na fartura do leite materno. Grudaria na mãe igual chiclete e manteria seu reinado de caçulinha durante três anos. Diferente de Enedine, ganhou um apelido logo que nasceu. Olhos miúdos e sonhadores iguais aos de Dulce, seu apelido seria Suzi.

39 | Rosália – Fazendinha
(Cambé, 1971)

Lauro andava inquieto e resolveu aceitar o convite de sua irmã caçula, que morava em São Paulo, para visitá-la. Nas cartas, Rosália descrevia-lhe um cenário de conforto e o estimulava a ir embora com sua enorme família. As energias da Fazendinha já não eram as mesmas, e depois de quatro anos Lauro estava prestes a desistir. As colheitas não tinham sido fartas como de costume e traziam rugas na feição da caboclada. Inverno rigoroso! Já dizia o ditado que "miséria pouca é bobagem"! Em um dia muito frio, Dulce colocou querosene na lamparina e deixou cair um pouquinho nos colchões de palha. Uma faísca pulou e saiu lambendo tudo ao mesmo tempo!

O casal vivia em desavenças. Lauro naufragava na bebida e expunha sua vida e seu nome na boca do povo. Dulce, às escondidas, colocava remédio em sua comida, deixando-o num mal-estar sem precedentes, quase vomitando as tripas. Certa vez, não suportou a dor que lhe cortava a carne; nem parecia a Dulce calma e tranquila! As meninas mais velhas tinham ido na casa do retireiro, nas proximidades, visitar uma coleguinha. Ela e Lauro começaram a discutir dentro de casa. Desvairada, Dulce trancou-se no quarto para afetá-lo! Sentindo-se humilhada, levou uma faca e disse que ia se matar!

As filhas voltaram preocupadas e sem fôlego. O pai estava estranho, com os olhos injetados e vermelhos. Ele forçava a porta para entrar, enquanto a mãe gritava do outro lado, parecendo uma louca! Um verdadeiro pampeiro formado dentro da balbúrdia! A porta se abriu, e todos entraram ao mesmo tempo. Os pais travaram luta corporal. O pai, querendo tomar a faca, e a mãe dizendo que ia se matar.

Guida se envolveu no meio dos dois, para tirar a faca. No entrelaçamento de braços e mãos, em busca de parar o metal afiado, Guida posicionou sua mão onde a faca desfilava. Dulce só caiu em si quando viu o sangue escorrendo; em transe absoluto, Guida olhava horrorizada para seu dedo anelar da mão esquerda. A parte superior estava decepada!

Depois do ocorrido, Dulce começou a fazer vista grossa para a boemia de Lauro. Vez ou outra ele se virava contra ela, por causa dos remédios colocados nas refeições: fazia arruaça, achava o frasco e jogava fora! Passado um tempo, Dulce comprava o remédio de novo, colocava na comida, Lauro passava mal, e o ciclo nunca terminava!

Por essas e outras, cada vez mais cansada do adultério do marido, Dulce já não tinha mais ânimo para discutir. Por vezes foi condescendente com suas decisões, evitando maiores confrontos. Quando Lauro mencionou visitar a irmã em São Paulo, Dulce consentiu, mas ficou apreensiva.

40 | Capital de Sonhos
(São Paulo, 1972)

A viagem de Lauro para São Paulo encheu-o de perspectivas. Quando o ônibus chegou na estação rodoviária da Luz, de longe Rosália esquadrinhou sua silhueta. Permanecia bonito aos trinta e nove anos de idade e vestia-se de maneira simples. O cabelo preto e volumoso, porém, estava mais ralo. Um bigode que ela não conhecia compunha seu visual. No rosto, cansaço, esperança no olhar e mãos calejadas da enxada! Rosália estava encantadora, aos vinte e cinco anos!

Envolveram-se num abraço apertado. Rosália cheirava a perfume caro e exalava aromas exóticos que Lauro desconhecia. A irmã morava no centro da cidade, no Largo Santa Cecília. O homem do campo só tinha olhos para os grandes edifícios, que mais pareciam os castelos de suas fábulas! O marido de Rosália, Ariovaldo Batista, era um comerciante abastado do centro de São Paulo. O sujeito tinha boa pinta e cabelo prateado. Vestia-se com roupas boas e tinha modos refinados. Ao receber a jovem mulher no apartamento e beijar-lhe os lábios, voltou-se para Lauro, dando-lhe as boas-vindas.

Mais tarde, instalado no quarto de hóspedes, Lauro tomou banho e colocou roupas limpas. Na cozinha, Rosália preparava o jantar. Costelinha de porco no forno, arroz com brócolis e salada de couve com coentro! O perfume no apartamento levou os sentidos de Lauro para dentro da cozinha da mãe. Tomaram vinho durante o jantar e ficaram conversando até tarde da noite. Cansado da viagem, Lauro se retirou primeiro. Não viu quando o cunhado se despediu de Rosália antes do amanhecer e foi embora para sua outra residência.

Lauro ficou uma semana em São Paulo. Um dia antes da despedida, Ariovaldo deu a ele um maço de notas que valiam mais de dois meses do seu salário. Surpreso diante da atitude do outro, fez menção de não aceitar e disse-lhe, decidido:

— Ara, rapaiz, ocê tá doido, é? Num posso aceitar de jeito nenhum!

Ariovaldo, colocando o envelope pardo em sua mão, calmamente discorreu:

— Você vai me deixar muito chateado se não aceitar, Lauro! Eu sei o quanto esta quantia pode ajudar sua família! Aceite! Se estou lhe dando este presente, é de todo o coração!

Rosália olhou para o irmão, encorajando-o. No dia seguinte, antes de Lauro embarcar na estação rodoviária, Rosália levou o irmão ao setor têxtil do Brás. Empolgado, Lauro comprou vários metros de tecelagem colorida para alegrar a esposa, enquanto Rosália comprou uma máquina de costura novinha de presente para Dulce. Acomodado na poltrona confortável do ônibus, as palavras da irmã repercutiam em sua cabeça: "Conversa com a Dulce, meu irmão! Fala que eu tô pronta pra ajudar vocês! Tenho certeza que serão muito mais felizes aqui em São Paulo!".

41 | Mais do mesmo – Fazendinha
(Cambé, 1972)

Dulce não concordou com as ideias de mudança do marido, o que causou um enorme mal-estar em casa. Os presentes que Lauro trouxe não foram suficientes para convencê-la. Não queria ir para longe de sua família novamente, e tinha pavor ao imaginar a vida distante do pai e dos irmãos, que sempre a tinham socorrido. Docilmente enrolou Lauro, e o tempo foi passando. As filhas avançavam pela vida, sem entender os rebuliços mentais dos pais, e não imaginavam o que poderia ser uma cidade grande. O mundo delas era resumido naqueles prados e fazendas do Paraná, lidando com a terra e as lavouras de café. Cresciam aglutinadas, sem identidade definida, como se não tivessem importância. Nada as desgostava mais do que buscar o pai embriagado pelos caminhos. Situações repetidas: o pai desmaiado; o saco de compras jogado e as balinhas espalhadas no meio da terra! Viver à sombra da incerteza e do sofrimento fazia delas, obrigatoriamente, meninas fortalecidas pela dor!

42 | Alice – Fazendinha
(Cambé, 1973)

O Natal de 1972 foi feliz! A colheita tinha sido abençoada, e os celeiros estavam abastecidos! Momentos de tranquilidade eram raros, e quando aconteciam deixavam Clotilde desconfiada. Ficou alegre na noite de Natal, quando viu o pai sair na ponta dos pés e pendurar sapatinhos amarrados à janela! Dentro de cada sapatinho, colocou uma garrafinha de Guaraná Antartica para cada menina!

O convite dos patrões para visitar a casa-grande foi a cereja do bolo. Pela primeira vez puderam ver um aparelho de televisão ligado, mostrando imagens em preto e branco, trazendo cor para suas vidas simples!

O tempo correu a favor de Dulce, e ao longo de dois anos Lauro não tocou mais no assunto de mudar-se para São Paulo. Dulce se reconciliou com o esposo e concebeu a décima primeira gestação. No verão de 1973, no dia dez de novembro, nascia outra garotinha na família: Alice era seu nome! Sua diferença eram os olhos, expressivos e grandes! Era como se quisesse abraçar o mundo no olhar. Lampeira e muito simpática, seu apelido seria Lice, e se tornaria a melhor amiga de Suzana!

43 | Fazenda Figueiras
(Cambé, 1974)

Os irmãos Beraldin estavam incomodados, pois corria a boca pequena que Lauro estava de malas prontas para partir. Chamaram-no para conversar; Lauro não mentiu, mas assegurou que não tinha intenção de deixá-los na mão! Não era um ingrato, afinal. De maneira educada, Seu Tonico lhe disse:

— Olha, Lauro, se você já tem um plano para o seu futuro, nós estamos aqui pra te ajudar! Só não podemos ficar sem pessoal capacitado para tocar a roça, de última hora!

Estipularam um prazo para a desocupação da casa. Dulce estava de resguardo, amamentando Alice, quando soube da mudança. Foram sete anos de parceria! Havia lágrimas nos olhos das meninas quando partiram!

O Natal de 1973 foi triste e sem cor! A empreitada prometida não saiu na data combinada, e Lauro teve de aceitar um serviço inferior. A terra não aceitava o arado, e as meninas iam até o limite de suas forças! Precisavam desesperadamente de um cavalo para o arado, as finanças eram mínimas, e as alegrias se resumiam a lembranças!

A Venda do 15 no patrimônio do Baitira era um mercadinho caro e bem montado. Sem dinheiro para qualquer extra, Lauro habituara-se com o lugar por ser mais próximo. Certa vez, atrelou seu cavalo em um tronco do lado de fora. Enquanto esperava sua compra viu um cavalo branco amarrado a uma carroça. O animal o olhava fixamente. Estava acariciando sua fronte, quando o dono o interpelou:

— Gostou do cavalo, amigo? Se tiver interesse, ele está à venda!

O cavalo branco chamava-se Canário, um animal fora do comum! Dócil e nobre, virou o estimado da casa. Ajudava as meninas a arar o solo duro, levava a família para passear na carroça, e quando Lauro ficava bêbado, nos bares da vida, trazia-o de volta para casa! Ficaram na fazenda durante três meses. Lauro anunciou a mudança, e a alegria foi geral! As histórias do lugar eram maravilhosas! As garotas ouviam e quase não acreditavam ser possível morar num paraíso como ele descrevia!

44 | Sítio do Júlio André – Ribeirão Vermelho
(Cambé, 1974)

Em fevereiro de 1974, a família mudou-se para o Sítio do Júlio André, localizado no bairro do Ribeirão Vermelho. Júlio André era um herdeiro rico e de boa posição. Viveu sua mocidade no sítio até ver todos os filhos criados e conduzidos na vida. Há mais de um ano vinha conversando com Lauro sobre sua mudança para Rolândia.

Na entrada do sítio havia um caminho de pedras e uma parreira de uvas toda trançada e entrelaçada às suas próprias cepas e raízes! Dulce reparava em cada pormenor da bela residência quando ouviu o grito das crianças. Observou as filhas desbravando curiosas o novo terreno. Olhou para o céu límpido e azul, sem acreditar no tamanho daquela bênção!

A casa era de alvenaria, e a cozinha era o cômodo que mais chamava a atenção. O fogão à lenha tinha lugar de destaque em um canto da parede com roupagem mais sofisticada. A pia, as torneiras, o fogão à gás, as bancadas e tanto luxo num lugar só eram coisas de gente rica! Dulce nunca tinha morado numa casa tão chique! Não tinha casa de colonos, e os trabalhadores eram contratados como diaristas. A agricultura era mista, e as plantações somavam de tudo um pouco. Mas o único grão que importava era o café. Rapidamente o Sítio ficou viçoso e florido para as próximas colheitas! O patrão, contente, ofereceu comissão para o agricultor, que estranhamente se esquivou da oferta.

Tinha comida boa no almoço de Natal de 1974! Lauro levantou-se da mesa e foi colocar água para fazer um cafezinho. Apenas ele e a esposa ficaram na espaçosa cozinha. Ressabiado, aproveitou o momento e começou uma prosa, que o consumia havia alguns dias:

— Então, cabocla! Tive que fazê uma coisa qui ocê num vai gostá não!

Lauro estava de costas, enquanto manuseava a chaleira na trempe do fogão. Sem coragem de olhar os olhos preocupados da mulher, suportou alguns segundos de silêncio, esperando uma manifestação que não veio. Muniu-se, então, de falsa convicção na voz, e com a consciência mais pesada que porco capado virou-se para ela, olhando-a diretamente. Continuou:

— Eu tenho recebido uma porção de carta da Rosália — mentiu. — Ela num tá boa de saúde, não. E eu vou visitá minha irmã, Dulce! A Clotilde e a Elizângela vão comigo! — falou rapidamente, desconfiado da própria coragem para seguir adiante. Prosseguiu: — As passagens já tão compradas! E como nóis tamo cum pouco dinheiro, eu vendi o Canário — finalizou, parado diante da mulher, esperando reação! Ela não conseguia falar nada, com um nó na garganta, e se encolheu silenciosamente em sua dor!

Uma semana depois, o novo dono do cavalo chegou ao sítio para levá-lo. Foram dias arrastados, difíceis e tristonhos para a família. As meninas estavam jururus, melancólicas e taciturnas. No dia da partida de Canário, a pequena Sancha, que vivia grudada no pai, granjeara um amor maior pelo animal. Agarrada ao pescoço do cavalo, alisava sua crina carinhosamente! Sua carinha branca estava fustigada e vermelha e tinha os olhos inchados de chorar! Nesse dia ela viu Canário derramar lágrimas, também! No dia seguinte, Lauro viajou para São Paulo com Elizângela e Clotilde. Só não avisou as meninas que elas não voltariam mais para o Paraná!

45 São Paulo a qualquer custo
(dezembro de 1974)

No fim de 1974, a disposição de Rosália em ajudar Lauro havia descido ralo abaixo. O cenário, depois de três anos, era totalmente diferente. O marido de Rosália fora brutalmente assassinado, e ela estava arrasada! Ao abraçá-lo, queria entrar nas dobras de sua camisa e sumir como pó. Lauro aconchegou-a em seu regaço e mal sabia o que dizer para consolá-la.

Clotilde e Elizângela ficaram na casa de Marta, e Lauro prometeu voltar em breve com a família. Marta achava que Lauro tinha uma carta na manga! Sua família, numerosa, certamente ia precisar de guarida! Ele passou o ano-novo em São Paulo com as irmãs. Seu coração batia mais forte ante a possibilidade de recomeçar a vida em São Paulo. A qualquer custo!

Retornou ao Paraná apenas para entregar o Sítio e convencer a mulher. Dulce despediu-se de tudo com muito pesar! Abraçou no olhar os cafezais, as plantações, os bichos, os grandes terreiros e toda a natureza que a envolvia. Estava acostumada com a linda casa e seu conforto!

Ajudou o marido na mudança, com o cuidado de despachar dois baús de madeira na frente. Dentro deles mandou suas miudezas, fotografias, objetos e pequenos mimos de família. Estava despachando suas lembranças para nunca mais resgatá-las!

Em fevereiro de 1975, na pequena estação de trem de Cambé, o cenário era de uma enorme família caipira cercada de malas escuras. Nenhuma das crianças curiosas corria pela estação. Assustadas, ficaram agrupadas perto da mãe, vestidas de suas melhores roupas humildes. O pai estava com seu velho chapéu de feltro preto e camisa branca. Dulce usava um vestido azul comprido e uma sapatilha apertada em seus pés, desacostumados de amarras. Um xale leve e florido enfeitava seus ombros morenos, e ela segurava Alice pela mãozinha. Semblante triste de cabocla, conversava com a mãe esperando o trem encostar. Em seu silêncio macambúzio, Dulce estava grávida de sua décima segunda gestação, aos trinta e nove anos de idade!

46 | Casa de Marta
(Campo Limpo, 1975)

Marta trabalhava como diarista, morava na região do Campo Limpo, e o marido, Juarez, era taxista. O casal tinha três filhos: dois meninos e uma menina. A casa tinha uma cozinha coligada com copa, uma lavanderia e uma sala apropriada para a família de cinco pessoas. Somava três dormitórios, um para o casal, um para os dois rapazes, e um para Doralice. Tinha apenas um banheiro para todos.

Lauro chegou do Paraná com o restante da família e fez sua primeira parada na casa de Marta! Sem saber quais eram os planos do irmão, Marta acolheu doze pessoas a mais dentro de sua casa, mudando totalmente sua rotina.

A vida de Marta virou do avesso do dia para a noite! Ela chegava cansada de tardezinha, e sua casa se encontrava desmantelada. As meninas, assustadas e sem direção, faziam xixi na cama, e os colchões quase podiam ser torcidos! A casa ficou pequena, e a comida, nunca era suficiente para tantas bocas! Marta passava no mercadinho quando voltava do serviço e comprava pés de galinha e carcaças. Fazia um panelão de frango com caldo bem temperado e em outra panela fazia o arroz, para servir todo mundo.

Um dia, toda descabelada, Marta no quarto chamou o marido Juarez e aos prantos suplicou-lhe, baixinho:

— Juarez, tô quase enlouquecendo com esse tanto de gente dentro de casa. Ajuda meu irmão a encontrar um lugar pra se mudar com a família dele! Pelo amor de Deus, eu te peço! Antes que eu fique doente!

As madrugadas de Dulce eram de insônias constantes. Lembrava-se da roça e dos quintais largos. Lembrava-se do pai Feliciano e dos verdes prados do Paraná. Seus olhos amanheciam inchados de chorar! Seu único desejo era voltar para suas raízes caipiras. Sua barriga começou a esticar, e ela, envergonhada, se calou para não trazer mais um problema à tona!

47 | Enedine e Duque
(Campo Limpo, 1975)

Sentada no chão, Enedine observava Tia Marta na cozinha. O cheiro bom do frango com arroz trazia conforto! A menina de cinco anos sentiu um comichão na perna e passou a mão sobre uma cicatriz lilás. Sua sensibilidade lhe trouxe outra fragrância: há dois anos, o perfume das melancias do Tio Berga exalavam! No último furto das irmãs, ela foi junto. Era inigualável o aroma da fruta ao ser rachada e saboreada rusticamente. Levaram um carreirão do tio, e ela rasgou a perna na cerca de arame. Um sorrisinho tímido sombreou seu rosto moreno ao se lembrar do susto ao ver a coxa sangrando. A cicatriz tatuada na perna esquerda era a sua única lembrança do Paraná!

Ouviu Clotilde lhe chamando para jantar. Na irmã mais velha encontrava o afeto e o amor que a mãe não tinha tempo para dar. Marta arrumou mais dias de serviço para Clotilde, e sua ausência se tornava maior. Enedine tinha vontade de ir embora da casa da tia! Não se dava bem com o cachorro e tinha pavor dos latidos esganiçados. O animal vivia preso e foi ficando cada vez mais estressado! A cada criança que tentava uma brincadeira, ele avançava para morder!

Amenizando a dor das priminhas, Doralice era uma criança adorável e, sem egoísmo, dividia todos os seus brinquedos com as meninas. Enedine a amava!

Juarez, o cunhado de Lauro, era um homem trabalhador e determinado. Vez ou outra chamava a atenção do irmão de Marta duramente. Lauro ouvia, concordava e não mudava! A tensão se instalava, e Marta já não tinha mais nem um pingo de paciência com a criançada em sua casa! Além disso, a gravidez de Dulce ficou esclarecida, e sua barriga despontou naturalmente. A cabocla tinha vontade de cavar um buraco e entrar dentro!

48 Juarez e Severo Taxistas
(Campo Limpo/Olaria, 1975)

Houve união entre as irmãs de Lauro e seus maridos para ajudar a família Montanha a alugar uma casinha. Vivendo em São Paulo há três meses, a família de Lauro ainda estava sem abrigo. Marta, desesperada diante dos dias que se avolumavam e sem desfecho para as cenas do dia a dia, foi arrumando emprego para todas as sobrinhas que podiam trabalhar, indicando as meninas onde tinha vaga para dormir no emprego, e assim aliviar o tráfego intenso em sua casa.

Lauro conseguiu colocação numa empresa de ônibus como cobrador. Juarez rodava a cidade de São Paulo, conhecia muitas pessoas e apresentou uma esperança ao alcance do caipira. A Estrada do Campo Limpo era muito extensa e passava por muitos novos bairros que nasciam! Do outro lado da pista, havia um lugar chamado Jardim das Oliveiras. Na entrada do bairro, às margens de uma estrada de terra, havia um descampado de três quilômetros, onde funcionava uma olaria.

Dulce entrava no quarto mês de gestação. De posse das boas novas, o marido a colocou a par das novidades! Falou do serviço garantido para início imediato, do salário mensal, da carteira assinada e da ajuda do cunhado, que lhe apresentou o dono de uma casinha simples para alugar. Emocionada, ela quase não podia acreditar. Seus olhos marejaram enquanto ouvia a narrativa e perguntou ao marido:

— E nóis, podemos mudar quando, Lauro?

49 | Jardim das Oliveiras
(Olaria, junho de 1975)

Enedine não se importou com o tamanho da casa quando os pais se mudaram. Para quem não tinha nada, o pouco era muito! A ausência de muros e portões a encantava! Estar longe das garras do pastor alemão a deixava em estado de graça, e a liberdade de andar pelas imediações, mexer nos lixos e encontrar pequenos tesouros lhe davam asas! Virou colecionadora de pedaços de livros e páginas soltas de almanaques encontradas em suas excursões.

A casa era um barracão sem privacidade. Os móveis se resumiam a uma cama de casal, um guarda-roupa, um guarda-comida, um sofá de três lugares superdisputado, uma mesa azul com algumas cadeiras e um fogão vermelho de quatro bocas, com um botijão que sempre estava vazio! Encostados na parede de bloco sem acabamento, amontoavam-se alguns colchões de espuma rala e malcheirosos. O teto era de caibros à vista e telha de amianto. Enedine via bonitos raios de sol entrando pelas frestas do telhado! Só não achava bom em tempos de chuva, quando as pingueiras molhavam os poucos colchonetes que tinham. Ocasiões assim eram marcadas por muito frio e falta de cobertores!

A princípio, não tinham água encanada e eletricidade. O quintal não tinha cercas e estendia-se em direção aos eucaliptos do outro lado da rua, era úmido e oferecia fausta moradia para sapos e lesmas. O banheiro, rudimentar, ficava do lado de fora; a privada era um buraco no meio do piso velho de madeira, e o chuveiro era feito de balde furado. A água do banho era sempre muito fria! Separado por quatro metros da casa havia um poço caipira que abastecia a habitação. À noite os colchões eram espalhados pelo chão, e as meninas eram acomodadas do jeito que dava. O cômodo tinha aproximadamente vinte e cinco metros quadrados para uma família de doze pessoas.

O primeiro Natal em São Paulo teve fartura! Era grande a luta, nessa época, para não faltar comida na mesa! As lembranças de grandes bacias de alumínio com macarronada e leitões abatidos para essa época eram memórias verdes para a família, e Dulce fazia questão de manter algumas tradições, apesar da pobreza em que viviam! As filhas, trabalhadoras, eram presenteadas pelas patroas e podiam trazer peru, panetone, pernil e sidras! Depois que se uniam e deixavam a casa limpa e cheirosa, o Natal tinha melhores desfechos por dias contados!

50 | Leonardo
(Jardim das Oliveiras, outubro de 1975)

Leonardo nasceu no dia 31 de outubro de 1975. O pai sorria com largueza e se embriagava de felicidade com a chegada do rapazinho! Era um bebê robusto, moreno e parecido com Dulce. Nascido em meio à dor e à pobreza, o menino se tornou o centro do mundo de Dulce. Todo e qualquer amor no âmago da mãe era para Leonardo!

Lauro e as outras filhas tornaram-se invisíveis para a matriarca. Perdida em sentimentos obsessivos e afetos desmedidos, Dulce voltou seus olhos apenas para o ditoso e bem-aventurado varão. O menino virou o bendito fruto entre as mulheres!

Com a chegada de Leonardo, todo final de semana tinha parente querendo visitar o venturoso. A casa era pequena, mas o coração dos donos era grande! Rosália chegava no sábado à tarde, com doces para as crianças e bebidas alcóolicas para os adultos. Juntava-se a Lauro em brindes, prosas e muitos risos! Começavam a gaguejar, ficavam bêbados e acabavam dormindo na única cama de casal que havia no cômodo desconfortável. Dulce não aprovava a bebedeira da cunhada com o marido beberrão, que usava qualquer desculpa para sorver um trago.

Alguns meses depois, Enedine já não achava que o pouco era muito para quem não tinha nada. E não ter nada era ruim! Os pais discutiam igual cão e gato e faziam vista grossa para ela e as irmãs. Eram meninas alegres quando o pai ficava sem beber, mas ele não conseguia se firmar sem a pinga. E todas as esperanças iam se esvaindo pelos vãos da vida, igual areia fina das mãos!

Um dia, Lauro chamou todas as filhas para instruí-las sobre uma visita ilustre e falou-lhes:

— Meu pai vai vir aqui, pamódi visitá nóis e ver o irmãozinho docêis! Num quero ninguém fazendo má educação, viu?!

Foi a única vez que Enedine viu o avô Frederico Montanha. Entrou na fila para pedir-lhe a bênção, e o encontro se resumiu a isso. Achou lindos os olhos claros do avô! Ele realmente parecia uma montanha, de tão grande que era! Sentiu a maciez de sua mão enorme e gostou do lenço vermelho em seu pescoço. Infelizmente não o conhecia, mas pelas histórias que ouvia dele certamente se dariam muito bem! O avô era um contador de causos, e ela era uma ávida ouvinte. Mas não gostava de visitas como a dele! Era sinônimo de que ficaria sem comer, no último lugar da fila das prioridades!

Tia Mirtes foi visitá-los com seu marido Severo; o olhar de reprovação da tia ficou tatuado em sua lembrança. O cenário de pobreza em que seu irmão vivia era muito próximo da miséria. Nesse dia, Dulce cozinhou arroz, feijão, frango, macarronada e salada. O cheiro era muito bom! Primeiro ela serviu as visitas e empurrou as meninas para depois. Enedine olhou várias vezes pela porta, para ver se podia chegar perto do fogão. O olhar da mãe lhe pedia para esperar sua vez!

Mas ela tinha muita fome. Juntou todos os restos de cerveja em um só copo, bebeu e dividiu com Brigite. Depois, pegou seu saquinho de plástico encardido e cheio de pedaços de revistinhas e saiu sem ninguém notar. Foi para sua mata particular, onde encontrava refúgio para a dor que debutava em seu coração de criança. No silêncio da pequena selva, deitava-se de costas e fixava o olhar nas folhagens altas. Acreditava que o anjinho estava naquele lugar! Ficava por horas, admirando a beleza da fauna e da flora, e acabava esquecendo a fome! Muito tempo depois, voltava para casa, solitária, e ninguém perguntava onde ela estava. Pelo adiantado das horas, as visitas já tinham ido embora há muito tempo, e as panelas estavam vazias, em concordância com seu estômago!

51 | Celino Motta
(Jardim das Oliveiras, 1976)

O uso constante do solo sob os eucaliptos foi demarcando o território onde as crianças brincavam. Com a chegada das irmãzinhas Montanha, outras meninas iam se aproximando, em busca de amizade. Brincavam de pega-pega, amarelinha, cabra-cega e escolinha. Quando cansavam da brincadeira laboriosa, disputavam a subida em árvores. Um dia, Enedine vislumbrou do alto um homem ao longe, no meio ao pântano de taboas. Estava com as calças arriadas, olhando as crianças, e viu que ela o notou. A menina não gostou dele e o encarou por tempo suficiente para gravar sua fisionomia e seu olhar perturbador.

Celino Motta tinha quarenta e cinco anos de idade, um metro e setenta de altura, cabelo curto, preto e liso e sobrancelhas espessas. Era magro e curvo e tinha a coluna meio torta, como se uma perna fosse maior do que a outra. Tinha o olhar mortuário, bacento e soturno. Seus olhos não externavam boas intenções! Morava sozinho numa casa fantasmagórica, depois da terra úmida das taboas. Havia saído recentemente da cadeia, onde ficara preso durante dez anos por pedofilia e assassinato.

Filho único de boa família, sua mãe havia morrido no último ano, vítima de câncer maligno. O pai não o via há mais de quinze anos, desde quando ele cometera seu primeiro crime hediondo. Em seu universo silencioso, Celino não gostava de chamar a atenção, não tinha amigos e não conversava com nenhum dos poucos vizinhos que existiam. Sem dinheiro, vivia de pequenos bicos que surgiam e lutava constantemente contra seus ímpetos maléficos.

Os gritos e as risadas felizes de crianças do outro lado do pântano tinham despertado nele um imenso desejo de voltar a praticar suas atividades imundas. Todavia, o medo de voltar a ser enjaulado e sofrer todo tipo de abusos na cadeia outra vez o mantinha longe das infantes, apreciando-as a uma distância segura.

52 | Negro como ébano
(Olaria, 1976)

Enedine não gostava de ficar dentro de casa. O único oponente às suas investigações no meio do lixo era o tempo chuvoso. Em dias assim, uma nuvem sombria a invadia, e ela ficava murchinha pelos cantos. Pedia ao Anjinho para torná-la invisível. Tinha pavor dos bichos que coaxavam pelo quintal úmido e pelo banheiro! Depois da chuvarada, o Rio Pirajussara deixava muito lixo na orla. Era bonito ver o enorme volume de águas turvas arrolando gramas, dejetos e objetos para longe! Assim que o tempo estiava, chamava Brigite, e iam procurar tesouros perdidos.

Um dia, Enedine viu um homem estranho chegando perto delas. Levantou os olhos da boneca quebrada que ela tinha nas mãos e ficou parada, olhando-o desconfiada.

Era negro como ébano-da-índia e forte como os eucaliptos! Vestia uma longa indumentária marrom, semelhante a um hábito, e usava um embornal de tricoline cru pendurado no ombro. Sua cabeça era raspada, e ele calçava chinelos franciscanos. Em seu pescoço levava um crucifixo de madeira, e suas mãos eram as maiores já vistas por Enedine. Chegou perto da moreninha, que o encarava, e falou, a uma distância segura:

— Olá! Tudo bem com vocês, meninas? Querem sair deste barro e ganhar balas? — perguntou, apontando o embornal.

Enedine colocou-se na frente de Brigite de maneira defensiva e respondeu-lhe:

— Não tem nada nesse saco!

Então ele se aproximou cautelosamente e mostrou que dentro da sacolinha de pano cintilava um punhado de balas coloridas. Se apresentou como Miltão, e andava pelo mundo pregando o amor de Jesus Cristo.

Com o tempo, cativou as crianças com sua voz mansa, balas e muitas histórias. De vez em quando sumia, mas sempre voltava, trazendo livros e novos contos. Tinha especial interesse por Enedine, que bebia suas palavras e prestava atenção em seus ensinamentos! Para a menina, representava conforto, e, quando ele demorava a aparecer, ela sentia sua falta. Via no homem negro de voz doce e modos gentis um acalento para a sua alma confusa de criança.

53 | Competências de Brigite
(Olaria, 1976)

A esse tempo, Enedine já não via as irmãs durante a semana inteira. Sem lugar para acomodação, as mocinhas preferiam dormir no serviço. A menina pouco aparecia em casa, e Dulce não notava sua ausência, enredada em tantos problemas que lhe envolviam a existência. Com a desatenção que as rondava, Enedine começou a cuidar de Brigite de forma mais acentuada, por causa de sua dificuldade em se relacionar devido às suas deficiências aparentes.

Brigite era um ano mais velha do que Enedine. Muito tímida, sofria com as sequelas da paralisia infantil. Em atos simples, como mastigar e engolir, faltava-lhe o autocontrole. Sua cabeça e pescoço giravam a cada alimento que ia pelo esôfago, dando-lhe aspecto anormal. Algum órgão do seu aparelho digestivo não funcionava, e a condição resultante na interrupção alimentar lembrava uma disfagia. Sua competência afirmativa era sempre colocada em dúvida, e não raro ela sofria uma nódoa por sua imprecisão!

Submetia-se a comer escondida e sem plateia, com vergonha de seu defeito. A transfiguração instalada em sua carinha morena e cheia de sardas a comprometia, tirando-a do padrão normal estabelecido pela sociedade. Seus pezinhos cresciam tortos, virados para dentro, e ela mal conseguia calçá-los. Era uma deformidade complexa que envolvia vários tecidos musculares. A malformação requeria manipulação desde o começo, seguida de gesso, bota corretiva e acompanhamento ortopédico. A discrepância que existia entre Brigite e o que era chamado de normal fez com que a irmã a amasse de forma antagônica.

54 Balanço e surra de pneu
(Olaria, 1976)

Enedine tinha uma oponente acirrada nas disputas infantis: chamava-se Meire, e tinha uma irmã mais velha por nome Regina, amiga de Elizângela e Cármem Lúcia. Na clareira onde brincavam, havia uma árvore com galhos estendidos na lateral que mais pareciam braços esticados, onde Enedine desejava fazer uma balança.

Brigite apontou a altura, sinalizando que a irmã podia cair e machucar.

— Duvido que consiga subir! É muito alto, não tá vendo?! — Meire disse, em tom desafiador.

— Se você arrumar a corda eu aposto que faço! — respondeu Enedine.

— Vou falar com meu irmão, amanhã trago a corda! — Regina assegurou.

Enedine estava pertinho do céu e podia ver a clareira a seus pés! Deslumbrava-se diante da extensão pantanosa de capins verdes que formavam um verdadeiro conjunto de seres vivos. Ao longe, notou a presença desagradável de Celino Motta. Ele estava totalmente nu e fazia gestos obscenos. Ela amarrou a corda em dois pontos do galho, onde tinham nós naturais, depois desceu pelos galhos até o chão.

Brigite vibrava, e Meire, enciumada, não emitiu nenhuma opinião. A balança ficou forte, resistente, e as meninas voavam brejo adentro. Virou atração na clareira e só faltava um assento.

Dulce tinha uma vizinha fraterna, chamada Adelaide Munhoz, que morava no final da rua da Olaria, perto do rio onde as meninas gostavam de brincar. Valente e sem papas na língua, Adelaide tinha compaixão da amiga e sempre a ajudava! Cadastrou-a no posto de saúde quando estava grávida de Leonardo e nunca se ausentou em momentos difíceis. Um dia Enedine foi levar uma mensagem para Dona Adelaide e na volta encontrou um pneu velho jogado na margem do rio. O tamanho era perfeito, e rapidamente sua cabecinha idealizou um assento para a balança. Alegre, saltitante e descalça, saiu rolando o pneu afora, mais parecendo um moleque do que uma mocinha de quase sete anos!

Foi direto para a clareira e, ao lá chegar, encontrou Brigite chorando.

Brigite contou que tinha levado uma surra de Meire.

— Mas por que ela bateu em você, Bida? Brigaram? — perguntou, com raiva.

Os braços e as pernas da irmã estavam cheios de vergões e marcas vermelhas de corda, os cabelos pretos e cacheados em desalinho, e sua feição plácida dilatada! Cabisbaixa, Brigite respondeu:

— Eu defendi você, e ela me chamou de aleijada e pé torto!

Enedine acalentou a irmãzinha, que era o retrato da rejeição. Um sentimento desconhecido tomou conta de seu coração; pegou na mão de Brigite, levantou-a do chão e foi embora, deixando o pneu jogado a um canto da clareira.

No outro dia cedinho, pegou uma faca escondida da mãe. Sentou-se debaixo dos eucaliptos, com o pneu preso no meio das pernas, e iniciou um corte na borda interna, de maneira artesanal. Tirou uma ripa fina e, com o restante, fez um assento para a balança.

Meire apareceu na clareira, desconfiada a princípio, depois relaxou e entrou no clima. Esperta e inteligente, a menina parecia-se com Gabriela Cravo e Canela, páreo duro para a coleguinha que escalava árvores! Tinha cabelos longos e encaracolados que batiam na cintura, e sua vaidade era maior do que seus longos fios.

Enedine buscou sua ripa de pneu cortado e esperou Meire descer do balanço. Meire percebeu que ia levar uma coça e tentou se esquivar! Foram separadas pelas irmãs mais velhas, que chegaram depois de muita briga. Meire voltou para casa com vergões e machucados iguais aos que deixara em Brigite!

55 | Mensageira
(Campo Limpo, julho de 1976)

Margarida era contratada numa casa de família no bairro da Vila Sônia. Aos dezenove anos, era uma moça vaidosa, que gostava de andar bem arrumada e não se acostumava com a penúria em que as irmãs viviam na Olaria. No trabalho tinha privacidade, televisão só para si, e ninguém mexia em seus objetos pessoais. Vez ou outra, atendia a campainha e encontrava uma criança descalça, com trajes pobres, procurando por ela.

Enedine tinha quase sete anos completos quando começou a ser mensageira para a mãe. Lia o itinerário dos ônibus, não se perdia e passava por baixo da catraca sem pagar. No dia do pagamento, Margarida quase não tinha salário para receber. Depois de oferecer um lanchinho para Enedine, mostrou-lhe seus cadernos de versos e as revistas de fotonovelas. Nessa época, a caçula descobriu-se apaixonada por um ídolo das mocinhas, chamado Roberto Carlos!

Na Estrada do Campo Limpo, distante quatro quilômetros da casa de Enedine, a calçada era formada por pequenos comércios em toda a sua extensão. Tinha um sacolão, uma distribuidora de bananas, uma padaria e diversas lojinhas de conveniência. No quarteirão ao lado ficava o Colégio Maurício Simão e um mercadinho popular que vendia secos e molhados. Arroz, feijão e outros grãos ficavam soltos em baús de madeira com tampa e eram pesados na hora.

Enedine trazia resultados positivos de suas idas e vindas, e a mãe foi lhe dando maiores voos até o asfalto! Começou a ir no mercadinho com certa frequência. Gostava da missão, e aproveitava o momento para ficar passeando nos corredores do mercado e roubar deliciosas barras de chocolate que nunca cabiam no orçamento, mas cabiam em sua cintura. A mulher grandona, que fazia o papel de segurança do mercado, acompanhava sua saída até a porta, encarando-a com expressão desconfiada. Em seus trajes rotos e aparência de pobreza, morria de medo de ser pega pela mulher com a boca na botija!

56 | O bem e o mal
(Campo Limpo, julho de 1976)

O mês de julho trazia tristeza e frio para Enedine. A mãe a chamou bem cedinho para buscar dinheiro. O gás havia acabado! Não gostava de sair de casa no inverno. Não tinham calçados suficientes! Ao retornar, por volta de dez horas, pegou um cabo de vassoura que usava para brincar, quebrou-o ao meio, inseriu os pedaços curtos nas duas laterais do vasilhame e foi buscar o gás com Brigite. Assim que voltaram, foi ao mercado comprar meio quilo de farinha e um quilo de arroz.

— Vai correndo, sem brincar pelo caminho! O tempo tá fechando pra chuva! — finalizou a mãe, séria.

Enedine calçou o tênis Bamba de Elizângela, colocou uma camisetinha azul de manga longa, recusou a blusinha de lã preta puída que a mãe recomendou e foi correndo pelas ruas da Olaria. Passou em frente à casa de Dona Adelaide e seguiu o curso contrário do rio até o asfalto.

Entrou no mercadinho, pediu para o atendente pesar sua compra e foi para a fila do caixa.

Ao estender os pacotes para registro, sentiu um toque pegajoso tocando seu braço, acintosamente. Puxou a mão rapidamente, como se tivesse levado um choque! Deu de cara com o homem do pântano, medindo-a dos pés à cabeça.

Um olhar profundo e maléfico a encarava frontalmente. Sentiu calafrios e um descompasso acelerado no coração. Não ouvia nada do que a moça do caixa dizia. Pegou o troco, com as mãozinhas tremendo, e colocou os pacotinhos dentro de um saco maior. O tempo estava fechado e caía uma garoa fininha.

Enedine saiu atordoada do mercado e olhou ao redor, procurando o homem. Ele sumiu inesperadamente! Ela atravessou e seguiu trêmula pela margem do rio, apertando o passo. A chuva aumentava, fustigando-lhe a pele e molhando o saco de papel pardo.

Quando cruzou o viaduto, viu o vulto dele saindo debaixo da marquise e acelerando a caminhada com passos andrajosos. A sensação era de total pavor, e ela perdeu sua coragem. Estava distante de casa ainda e perto de chegar na encruzilhada da ponte onde nasciam várias opções de caminhos. Olhou para trás e viu a figura de Celino Motta em seu encalço, a uma distância perigosa. Lágrimas corriam pelo seu rosto, deixando a sua visão turva! De repente, sentiu as pernas criando vida, acelerando a corrida instintivamente, como se estivesse voando. E, quando estava prestes a atravessar a ponte para entrar na rua da Olaria, tropeçou e caiu de cara no chão, esparramando o arroz e a farinha no lamaçal.

Sentiu uma mão forte puxando-a do chão. Estava coberta de lama dos pés à cabeça, o coração acelerado, prestes a explodir. Os soluços altos sacudiam todo o seu espinhaço, e quando limpou os olhos viu o seguidor de Cristo diante de si: como se fosse um anjo da guarda negro e sem asas! Sem saber o que dizer, Enedine viu o arroz e a farinha numa sopa de lama e chorou mais ainda, pensando na mãe. Piedoso, o homem a levou até sua casa em segurança. Ao longe, viu Celino Motta estatelado como estátua! Frustrado, acompanhou-a com seu olhar de morte até ela sumir na Rua da Olaria.

O balanço no eucalipto, o assento macio de pneu, o esconderijo na mata onde se encontrava com o anjinho, a escalada nas árvores e tantas outras brincadeiras tinham perdido o encanto; Enedine estava assombrada. A mãe não acreditou em sua história fabulosa, associando a perda do dinheiro e dos mantimentos a uma mentira planejada.

A criança começou a ficar mais tempo em casa, inventando brincadeiras e encantando-se com os personagens do Sítio do Picapau Amarelo! Silenciosa, virou amiga dos sapos e lesmas, tirava água do poço e fazia vassouras naturais para varrer o quintal.

57 | Valentina
(Aparecida do Norte, agosto de 1976)

Quando Leonardo completou dez meses, os pais o levaram para ser batizado na basílica de Aparecida do Norte. Dulce era católica dedicada e sonhava batizar seu filho na famosa catedral. Clotilde era a madrinha, acompanhada de um amigo próximo da família. Margarida era a irmã mais próxima de Clotilde e a acompanhou na viagem. Estavam alegres e foram tricotando durante o percurso; as lembranças da roça eram muito tenras!

Há algum tempo, Margarida estava cada vez mais ausente da família. Se despedia da patroa no sábado depois do almoço e à noite retornava. Dona Esmeralda havia notado mudanças na empregada fiel, mas respeitava sua intimidade. Os fins de semana de Margarida eram vividos em outros cenários, e ela não confiava em ninguém para falar de suas recentes experiências. A angústia, a solidão e o medo, associados a uma paixão proibida, a fizeram calar-se diante de seus segredos inconfessáveis. Estava amarela, magrinha e encovada e usava maquiagem em excesso para suprir seu abatimento. Clotilde estava preocupada com ela!

No decorrer da cerimônia de batismo, o cansaço foi tomando conta de Margarida, que totalmente enfraquecida desmaiou na igreja. O quadro era de confusão geral, e Margarida deu entrada no hospital de Aparecida em estado deficitário e anêmico. A jovem estava grávida de nove meses, sem conferir nenhuma nesga de barriga e nenhum cuidado pré-natal!

No dia 29 de agosto, deu à luz Valentina, uma menina desnutrida e valente! A bebê tornou-se mais uma filha para Dulce e Lauro, e seu apelido seria apenas Tina. Com a ajuda financeira de Dona Esmeralda, mãe e filha ficaram internadas durante um mês inteiro no hospital, para não morrerem!

58 | Escola
(Campo Limpo, outubro de 1976)

Clotilde admirava o interesse de Enedine pela leitura. Assim que completou sete anos, Enedine entrou no primeiro ano, no Colégio Maurício Simão. Tanto manuseou seus folhetins do lixo que entrou na sala de aula sabendo ler e escrever! A professora de língua portuguesa perguntou a Enedine de onde ela copiava suas redações. Sua mente fantasiosa finalmente encontrava nas aulas a oportunidade de colocar pontos finais em seus enredos!

Na contramão do saber, Brigite não gostava de estudar, e tudo a incomodava! O uniforme era feio, e a conguinha machucava seus pés! Foram colocadas em salas separadas, e ela não queria seguir sem a irmã mais nova. Clotilde pediu para colocá-las juntas, mas a diretoria não autorizou.

O amor dedicado de Enedine não deixava as deficiências de Brigite se tornarem monstruosas, e ela se apegava à irmã como se fosse uma muleta! Vez ou outra o colégio reunia as salas de aula na quadra esportiva pela manhã, para cantarem o Hino Nacional. A classe de Brigite ficava na ponta, e Enedine sempre a procurava com o olhar. Era normal ver a inspetora trazê-la de volta para a fila, em tentativas de fuga!

59 Seu Silas
(Jardim Maria Virgínia, 1978)

No começo de 1978, aos oito anos de idade, Enedine mudou-se com a família. Seu pai fazia constantes paradas no boteco antes de voltar para casa e, entre uma cangibrina e outra, conheceu um homem chamado Silas. Tornaram-se amigos de copo, muitas prosas e desabafos, encostados no balcão do bar!

Silas era um nordestino forte, aguerrido, de cor branca, quase sem cabelos e de grandes bigodes ruivos. Abandonado pela ex-mulher, era um inconformado que sofria de solidão e bebia até cair. Pedreiro competente, honesto e trabalhador, seu defeito era puxar conversas longas e chatas com um insuportável bafo de cachaça. Morava sozinho do outro lado do asfalto, no Jardim Maria Virgínia. Conheceu a grande família de Lauro e o convidou para morar em uma edícula, no fundo de sua casa.

Dulce não gostou da decisão e discutiu com o marido quando viu a casa tão pequena:

— Ocê tá loco, homem de Deus? Num tá vendo o tamanho disso, não?

Estava muito nervosa no dia em que foram conhecer a casinha dos fundos, e extremamente irada com a insensatez de Lauro, que não acertava uma, para aliviar seu sofrimento.

— Onde é que eu vou amontoar tanta gente neste cubículo?

A casa onde Silas morava era grande e bem localizada. A Rua Benedito Generoso era asfaltada, e o bairro, bem adiantado. Quase não tinha móveis, e dispersas pelos cômodos repousavam grandes mantas de carne do sol e garrafas de cachaça. Havia um colchão de solteiro encardido, uma carriola com pedaços de cimento duro e muitas ferramentas de seu ofício jogadas pelos cantos. Na lateral, um corredor apertado levava para uma casinha de dois cômodos e um banheiro estreito. A casa da frente e a casa dos fundos eram separadas por um pequeno quintal de terra batida. Lauro sairia de um cômodo de vinte e cinco metros para entrar num espaço menor, com toda a sua família!

E Silas não o avisou de que os encanamentos estavam todos entupidos e que em épocas de chuva a edícula inundava!

60 | Recicláveis
(Faria Lima, 1978)

O desconforto tomou proporções maiores na pequena casa, e Enedine começou a fazer descobertas pelo bairro para suprir sua existência. Insuportável a convivência entre brigas, desentendimentos e falta de tudo! A casa era fria e triste; não tinha cama para todos, e a comida era escassa. Enedine abastecia-se das ricas merendas escolares e entrava na fila do lanche duas vezes!

No final da rua tinha uma casa com quintal cercado de madeirames velhos, onde moravam dois irmãos negrinhos. Eles sempre saíam com grandes sacos nas costas, de materiais recicláveis recolhidos no lixo. Um dia Enedine os viu quando saía da escola e disse para Brigite:

— Olha só, Bida, quem vem vindo ali! É hoje que descubro onde eles vão com esses sacos!

Pararam num ferro-velho, na Estrada do Campo Limpo, entregaram os sacos e saíram contando dinheiro. O dono do ferro-velho notou as meninas curiosas, aproximou-se e perguntou:

— Posso ajudar as mocinhas?

Enedine virou-se com os olhos brilhando e respondeu:

— O que a gente pode trazer para trocar por dinheiro, moço?

O dono do ferro-velho explicou que o alumínio e o cobre eram metais mais valiosos, e os pensamentos de Enedine viajavam nos cadernos espirais de capa dura e nas lancheiras cor-de-rosa. Pensou no carrinho do Seu Chico e sua vitrine abarrotada de doces. Pensou no uniforme branco de educação física que os pais nunca compraram! E pensou nos lápis de cor da Faber Castell, que ela nem ousava sonhar e só frequentava as lindas mochilas abastadas! De volta para casa, olhou para Brigite e perguntou:

— Vamos no lixão depois do serviço, Bida? Eu e você? Vamos achar coisas para vender, também!

O lixão era um parque de diversões para Enedine! Quando os negrinhos chegaram, já tinham um saco lotado de recicláveis, por isso atiraram pedras nas concorrentes! Enedine puxou Brigite numa mão, segurou o saco na outra e correu ladeira acima! Teve medo, mas lembrou-se das cédulas de dinheiro. Também queria ganhar e ficou com raiva dos negrinhos. Com isso, tirou um saco de pedras do embornal.

— Bida, fica aqui atrás de mim, pra não se machucar, tá? Enquanto eu atiro neles, você vai me dando mais pedras!

Os meninos foram pegos de surpresa e perderam a batalha.

Toda semana, Enedine pegava a carriola do Seu Silas emprestada e a enchia de materiais para vender!

61 | Brigite evasiva
(Jardim Maria Virgínia, 1978)

Brigite andava esquisita, e a irmã mais nova notou-a evasiva e desinteressada dos assuntos da escola, além do habitual. Perto de completar dez anos de idade, não conseguia passar da segunda série. Havia algum tempo vinha sofrendo isolamentos no colégio e não sabia como lidar com a situação. Um dia, depois da aula, desabafou com Enedine no portão de saída da escola:

— Sabe, minha irmã, eu não sirvo pra isso aí não! — disse, apontando para o colégio. — Eles tiram sarro de mim o tempo todo; não me levam a sério; não me deixam participar dos jogos porque não posso correr; ninguém quer sentar ao meu lado na hora do recreio; as meninas falam baixo sobre meu defeito na hora de engolir!

Brigite falava sem peso, um pouco triste e cabisbaixa, mas convicta e afirmando sua condição. Parecia uma pessoa adulta falando de seus sentimentos conturbados, e não uma menina de apenas dez anos.

— Você é diferente, Enedine! É sabida, sempre tira boas notas e não é uma cabeça de pano igual eu! — finalizou, apática, olhando para o nada, sem encarar a irmã.

Enedine a ouviu e não conseguiu animá-la com poucas palavras. Perguntou se mais alguma coisa tinha acontecido. Brigite respondeu-lhe com calma:

— Nada diferente do que acontece desde o primeiro dia que entrei aqui, irmãzinha! E não adianta você pedir pra Tilde conversar com a diretora da escola, não! Ficar no mesmo horário que eu não vai resolver nada! Você tem que estudar à tarde, junto com as outras séries mais inteligentes, e me deixar sozinha! — ressaltou, melancólica.

62 | Vai trabalhar, menina!
(Faria Lima, 1978)

Aos nove anos, Enedine e Brigite foram trabalhar como babás, e não sobrava mais tempo para o lixão. A tarefa de Enedine era cuidar de um bebê de dois anos. Brigite foi trabalhar para uma dona de casa e um mecânico. Tinham dois filhos. Enedine trabalhava perto de casa, e às vezes a patroa enchia uma sacolinha de bolachas e levava as duas crianças até o portão de Dulce. A menina ficava feliz e conseguia dividir seu tempo entre o filho da patroa e o irmão Leonardo, que eram da mesma idade. Nesse tempo, a mais velha não participava das brincadeiras compartilhadas e ficava entristecida.

Um dia, o patrão de Brigite chegou mais cedo e pediu-lhe que ficasse até mais tarde, cuidando das crianças. Ele e a mulher precisavam fazer compras. Ela não gostou, mas não disse nada; ansiava pelo final do dia para ir embora brincar com Enedine. Depois que o carro dos patrões se afastou, olhou as duas criancinhas murchas e disse:

— Vamos passear, crianças! Vamos na minha casa conhecer minha família!

Foi uma das tardes mais felizes de Brigite! O tempo voou, e quando se deram conta já estava escuro! Brigite estava saindo no portão para levar as crianças, quando encostou uma baratinha a toda velocidade com a sirene ligada! Os patrões saltaram desarvorados, e, logo em seguida, ela viu dois policiais com a arma em punho. Buscavam uma sequestradora de menores! Os policiais entenderam a configuração e deram o caso por encerrado na mesma hora. A ruiva que empregava Enedine ficou assustada e a demitiu também!

Para escaparem das patroas que a mãe arrumava, as meninas conheceram as feiras livres. A barraca de pescados contratava crianças. Enedine aprendeu a limpar os peixes e usava um avental de plástico até os pés. Na guia do asfalto, atrás de si deixava algumas caixas vazias. No final da feira, estavam lotadas de frutas, verduras e vários pedaços de peixes!

63 | Irmãs crescidas
(Faria Lima, 1979)

Aos vinte e três anos, Clotilde estava prestes a se casar. Tia Marta alinhavou o encontro e abençoou o namoro em sua varanda. As famílias torceram muito pelo casal. Ela, uma moça da roça, caipira e cheia de virtudes, e ele um viúvo com três filhos pequenos, trabalhador honrado, em busca de reconstruir sua vida. A avó Estela ficou muito feliz e disse para a neta:

— Óia só, pucê vê, minha fia! Que coisa mais linda!! Um home branquinho pamódi casá cocê!

Margarida se recuperou, ficou bonita e aprendeu a conviver com as dores da vida. Conheceu o moreno Geraldo Batista, homem trabalhador e honesto, e com ele iniciou namoro para o futuro casamento.

Dez filhos continuavam sob a tutela de Dulce e Lauro. Nesse tempo, Clotilde passou o bastão das responsabilidades para a brava Nadir, que assumiu o posto naturalmente. Enedine sentia no coração uma lástima pungente; ao mesmo tempo que estava feliz pelo casamento de Clotilde, sofria! O cordão umbilical estava sendo cortado. A irmã mais velha era a única pessoa que olhava para ela com olhos de mãe. Não teria mais ninguém para ir em suas reuniões de pais e mestres!

64 | Casa da Mãezinha
(Jardim Martinica, 1979)

Um dia, Seu Silas arrumou uma pretendente. Dona Florinda era muito bonita. O pedreiro marcou a data e apresentou-a para a família de Lauro como sua futura companheira. Dulce disparou logo:

— Num tão vendo? É uma cobra essa mulher! Ela quer se aproveitar do coitado do Seu Silas, isso sim!

Cego de amor, Seu Silas deixou a mulher pequena dar as cartas em sua solidão. A pouca paz que existia acabou, e as duas mulheres discutiam, dia sim, dia não, até saírem no tapa. Lauro teve que arrumar outra moradia para a família, em caráter urgente!

No Jardim Martinica, havia um centro de umbanda que abarcava uma esquina inteira. A dona era chamada de Mãezinha, e ela parecia uma caricatura! Branca, olhos verdes observadores e dona de vários imóveis nas cercanias. Gostou de Lauro e autorizou a locação. Sua família era bem-vinda!

Mãezinha era uma boa alma, tinha luz no olhar e nunca estava sem batom vermelho. Em dias de festa no centro, as meninas Montanha eram convidadas de honra para ajudar. Mãezinha chegava como se fosse uma aparição! Toda modificada, com turbantes brancos na cabeça e vestimentas exóticas. Enedine adorava trabalhar e participar dos rituais coloridos e cheios de fartura. Quando terminavam as comemorações no quintal cheio de árvores, voltava para casa com vários embrulhos: de assados a farofas, de doces a frutas, a dona do terreiro tinha prazer em compartilhar as comidas.

65 | Cardápio de meninas
(Jardim Martinica, 1979)

Enedine não gostava de como a mãe ofertava as meninas para trabalhar na casa dos outros: sem se preocupar com o sentimento de cada uma, colocava as filhas num cardápio, à disposição, para quem precisasse de uma empregada a troco de banana. Era perturbador se deparar com carros na porta, quando voltava da escola! Entrava em casa e de repente era apresentada para um grupo de estranhos. Ocorrências assim eram frequentes, e eram muitas as famílias por onde ela transitava.

Elilma morava no Jardim Faria Lima, conhecia a pobreza da família e tinha o costume de chamar uma das meninas para ajudá-la. Um dia Enedine foi escolhida e ficou deslumbrada com a riqueza da casa. Armários lotados dos melhores mantimentos e muitos brinquedos. Elilma foi ao mercado, descarregou as sacolas e saiu novamente para ir à feira. Extasiada, Enedine investigou e deu de cara com duas sacolas de sobremesas geladas. As tripas começaram a dar nó em seu bucho, e ela pensou: "Nossa, mas tem tantos potinhos! Se eu comer um ela nem vai notar". Comeu mais de meia dúzia de sobremesas e escondeu os potes no fundo do lixo. Nunca mais foi convidada para ajudar Elilma.

Araci e Clodoaldo Taíde moravam no Jardim Rosana. Destemidos, viram a oportunidade de vender quentinhas para uma rede de estacionamentos. Araci arregaçou as mangas e foi buscar Enedine na porta de casa. Porém, dormir na pequena casa era quase insuportável para Enedine. Trabalhava com dedicação, amava os preparos dos alimentos e aprendia gratuitamente. Mas não comparecer às aulas de educação física era uma anulação imposta! Único lugar onde ela podia externar sua energia represada. Um dia mentiu e fugiu da casa de Araci, apenas para comparecer às aulas. O casal prosperou e trouxe uma menina do Norte para ajudá-los. Logo, mudaram-se para o Jardim Bonfiglioli.

Lorena Cristina e Ciro Honorato, funcionário do Banco do Brasil, moravam em um apartamento na Avenida Faria Lima. Era uma enorme família com cinco filhos, e o serviço nunca acabava! Enedine aprendeu a mexer na máquina de lavar e não vencia o monte de roupas que crescia a cada minuto. Dona Lorena era gente boa, tratava a menina com respeito, mas não tinha tempo nem para respirar. Tudo em sua casa era muito, as panelas eram muito grandes, tinha muita comida, muita louça suja, muita criatividade e muito pouca mão de obra. Os filhos eram tratados a pão de ló, não tinham costume de ajudar a mãe, e o pai mandava entregar caixas de frutas para Enedine fazer sucos naturais. Enedine ajudou Dona Lorena por um tempo, agradeceu o aprendizado e deu um jeito de escapar.

O Dr. José Henrique Godoy era dentista, casado com Laurita Godoy, e moravam na Estrada do Campo Limpo, num sobrado onde funcionava o consultório. Eram bolivianos e tinham três filhos. Um dia, Enedine o procurou com dor de dente. Ele a submeteu a muitas perguntas e a contratou. Enedine gostava do jeitão escancarado dele! Apertava a mão das pessoas firmemente e ficava segurando para depois rir alto e fazer algum trocadilho em castelhano. Dona Laurita era uma mulher nobre e bem nascida, que se apaixonara pelo marido e fugira da Bolívia para acompanhá-lo. Os pais nunca a perdoaram, e ela sofria calada. A cada prato que Enedine fazia com a orientação da patroa, se abastecia com as fantásticas narrações sobre aquele país. Nos dias de terça e quinta, a família ia para outro consultório, em Pinheiros. Nessas oportunidades, Enedine saía em seguida e virava um vento para participar dos jogos na escola. Assim que terminavam as atividades, voltava igual faísca para limpar a casa, antes de os patrões regressarem! Ficou com os bolivianos até conhecer Dona Lurdes.

Lurdes era paciente do Dr. José Henrique. Toda vez que ia ao consultório, ficava observando Enedine. Investigou e descobriu que a menina estava triste por não frequentar as atividades da escola.

— Eu preciso de uma menina igual a você para me ajudar! Eu pago um pouco mais, e você pode ir a todas as aulas de educação física!

Lurdes era feirante e tinha três meninos, um de dez anos, um de oito e o caçula de seis. Os garotos gostaram da intrépida menina logo de cara, e Enedine se dedicou com muito amor à família! Dona Lourdes era uma ótima pessoa, tinha uma família enorme, e a menina aprendeu, entre tantas coisas, a fazer um delicioso franguinho com açafrão na panela!

66 Brigite modificada
(Jardim Martinica, 1979)

Aos dez anos, Enedine cursava a quarta série no Maurício Simão, no horário da manhã. Pouco tempo sobrava para brincar com Brigite e Leonardo, e nos últimos dias notava estranheza na irmã. Após o episódio da polícia, ela passou a se comportar de maneira incomum. Envolvida com outras amizades, quando o portão da escola estava fechando, ela sumia no meio da criançada.

Logo Enedine descobriu que Brigite não estava frequentando as aulas e mentia para os pais. Aos onze anos de idade, passava facilmente por uma mocinha de catorze datas. O tempo lhe fazia bem, esteticamente, e ela se tornava uma jovenzinha bonita, de corpo delgado e cintura fina.

Do alto da janela das salas de aula do Maurício Simão, as crianças tinham vistas para a rua do outro lado do muro. Um dia Enedine ouviu alguém gritar por seu nome, de maneira estridente.

A sala ficou em silêncio, e ela se levantou. Ficou estática, olhando pela janela, observando um pequeno grupo de jovens. Brigite estava no meio deles; usava uma calça de brim escuro, cinto largo de fivela prateada na cintura baixa e uma miniblusinha mostrando o umbigo. No rosto, óculos escuros de marca, além dos cabelos soltos, cacheados e rebeldes! Encarava Enedine no alto da janela, segurando ostensivamente um cigarro de maconha. Totalmente drogada e descomposta, falava alto, além do normal:

— É isso aí, maninha... é isso aí, mesmo... você é estudiosa e tem futuro! Tenho muito orgulho de você maninha, muito orgulho! — E tragava sofregamente o baseado.

Enedine não sabia o que fazer diante da nova Brigite, que vinha com modificações as quais ela não conseguia mais acessar. Surgia forte e corajosa, encarando a tudo e todos, de frente e sem medo. Seu olhar era outro, sua postura era outra, sua linguagem era outra! Tornara-se amiga de um grupo de marginais aliciadores que faziam plantão na porta da escola. As drogas lhe davam asas, e ela conseguia existir com dignidade!

Quando Clotilde se casou, em fevereiro de 1979, Brigite tinha onze anos. No álbum de casamento da irmã mais velha, seu rosto não foi fotografado! Os pais, perdidos em suas próprias elucubrações e instabilidades, não sabiam como lidar com um problema tão medonho, que exigia aprofundado estudo!

67 | Um pé de manga
(Jardim Martinica, 1981)

Lauro mudou-se com a família para uma casa mais espaçosa. Tinha quintal na frente e atrás, e até o final do lote nos fundos, um pedaço de terra e um enorme pé de manga! Foi a morada mais linda que Enedine conheceu com os pais. Transformou a sombra da mangueira em sala de aula!

Nessa época, sentiu que o pai estava orgulhoso dela e prestava atenção em seus livros. Um dia o acompanhou até Pinheiros, para comprar um tênis. Nunca ficava a sós com ele! Hesitante, seguiu-o sem muita conversa, observando-o! Reverenciou em seu coração de menina aqueles momentos! Ao final, pararam numa lanchonete simples, cheirando a frituras, e ele pagou um guaraná e uma coxinha para ela, enquanto conversava com o dono do estabelecimento, gesticulando e acenando, alegre.

68 | Aninha
(Jardim Martinica, 1981)

Quando Enedine completou onze anos, foi transferida para o noturno, para trabalhar durante o dia. Dividida por tantos conflitos existenciais e as constantes fugas de Brigite, apegou-se a uma coleguinha de escola chamada Aninha, menina honesta e pequenina que morava no Campo Limpo com a mãe e a irmã. Agarrada ao braço de Enedine na hora do recreio, ela sempre dizia:

— Quero ser sua melhor amiga, pra você me proteger com sua força!

De vez em quando, Brigite se metia em dívidas nas bocadas e pedia auxílio à irmã trabalhadora:

— E aí, maninha? — começou, sem graça. — Tô precisando de um adiantamento! Consegue me ajudar?

— Pra quê você quer dinheiro, Bida?

— Então... fiz umas paradas erradas aí... já viu, né... tô no veneno!

Brigite tornou-se usuária contumaz, e cada vez precisava de drogas mais fortes para suas fugas sensacionais.

Enquanto isso, Aninha brigou com a mãe. Sem saber administrar o caos familiar, a menina acabou se entregando às mesmas escapulidas, deixando de ser amiga de Enedine e começando a andar com Brigite e sua turma!

69 Enedine usuária
(Jardim Martinica, 1981)

Aos doze anos, Enedine tornou-se usuária de drogas. Ser careta no meio da malandragem tornara-se impossível. Sem abandonar o trabalho e a escola, iniciou caminhos tortuosos para acompanhar a irmã e começou a frequentar todos os lugares proibidos para os caretas. Além dos estudantes, o Clube Night Som e a Academia do Mestre Laranja eram lugares frequentados por malandros e traficantes. Música alta, libertinagem e muitas substâncias alucinógenas até alta madrugada!

Depois das frequentes baladas, Brigite e sua turma se viam enfrascadas em náuseas, deprimidas, e só se erguiam depois das primeiras baforadas do dia seguinte. Passando por mais um perrengue junto às bifurcações do tráfico, um dia Brigite esperou Enedine na saída da escola:

— E aí, irmãzinha? — Estava pálida e falava de cabeça baixa. — Tô numa fria de novo! Andei recebendo recados perigosos! Será que a Dona Lurdes não adianta um dinheiro pra você? — perguntou, cabisbaixa.

— Eu vou ver, Bida, mas não sei se ela vai arrumar não, viu?! Para quem você tá devendo dessa vez?

— Para um patrão lá do Maria Sampaio! Ele é foda, maninha! Tenho que pagar! E eu mesma nem posso ir lá! Você vai ter que ir no meu lugar! — completou, escondendo-se em seu buraco imaginário.

No sábado, Enedine desceu no ponto final do ônibus e seguiu por uma rua de asfalto, que acabava perto de um riacho. Antes do rio, notou uma casa branca, envelhecida e pobre, com a pintura descascando. O rapaz que a atendeu era alto e tinha pernas alongadas. Moço moreno, cabelos curtos e olhar desconfiado! Enquanto abria a porta, vigiava o entorno. Vestia roupas de sarja e, por cima das vestes, usava uma jaqueta bombacha, cheia de bolsos. Não era feio nem bonito, mas sua composição total lhe atribuía magnetismo. Enedine cumprimentou-o estendendo a mão.

— Bom dia! Posso falar com o Robertinho?

Ele segurou sua mão, resoluto, olhando-a frontalmente.

— Sou eu mesmo! Posso ajudar? — disse calmamente, depois da minuciosa acareação visual.

— Sou irmã da Brigite e vim pagar uma conta para você! — disse Enedine, nervosa, atropelando as palavras.

— Então você é irmã dela, e ela mandou você! E cadê o dinheiro? Você trouxe?

Enedine estendeu o envelope para ele, que, pausadamente, começou a contar as cédulas, analisando-a e deixando-a desconfortável. Tão logo ele terminou, queria sair voando do lugar.

— Tudo certo, então, Robertinho? Posso ir andando?

— Tudo certo, sim! Mas você nem me falou seu nome! — disse, com a voz mais calma do mundo. — Não vai embora assim, não! Vamos entrar um pouco e fumar um baseado!

Enedine entrou receosa, e Robertinho fechou a porta atrás de si. Tirou uma arma da cintura e a colocou em cima de um móvel, de onde tirou um tijolo de maconha da gaveta. Enedine ficou impassível na entrada! Ele se acomodou numa poltrona e indicou o sofá à sua frente. Enquanto trabalhava com a seda para enrolar o baseado, continuou esquadrinhando-a, curioso, até desenrolar um interrogatório acerca de sua vida. Queria entender por que ela estava ali, e não sua irmã. Horas depois, Enedine iria embora levando alguns gramas da melhor maconha. Encostado à soleira da porta, Robertinho segurou sua mão e lhe disse:

— Você é muito bem-vinda, sempre que precisar... gosto de gente honesta e trabalhadora! E avisa sua irmã que ela pode aparecer tranquilamente, sem nenhum problema... a dívida está paga!

70 | Robertinho
(Campo Limpo, 1981)

Meses depois, Brigite a procurou toda orgulhosa e falou:

— Maninha, o Robertinho tá caidão por você e te convidou para ir no baile sexta-feira!

Enedine a olhou espantada e falou:

— Eeeeu?? Ah! Não tenho coragem, não, Bida! De jeito nenhum!

— Deixa de ser besta, maninha! Ele não vai fazer nada com você, não! — disse Brigite, com veemência. — Pode confiar! Ele é patrão, irmãzinha... você vai perder essa oportunidade? Pena que eu não possa ir no seu lugar! — terminou, encrespando a testa e virando os olhos com escárnio.

Brigite achava um absurdo Enedine desdenhar Robertinho. A maioria das meninas drogadas eram loucas por ele!

Na sexta-feira, Enedine faltou às duas últimas aulas para ir ao encontro. Vestiu uma calça branca e uma blusinha de alça florida que ornou com sua pele morena. O cabelo ficou solto, e mesmo desafeita de vaidades Enedine se olhou no espelho e gostou do resultado! Estava tremendo na base, pois não tinha nenhuma experiência com meninos. Sempre fora briguenta e nunca achara que pudesse atrair a atenção do sexo oposto; achava-se feia e desajeitada!

Na turma do noturno tinham muitos jovens honestos que ralavam de dia e estudavam à noite. Entre eles, um rapaz, chamado Telles, se apaixonou por ela, e tentou namorá-la! Telles era um jovem de dezoito anos, bonito, inteligente, porte atlético, e de melanina acentuada igual à dela! Trabalhador, chegava atrasado todos os dias no colégio, encontrava seu primo na entrada, com seus materiais e seu jaleco estendidos, e corriam às pressas, no último minuto do segundo tempo, e o portão quase fechando! Enedine esperava as fileiras andarem e ficava para trás, de propósito, observando ele vestir o jaleco branco às pressas, com a prancheta cheia de cadernos, presa no meio da coxa! Era mágico quando ela via os grandes olhos dele procurando alguém no meio da turma e encontrava os seus! Enedine adorava o jeito íntegro e decente que ele a tratava! Um dia lembrou-se apreensiva das conversas que circulavam na família, há muitos anos, sobre a vovó Estela! Ela sempre falava sobre melhorar a raça! Enedine ficou com medo de namorar Telles e ter filhos mais escuros do que eles!

Às dez horas, encontrou Robertinho na frente do colégio. Estava perfumado e elogiou a beleza dela! Pegou-a pela mão e seguiram até o Club Night Som. Os arredores da discoteca ferviam de gente, entraram no meio da multidão. Não demoraram muito na balbúrdia alucinante; Enedine aceitou sair para passear de Fusca. Entrou no carro limpo, e Robertinho lhe indicou um charuto de maconha no porta-luvas. Rodaram sem rumo e sem destino, fumando maconha de primeira qualidade. Conversaram como se a vida pudesse ser compreendida em algumas horas!

Robertinho tinha vinte e nove anos, e seu nome era Carlos Roberto Vieira. Filho da pobreza, seus caminhos o tinham destinado para o tráfico de drogas, inconteste. Elogiou-a por ser trabalhadora e disse:

— O crime não compensa, e eu vivo sem paz de espírito!

Mais tarde, deixou Enedine em casa. O homem que habitava o traficante era gentil e educado! Não a tocou quando se despediram, beijou sua mão e disse que voltaria a vê-la na próxima semana.

Como os planos do homem são diferentes dos do universo, Robertinho não pôde comparecer ao próximo encontro: durante um tiroteio entre traficantes inimigos, foi baleado e internado às pressas. Seu estado grave o manteve no leito por vários dias.

Assim que ele teve alta, Enedine foi visitá-lo com Brigite. Foi recebida por uma metade flácida de Robertinho; suas longas pernas não o compunham mais. Estava tetraplégico e torto sobre uma cadeira de rodas!

Robertinho abriu um sorriso franco e mandou-as dar a volta pelos fundos. Havia tijolos de maconha espalhados pelos cantos e várias armas automáticas. até onde a vista alcançava. Estava parecendo um morto vivo, magro e sem cintilação. Logo enrolou um charuto de maconha com haxixe, para celebrar a visita! Brigite estava com os olhos marejados; há muito não permanecia tão silenciosa. Enedine disfarçava as emoções e tocava a pauta com palavras animadoras.

Aquela foi a última vez que ela esteve com Robertinho. Uma semana depois, após descarregar toda a munição que estava ao seu alcance, numa troca de tiros o rapaz foi cruelmente assassinado.

71 Banco escolar vazio
(Jardim Martinica, 1982)

O fim de 1982 estava próximo, as matérias para as últimas provas escolares eram preenchidas, e o clima de férias estava no ar! Enedine aguardava com animação o resultado. Gostava da escola, lugar sagrado onde conseguia se esquecer das misérias em que viviam! Estudar era um ato quase heroico, dentro de sua realidade, e, na época, existia uma intensa conspiração para a sua desistência. Não conseguia mais acompanhar Brigite em todas as suas loucuras, e a irmã se enterrava cada vez mais nos entorpecentes.

Dulce vivia num mundo paralelo aos problemas que engoliam as meninas, e Lauro continuava engarrafado nas ilusões da bebida. A tribulação fermentava e crescia igual a massa de pão sovada!

Um dia, Enedine chegou em casa às onze e meia, depois da escola, e encontrou um caminhão de mudanças na porta. Uma força-tarefa desmontava os móveis. A mãe e as irmãs estavam chorando. A caçula Alice tinha os grandes olhos marejados e cheios de tristeza. Teria de abandonar sua patroa e seu trabalho no armazém vizinho. Estavam de mudança às pressas, e Enedine foi avisada em cima da hora. Desorientada, correu para o quintal dos fundos, abraçou o pé de manga e chorou! O pai havia recebido uma carta, ameaçando a vida de Brigite; a missiva trazia mensagem fatídica e mandava ele se mudar para longe com a família!

De madrugada, o caminhão avançava pela Estrada do M'Boi Mirim. Ainda de uniforme, Enedine deixou as lágrimas da insegurança e da tristeza lavarem seu rosto. Questionou os pais sobre o ano letivo. Disseram que depois ela continuaria em outra escola. Já tinham lhe arrumado um serviço, para começo imediato! Sua escola e suas lembranças iam ficando cada vez mais distantes na noite escura.

Brigite viajou para Minas Gerais; passaria uma semana na casa dos avós Frederico e Estela, até a poeira baixar. Enedine nunca soube exatamente qual era a poeira da carta agourenta!

72 São Pedro e a Cantina Italiana
(Jardim São Pedro, 1982)

O Jardim São Pedro ficava numa saída da Estrada do M'Boi Mirim, num desvio pela Estrada da Cachoeirinha. Tinha muitas chácaras, sítios, lagos, rios e cachoeiras. Era um lugar calmo e distante do movimento tóxico em que as meninas estavam vivendo, para onde os pais se mudaram desesperados, em busca de salvação para Brigite.

O aroma perfumado dos temperos preenchia o ar e fazia o estômago roncar às sete da manhã. Tudo era grandioso na Cantina Italiana! Fogões, panelas, colheres de pau e muitas ervas aromáticas para temperar as massas mais deliciosas que Enedine passou a conhecer. Molho de tomate fresco, manjericão, cebola frita na manteiga e cremes brancos, entre outras especiarias, transferiam uma fragrância inesquecível para o ambiente!

A linha de produção das lasanhas era elaborada e eficiente. A massa era colocada em cumbucas especiais, com doses exageradas de queijo; depois eram levadas ao forno industrial, de onde saíam borbulhando para serem servidas.

Enedine conversou com o dono no sábado e começou a trabalhar na segunda-feira. Gostaram-se mutuamente, e ele viu potencial na garota para ser dama de companhia de sua esposa solitária. Mas, depois de conhecer a cantina, a mocinha não gostou da proposta; foi transferida para uma mansão requintada no Alto do Riviera, para dormir no serviço. O silêncio permitia ouvir as folhas das árvores caindo no chão. Eram pessoas de bom coração, mas o exílio e a solidão não colaboravam para que Enedine se adaptasse.

73 Trabalho distante
(Jardim São Pedro, 1982)

Os pais de Enedine não conseguiram vaga no grupo escolar e desistiram de integrá-la em outro colégio. As irmãs mais velhas, Clotilde, Margarida e Teresa, casadas e mães de família a esse tempo, seguiam sua vida paralelamente, em bairros distantes. Elizângela trabalhava como empregada doméstica e indicou Enedine para uma vaga no mesmo prédio, distante quarenta quilômetros do Jardim São Pedro, próximo do Hospital das Clínicas e ao lado da Avenida Paulista.

Brigite estendeu sua estada em Minas, e a avó gostou da decisão; a neta deixava a casa limpa e cheirosa! Brigite tinha saudades de casa e não via a hora de sair da prisão onde a tinham colocado. Sentia falta da vida livre, mas não desobedecia aos mais velhos. Ouvia calada e concordava com o sermão do avô Frederico, que não perdia a oportunidade de benzê-la com uma touceira de ramos verdes. Acreditava piamente que os maus espíritos sairiam do corpo da neta através de suas orações.

Enedine começou o novo serviço ressabiada, sem saber se daria conta do recado. O trabalho era bem longe, e só um ônibus fazia o trajeto. Se perdesse o primeiro coletivo no ponto final do Jardim São Pedro, não conseguia chegar no horário combinado. O trânsito era intenso na M'Boi Mirim, e para chegar ao destino passava por dezenas de bairros suburbanos em ascensão. Os lugares ferviam de gente e comércio; o transporte público era ruim; surgiam trabalhadores de todas as vielas e buracos imagináveis!

74 | Família Cristo
(Cerqueira César, 1982)

Depois de se identificar no Edifício Cipó, às seis e meia da manhã, Enedine acessou o elevador de serviço. A mulher que abriu a porta da cozinha para recebê-la vestia roupas de dormir compostas e tinha olhos verdes e pacíficos. Falando baixo, convidou a mocinha morena parada à sua soleira para entrar.

— Bom dia, querida! Você madrugou, hein?! Tudo bem? Vamos entrar, vamos entrar! Está frio!

Ingressou-a para dentro e se voltou para uma porta que ligava a cozinha a outros cômodos da casa. Fechou a porta atrás de si com cuidado, colocando o dedo nos lábios e simbolizando o silêncio. Não demorou muito, e do outro lado da porta veio o som de patinhas, arranhando e pedindo passagem!

Uma cachorrinha *poodle* entrou correndo na cozinha e pulou no colo de Enedine, querendo brincar!

— Para, Dorinha! Para! Assim você espanta a menina que acabou de chegar!

Enedine riu diante do entusiasmo da cadelinha e pegou-a no colo, dizendo:

— Não, não, imagine! Eu adoro bichinhos... pode deixar... pode deixar!

Notou o alívio estampado no semblante da mulher, ao olhar para a cachorrinha acomodada em seu colo.

— Ah, que bom! Enedine é o seu nome, né? — perguntou, estreitando a mocinha em observação.

— Sim, senhora! Meu nome é Enedine! — respondeu, acariciando a cabecinha peluda da cachorra.

— Mas você é muito jovem, Enedine... quantos anos você tem?

— Completo treze anos no mês que vem!

— Nossa, mas você é uma menina! Vou te chamar de menina, tudo bem?

— Claro, pode me chamar do jeito que a senhora achar melhor!

Adriana Cristo era alta e elegante, de cabelos enrolados e voz calma e agradável. Em seu expressivo olhar esmeralda, era sempre possível ver um sorriso estampado. Tinha cinquenta e seis anos e era casada com Rômulo Cristo, homem de estatura mediana, cabelos grisalhos perto dos sessenta anos, que trabalhava no setor calçadista. Tinham três filhos. Cássio Cristo era o caçula, tinha dezoito anos, estava na faculdade e tinha a juventude a seu favor. Porte grande e pesado, cabelos castanhos e encaracolados, seus olhos eram verdes, iguais aos da mãe. Simpático e descontraído, tinha muitos amigos e, às escondidas, bebia e fumava maconha.

Enedine compreendeu a rotina da casa na primeira semana. As refeições eram servidas em pouca quantidade, mas muita qualidade. Ao mesmo tempo aprendia e se abastecia de novos conhecimentos culinários. Pouco a pouco suas responsabilidades iam aumentando, e ela tinha prazer em inventar manjares. O horário da tarde tinha uma fragrância marcada no apartamento, quando a patroa voltava da rua e dizia, feliz:

— Nossa, que perfume, minha menina! O que você fez hoje? — E aspirava, envolvida pelo aroma da casa limpa, das cocadinhas cremosas e dos bolos de laranja. Enedine se aperfeiçoava em suas incumbências, sem nenhum interesse furtivo; apenas para agradar a uma pessoa especial que a tratava com amor.

A poucos dias do Natal, os patrões foram à praia. Era uma sexta-feira.

— Tchau, Enedine, deixe a chave na portaria quando for embora! Fica com Deus, minha menina!

Quando Enedine fechou a porta da sala, viu um molho de chaves brilhantes em cima da mesa de jantar. Chaves que nunca saíam do poder de seu patrão! Pegou o molho e foi levá-lo até a garagem. Assim que o elevador se abriu, o patrão a viu parada na porta com as chaves na mão e disse, aliviado:

— Ah, as chaves... que bom! Que bom que estavam aqui! Obrigado!

75 | Natal de 82
(Jardim São Pedro)

A casa alugada no Jardim São Pedro fora alicerçada num lote largo e profundo, com muro frontal baixinho, numa rua bem íngreme! No início da ladeira, a quinhentos metros da casa, havia uma saída oculta e desafiadora, onde corria um rio caudaloso, formando lagoas e perigos ocultos. A trilha para a cachoeira exigia força e muito equilíbrio, e em épocas de chuvas o rio levava os caminhos que se formavam no chão, deixando apenas as grades da chácara para os destemidos e corajosos se pendurarem e escalarem o trajeto inóspito.

O ruído imponente das águas, chocando-se às pedras e provocando uma nuvem torrencial de espumas, era espetacular!

O quintal da frente da casa era de terra e tinha um caminho de pedras até a porta da sala. A saída dos fundos era um terreno com horta viçosa! No pomar as árvores em crescimento já dispunham algumas frutas atraindo os passarinhos! Enedine estava admirando as frutíferas e viu a figura da mãe na cozinha, encostada na pia, com o olhar baixo e pensamentos distantes. Suzana e Alice estavam penduradas na mureta esperando o jovem leiteiro passar com seu trator barulhento, deixando rastros de fumaça para trás! O momento marcava troca de olhares e versos românticos! A casa cheirava bem! Limpeza e boa comida!

Brigite chegaria mais tarde para a ceia de Natal. O pai adentrou o recinto com o sol se pondo atrás das matas, falando alto e bem disposto! Com um velho chapéu de palha na cabeça e o semblante feliz, voltava da cachoeira encestado de peixes frescos! Passou pela sala e pela cozinha e despejou os peixes no tanque. Logo atrás vinham Leonardo e Valentina, sujos de vegetação e carregando tarrafas.

Enedine lembrou-se de Brigite por um instante e sentiu uma fisgada na boca do estômago. Abanou a mão pelo ar, desvanecendo os pensamentos ruins, e se projetou do meio das árvores para perto do pai, na intenção de pegar a empreitada dos peixes e limpá-los. Tornara-se uma apresentável mocinha, sem medo de serviço e sempre com novidades, granjeando valor e admiração aos olhos dos pais.

— Bença, pai! — disse-lhe, encarando-o em suas vestes de pescador. Estava tão bonito!

— Oh, minha fia! Deus te abençoe, minha filha! — falou, exclamativo, e segurando sua mão apontou: — Oia só que fartura, minha fia! Tem peixe pra dá e vendê! Aêêêê, cabocla! Tá lôco, sô! — completou, sorrindo. Tão logo Enedine limpou um tantão de peixes, começou a fritá-los, para servir de tira-gosto!

Brigite voltou corada e com os cabelos pretos brilhantes. Desconfiada dos pais e com medo de ser despachada de novo, disse apenas para Enedine que não havia parado de usar maconha.

Mais tarde, depois da ceia, a mãe serviu frutas e panetone macio. A grande família dispersou-se pelos cômodos, satisfeita; a televisão estava ligada, muitos rumores ao mesmo tempo! Enedine pegou um pratinho de frutas picadas e fugiu do burburinho. Saiu para o quintal, sentindo uma brisa boa no bafo quente, e ficou encostada na mureta, observando a escuridão da rua íngreme de terra.

As famílias vizinhas estavam reunidas em suas casas naquela noite de Natal. O cheiro de boa comida perfumava o ar, trazendo conforto!

Enedine sentiu um braço entrelaçar o seu e viu Brigite se inserindo, se introduzindo e apertando-a, afetuosa. Comprimiu sua costela com força e declarou, amorosa:

— Tava com saudade de você, maninha!

Ficaram num enlace condescendente.

— Eu também estava com saudade de você, Bida! Eu também estava! — Enedine respondeu, sincera. Brigite soltou-se do abraço, ficou ao lado da irmã em silêncio e curiosa, perguntou-lhe:

— E aí, maninha? E esse lugar? Já conheceu alguém interessante?

— Não, Bida! Não conheci ninguém, não! Tenho trabalhado a semana inteira! — respondeu Enedine, observando-a amiúde. Brigite apenas balançou a cabeça, com olhar evasivo.

76 | Maurício Teixeira
(Jardim São Pedro, 1982)

O Jardim São Pedro não estava fora da rota do tráfico. Poucos dias depois, Brigite conheceu Maurício Teixeira e seu irmão Marcelo. Uniu às suas velhas amigas do Campo Limpo, com quem rapidamente formou outra turma, dedicada às fugas sensacionais. Também se envolveu de alma junto ao novo amigo, ajudando Maurício em negociações obscuras para poder sustentar seu vício! O uso de drogas e a convivência com gente errada tinham voltado com força. O monólogo da mãe era uma lamúria, e o pai fazia coro!

Enedine foi conhecer a nova turma; um dos pontos de encontro era a casa de Maurício. A fumaça nublava o ambiente. A irmã apresentou-lhe Maurício com orgulho. Maurício segurou a mão de Enedine, galanteador.

— Olha só, a morena! Que linda! Até que enfim você apareceu! Seja bem-vinda, irmã trabalhadora!

O Jardim São Pedro virara um palco de refúgios verdes ao ar livre. Ficar em casa deixara de ser opção, e Enedine se dividia entre o trabalho e as festinhas de final de semana. Seguia a vida por caminhos torturosos, enquanto via a irmã de catorze anos se apaixonar perdidamente por Maurício, que a desdenhava e humilhava às claras, sem importar-se com os seus sentimentos!

Maurício era enrolado, caminheiro de estradas solitárias; integrava uma nobre família evangélica e gradativamente deixava a velha mãe com os cabelos mais brancos do que o normal. Tinha a vida pontuada por golpes e só andava em más companhias. Era um rapaz atencioso, gentil e embusteiro! Usava de artifícios sedutores para conduzir mulheres apaixonadas a fazerem tudo o que lhe trazia a resplandecência do ouro!

77 | Dorinha
(Cerqueira César, 1982)

A patroa apareceu na cozinha mais cedo do que o previsto, arrumada e pronta para sair.

— Bom dia, minha menina! Que cheiro bom de café! — disse, inalando o ar. — Eu tenho alguns exames marcados agora pela manhã. Vou deixar a Dorinha! Cuida dela direitinho?

Adriana amava Dorinha, como se a cadelinha fosse uma pessoa da família. Dorinha já havia se acostumado a Enedine, mas a patroa nunca saía sem fazer as mesmas recomendações. O tempo passava rapidamente, e já fazia nove meses desde o primeiro dia de Enedine com a família Cristo!

O caçula apareceu para tomar café às onze horas. Enedine estava limpando as vidraças com o auxílio de Dorinha. Ele cumprimentou a empregada e espreguiçou-se longamente, parado no meio da sala. Sentou-se e ficou olhando para além das janelas pensativo. Falou:

— E minha encomenda, Enedine? Vai chegar quando?

— Hoje, Cássio! Fiquei de pegar hoje à noite! Te entrego amanhã! — ela respondeu.

— Não vai esquecer, hein?! Vou viajar amanhã! — ele ressaltou.

Cássio era brejeiro, malandro e gostava de fumar uma boa erva! Descobriu que a empregada era usuária, assim iniciaram um pequeno tráfico no apartamento. Ela cobrava um pedágio insignificante para ele, que, acostumado à mordomia, gostava de receber em casa a qualidade oferecida!

Enedine levou quatro horas para chegar em casa, e encontrou Brigite se arrumando para ir ao baile. Animada, Brigite incentivou Enedine; ela não podia ficar de fora! Com a juventude a lhe favorecer, a mais nova tomou banho e, rapidamente, estava pronta. Antes, Enedine procurou Maurício e pegou a encomenda de Cássio. Assim que desceu do ônibus, dispensou a droga num matagal próximo à entrada do baile.

A frente do clube estava fervilhando! Muitos jovens descolados – em sua maioria, usuários de drogas. O som eclético e o frenesi do lugar fizeram as horas voarem abruptamente! De madrugada, ainda escuro, e sem condução para voltar, as meninas amanheceram na balada. Na sexta-feira de manhã, Enedine pegou a maconha no matagal e foi direto para o trabalho, sem dormir.

Após servir o almoço na casa da patroa, Enedine recolheu as roupas do varal e decidiu passá-las, para não acumularem. Dona Adriana havia saído com Dorinha, e Cássio tinha viajado logo pela manhã com os amigos. Montou a tábua de passar, ligou o ferro e buscou alguns cabides no guarda-roupa da patroa para colocar as camisas sociais. Na volta do quarto, sentiu um mal-estar repentino. Cambaleou até perto da tábua de passar, sentindo o piso fugir de seus pés como se levasse uma rasteira súbita. Caiu no ladrilho entre a cozinha e a lavanderia, estrebuchando igual um bicho. Foi acometida de um mal, e assim ficou desfalecida no chão, com a boca espumando!

Acordou três horas depois, sentindo a cabeça rachada ao meio. O ferro de passar estava na mesma posição, com o fio ligado na tomada!

78 | Sumiço de Brigite
(Jardim São Pedro, 1983)

Jardim Nakamura, Jardim Ângela e Vaz de Lima eram pontos fortes do comércio de drogas. A bandidagem se fixava e difundia suas próprias leis, tirando a moral dos pais de família e incitando os jovens ao mundo fácil do comércio ilegal. Brigite tornara-se conhecida pelos traficantes do circuito. Fazia uma semana que ninguém tinha notícias dela.

À noite, depois de uma maratona de ônibus lotado, Enedine chegou em casa. Estava preocupada com a irmã! Entrou na sala e se dirigiu ao pai:

— Bença, pai!

Ele estava ancorado no sofá.

— Deus te abençoe, minha fia!

Enedine notou o olhar vermelho do pai e percebeu que ele tinha bebido. Passou por ele rapidamente com a mochila nas costas e foi para o quarto, onde estavam as irmãs.

Antes que Enedine lá entrasse, o pai levantou a cabeça, e com a voz pesada e pastosa de ébrio chamou-a:

— Minha fia, senta aqui perto do seu pai, e responde olhando nos meus olhos. Você sabe onde tá sua irmã, num sabe?! Fala pro seu pai, minha fia! Ocê sabe?

Na voz do pai, estavam impressas as notas de uma tristeza indizível! Enedine sentiu muita pena dele e respondeu:

— Eu não sei não pai, não sei mesmo! Mas vou ver se descubro, pode ficar sossegado!

Sem muita convicção, levantou-se do sofá cabisbaixa, desejando realmente saber notícias da irmã.

Depois da janta, subiu o morro em direção à casa de Maurício. Procurava-o há alguns dias, contudo não conseguia achá-lo! Toda a turma de Brigite tinha tomado chá de sumiço. A casa estava escura, e quando ia abrir o portão ele chegou. Estava sombrio, com um chapéu preto na cabeça; seus olhos profundos pareciam duas brasas quando a encarou. Perguntou, sarcástico:

— E aí, mãezona bonita? A que devo a honra de sua ilustre visita nessa noite escura?

— A Brigite sumiu! — Enedine falou direto e prosseguiu: — Não temos notícias dela há dias, e meus pais estão preocupados! Você sabe de alguma coisa? Sabe onde ela pode estar?

Maurício mandou-a entrar.

— Então, morena — começou a falar, sem rodeios —, sua irmã está numa prisão de vagabundos. Ela e as amigas desviaram armas e drogas e alegam ter perdido! Os irmãos não estão acreditando e querem saber para onde desviaram.

Enedine ouvia-o em silêncio, absorvendo suas palavras amargas. Perdida num turbilhão de dúvidas e medo, interpelou Maurício:

— E você sabe onde ela está? Você tem o endereço?

— Não, minha linda! Não tenho, e nem que eu tivesse eu te daria!

Incomodado com a conversa, Maurício se levantou e serviu-se de uma dose de conhaque. Enedine sentiu-se comprimida no lugar apertado, e sua cabeça principiava a doer!

— E o que eu digo para meus pais, Maurício? O que eu falo, cara?

Ela estava andando, nervosa, de um lado a outro no pequeno recinto.

— O que eu posso fazer por ela? — insistiu.

Cáustico, Maurício ficou em silêncio, observando a jovem se descabelar, e por fim respondeu:

— O chefe é jamaicano sangue ruim, e a mercadoria desviada era dele! Sua irmã não tem muita chance, não! Mas posso te afirmar que um punhado de ouro pagaria a dívida e livraria a cara dela!

79 | Jardim Nakamura
(ponto de encontro, 1983)

A padaria do Jardim Nakamura era ponto de parada na volta dos bailes. Depois da balada, as meninas ali tomavam café da manhã, fumavam um baseado com alguns malucos do pedaço e iam embora quando o ônibus passava. Enedine lembrou-se de um rapaz chamado Laerte, entre tantas fisionomias. Tinha boa impressão sobre o sujeito e se agarrou à ideia de que ele podia ajudá-la a desvendar o cativeiro de Brigite. Numa sexta-feira, desceu do ônibus na padaria. Laerte estava sentado ao fundo, e logo que a viu acenou contente, chamando-a para tomar uma bebida.

— E aí, menina? Tudo bem? Que bom te ver!

Ele levantou-se prontamente. Enedine acomodou-se, buscando palavras certas.

— Tudo bem, Laerte, tudo bem! Bom te ver, também!

Ele perguntou se ela tinha um baseado, e Enedine enxergou oportunidade para conversar. Surgiram conhecidos pegando carona no baseado.

Foram fumar num lugar ermo, onde havia uma construção abandonada. A tarde ia embora, e a noite chegava. A investigação não evoluiu. Enedine incomodava-se com os estranhos que chegavam com drogas surpreendentes. O local virou um fumaceiro denso, um baseado atrás do outro. Enedine conhecia somente Laerte, e de repente se somavam mais de vinte homens no cenário de abandono. Falavam alto, ostentando armas pesadas. Sexto sentido aguçado, Enedine levantou-se da pedra onde estava sentada, para ir embora, e atraiu vários olhares para si. Olhou para Laerte, suplicando.

Entre eles, um bandido chamado Gordo, sujeito grande, pele clara cheia de espinhas; líder do pedaço, chegou falando grosso, e à menção de Enedine se retirar saiu bruscamente do outro lado da roda, insinuando-se junto ao seu corpo, além de falar tão perto que era possível sentir seu bafo:

— Aí, mina, tá muito cedo pra ir embora! E faz tempo que eu não faço sexo, tá ligada? Vendo você tão gostosinha aqui, fiquei excitado! E aí? Pode ver nosso lado e fazer uma presença?

Reinava apenas o silêncio do medo. Gordo era respeitado e apoiado em qualquer merda que fizesse.

Enedine sentiu o chão fugir. Lembranças ruins vieram-lhe à cabeça, e o coração disparou. A plateia esperava pela carnificina! Num ato de total impulsividade, empurrou Gordo e ficou na frente dele.

— Cê tá louco, Gordo? Sou parceira de vocês, meu irmão! Cheguei cedo na parada hoje e fiz várias presenças para os mano aí, ó! — falou, apontando alguns dos encostados, que baixaram o olhar. — Cê acha justo fazer isso comigo, cara? Num tá vendo que estou sozinha e seria covardia de vocês?

Hipnotizado pelo argumento da jovem, o bandido a ouviu por alguns segundos. Mas a lembrança de quem era lhe veio à tona! Tomado pela ira, deu uma coronhada em Enedine, falando que ela ia, sim, servir a ele e a seus amigos.

O golpe pegou a parte de trás de sua cabeça. Enedine, então, se preparou para morrer quando viu o sangue escorrer. Laerte, desesperado, se virou contra Gordo:

— Porra, Gordo! Porra, meu! A mina é mó decente, cara! Tá louco? Deixa a menina ir embora, cara!

Gordo empurrou Laerte com raiva e desferiu-lhe um golpe na cabeça.

Outros agiram em defesa de Laerte. Desarmado, Gordo deixou de ser bicho feroz. Encostada na parede da construção inacabada, com o rosto sujo de sangue, Enedine aguardava o desfecho da desgraça instituída. Seus sentidos se aguçaram apenas quando ouviu um deles falar firme com Laerte:

— Mete o pé mano, mete o pé! Leva sua mina e mete o pé! Some daqui, antes que eu me arrependa nesse caralho! Tá entendendo, porra? Caralho, meu! Caralho! Some daqui!

Laerte pegou Enedine pela mão, e os dois saíram voando do cenário mórbido, com os rostos empapados, sem olhar para trás.

A mãe evangélica de Laerte recebeu o filho e uma mocinha com cabelos colados no couro cabeludo! Assustada e tremendo dos pés à cabeça, Enedine não conseguia articular o próprio nome e soluçava alto. No humilde barraco da favela, a mulher repartiu o pouco que tinha e cuidou do ferimento dos jovens. Deu-lhes dipirona e estendeu um colchão limpo para a rapariga desconhecida passar a noite.

Pela manhã, Laerte acompanhou a mocinha remendada até o ponto de ônibus. Enedine estava enternecida.

— Desencana da sua irmã, menina! Desencana! Ela está num curral de bandidos perigosos! Fiquei sabendo, outro dia, que ela e outras minas estavam servindo os vagabundos como escravas sexuais! Fica de fora e cuida da sua, Morena! Você não pode fazer nada, não!

O coletivo do Jardim São Pedro chegou e Enedine partiu. Sua cabeça doía com as últimas notícias!

80 | Negócios com bandido
(Jardim São Pedro, 1983)

Numa antiga história em quadrinhos, Anjinho afirmou que não dependia de suas asinhas para voar. O que o fazia voar era sua consciência – boa, leve e livre de maldades!

Enedine se enrolava cada vez mais num mundo paralelo para estar perto da irmã Brigite. Não percebia a sombra do mal que a envolvia homeopaticamente, como se fossem doses letais servidas em lindas taças de cristal. Sua consciência pesava depois de sua decisão! Chegou ao Jardim São Pedro na manhã de sábado e foi procurar Maurício, que ficou surpreso quando deu de cara com ela.

— Bom dia, mãezona! Que bom te ver assim cedinho! — Sua voz era sarcástica. — Entra aí! Vou fazer um café forte pra gente!

Ela entrou e seguiu com a conversa:

— Então, Maurício, eu já sei como conseguir o ouro para o seu amigo — disse rapidamente, derramando as palavras, como se tivesse medo de não pronunciá-las e voltar atrás em sua decisão.

Maurício a encarou mais sério do que o normal. Enedine afirmou:

— Pode confiar! Fala para ele soltar minha irmã e as outras meninas! Eu me comprometo!

No domingo pela manhã, Brigite voltou para casa, em estado deplorável: suja, piolhenta, magra e cheia de hematomas pelo corpo. Enedine sofria com as desventuras da irmã e ficou em choque ao ver sua configuração. Brigite notou sua preocupação genuína e lhe falou:

— Fica assim não, maninha! Eu tive culpa no cartório, tá ligada? Eu realmente dei mancada e paguei por isso! Não chora por mim não!, Não vale a pena!

81 | Ouro dos outros
(Cerqueira César, 1983)

Adriana Cristo e seu marido iam passar o final de semana na praia, como já era de costume. Dorinha ia ficar em casa com Cássio e estava amuadinha. Enedine estava na suíte principal, lavando o banheiro, abduzida por seus problemas, e mal ouvia as conversas da patroa. Animada, Dona Adriana arrumava as malas e tinha as portas do armário abertas para facilitar a escolha das roupas. Enedine saiu com o balde e vislumbrou quando a patroa guardou um anel de ouro com uma enorme pedra preciosa. Assim que ela empurrou a gaveta, Enedine viu o molho de chaves cintilantes. Seu coração acelerou, descompassado! Haviam se passado alguns dias do encontro com Maurício, e a intimidação aumentava desmedidamente. Estava em uma panela de pressão!

Com a mente em ebulição, Enedine começou a limpeza da persiana e notou a patroa preocupada diante das malas, das bagagens e da cachorrinha, que não parava quieta, querendo atenção. Dona Adriana passou a mão pelos cabelos curtos acinzentados, agitada, e disse para a empregada:

— Larga mão disso, Enedine! Larga mão disso, minha menina! Deixa essas vidraças pra lá! Se der certo, você termina depois! Vem me ajudar com essas malas, antes que eu fique maluca com a Dorinha! Daqui a pouco, o Rômulo chega e eu ainda não saí do lugar com esta bagagem!

Dona Adriana estava inquieta, olhando apreensiva para o relógio de pulso e para a bagunça instalada em cima da cama. Quando o patrão chegou, as malas estavam prontas! Antes de sair, a patroa disse para Enedine:

— Cuida da nossa Dorinha, viu, minha menina! Cuida dela! Não vai embora antes de o Cássio chegar.

— Imagina, dona Adriana! Pode ficar tranquila! Não vou deixá-la sozinha não! Imagine!

Enendine finalizou a conversa parada na porta da sala, com a cachorrinha chorosa em seu colo, e assim que o elevador partiu fechou a porta atrás de si. Ao som da batida da porta, viu na fechadura o molho de chaves cintilantes que nunca eram deixadas para trás. Sentiu taquicardia súbita, e sua cabeça começou a pensar em velocidade anormal.

Era sexta-feira, e os patrões só voltariam no domingo à noite. Tinha que ser naquele dia! Mais tarde, escolheu uma chave, inseriu na fechadura e na primeira tentativa a gaveta de joias se abriu à sua frente. Dava para ouvir o coração quase explodindo!

Na madrugada de sábado, saiu na ponta dos pés de sua casa. Maurício a esperava do outro lado do muro, no final do pomar. Enendine jogou uma mochila em suas mãos, pulou o muro alto e fugiu com ele, na surdina, para São José do Rio Preto. Na mochila, carregava uma bolsa de couro com as joias da patroa.

Na segunda-feira, a polícia chegou com várias viaturas no Jardim São Pedro, revirando a casa em busca das joias. A patroa, estarrecida, comentou com a envergonhada mãe da empregada:

— Sabe, Dona Dulce? No meio de todo esse inferno, o que mais me abalou foi saber que a Enedine teve coragem de drogar nossa cachorrinha! Isso, para mim, foi o pior!

Antes de sair pela porta da cozinha na sexta feira e se dirigir para o elevador de serviço, Enedine pegara Dorinha no colo e despedira da *poodle*, com a consciência pesando toneladas. Cássio havia acabado de chegar e preparado um lanche. Estava relaxado no sofá, com a televisão ligada.

— Tchau, Cássio, estou indo! A Dorinha está aqui sozinha! Cuida dela, tá? Sua mãe me recomendou muito! — dissera, em tom de brincadeira, com a voz embargada.

Cássio acenou com as mãos altas no encosto do sofá. Enedine fechara a porta e partira, sem olhar para os olhos de Dorinha, que a encarava inquieta!

82 | Natal fatídico
(São José do Rio Preto, 1983)

A morte desdenhou Enedine, e o tiro saiu pela culatra! Lembrava-se do clique da arma e logo depois a mão caindo pesada em seu colo. O revólver disparou na diagonal, assustadoramente, pegando-a desprevenida com o tranco e deixando um furo na parede do quarto. Bêbada e desorientada, tinha desmaiado totalmente. Acordou às seis horas da manhã, com a luz do dia entrando pelas frestas da pequena janela. Ouviu o estômago roncar e a cama vazia. Maurício ainda não tinha voltado!

Levantou-se devagar, assimilando os últimos acontecimentos, sentou-se na cama de frente para o espelho e encarou sua imagem patética. No cabelo desgrenhado, refletia uma flor despedaçada. A cara de ressaca estampava um mal-estar insuportável! Caído ao lado da cama, repousava o revólver. Lembrou-se da data especial, e cantou para sua imagem refletida no espelho:

— Feliz Natal pra todos... Feliz Natal... um Natal!

Gostou de ouvir o som límpido de sua voz, e no meio das lágrimas quentes e grossas que escorriam começou a rir de si mesma.

Disposta depois de um banho revigorante, colocou um vestido de malha azul, enfeitou os cabelos e aprovou o resultado. Às oito da manhã, desistiu de esperar pela volta de Maurício e esquentou as comidas. O perfume espalhou-se pelo cafofo. Colocou um lençol escuro na janela, para eliminar a claridade, e, espirituosa, acendeu as velas apagadas em cima da mesa. Montou um prato generoso com arroz, lagarto, maionese, salada verde e sentou-se. Abriu uma garrafinha de guaraná gelado, fez um brinde solitário ao aniversário de Jesus e fartou-se de sua deliciosa refeição.

Sentiu saudades excessivas da família e decidiu que ia embora, definitivamente. A decepção e a quase loucura da noite passada a tinham deixado alerta sobre sua existência. Não queria mais viver na companhia de Maurício, estava determinada a enfrentar as consequências de seus próprios erros. Um sorriso calmo e sereno surgiu em seu semblante, reconfortado pela decisão!

83 | Novo Oriente
(Parque Ipê, Campo Limpo, 1984)

O marido de Clotilde era construtor dos bons e ficou sabendo de um loteamento no Parque Ipê, que pouco a pouco se tornava uma grande comunidade! Um dia falou com o sogro:

— Se o compadre Lauro quiser encarar a empreitada, ajudo a construir dois cômodos imediatamente! E assim que der pé, cai pra dentro pra não perder o que foi feito!

O sogro, ressabiado, respondeu-lhe:

— Mas, compadre, o senhor tem certeza que isso num vai dar bode, não?

— Vai nada, homem! Já tem um monte de gente fazendo um pé de meia! E depois das casinhas construídas, a prefeitura não tira mais, não!

Em janeiro de 1984, Lauro mudou-se com a família para lá.

Um dia, de tardezinha, Enedine apeou do ônibus no asfalto principal, em busca do novo endereço da família. Arrumou o mochilão nas costas, com a pouca bagagem da fuga de cinco meses, e atravessou a rua. Entre dois comércios tinha um escadão comprido, por onde desceu observando as casinhas amontoadas nas laterais. Os becos pareciam labirintos de desenho animado; tinham vida própria, expulsando moradores por todos os flancos.

No final do escadão, avistou as irmãs Alice e Suzana, sentadas à beira de um poço desativado, conversando com dois rapazes numa prosa animada, que lhes rendia gargalhadas altas! O local lembrava um campo de futebol. Pais de família desesperados e sem teto construíam casas uma em cima da outra, barracos de madeira e alvenaria. Ao lado, descortinava uma pracinha de aspecto desmazelado, que servia de refúgio e descompressão para a criançada. Envergonhada, Enedine desviou o olhar do cenário abrangente e perguntou às irmãs sobre o pai:

— Ele tá muito bravo comigo?

— Ah, ele tá bravo, sim, viu, Enedine?! Falou que ia dar uma surra em você quando voltasse! — respondeu Alice fazendo piada, como era seu costume.

A recepção de Lauro para Enedine não foi mesmo das melhores. Após as constantes bebedeiras, ele ficava emotivo e corajoso para falar de seus ressentimentos. Trôpego e frustrado, fazia uso de expressões tristes e desmotivadoras em seus monólogos para a filha. Enedine ouvia o pai em silêncio, de cabeça baixa e constrangida. Entendia sua dor verdadeiramente, compadecia-se de sua prostração e o esperava pacientemente desabafar toda a sua ira, para depois chorar, arrependido!

84 Crime e trabalho
(Parque Ipê, Campo Limpo, 1984)

Brigite estava envolvida até o último fio de cabelo com a malandragem. A criminalidade do lugar era barra pesada! Coexistiam entre si justiceiros e ladrões experientes. O tráfico de drogas acontecia à luz do dia, sob a proteção da impunidade. Grupos privilegiados eram impiedosos, e quem mijasse fora do penico era assassinado sem direito a queixas na polícia.

Enedine recebeu a visita de Maurício e não gostou de vê-lo marcando território. Em fevereiro de 1984, com quinze anos incompletos, descobriu-se grávida. Sem coragem de encarar o pai, decidiu arrumar emprego com carteira assinada para ajudar em casa e fugir das constantes acareações!

O Buffet Infantil Mundo da Lua contratava garçonetes, registrava a carteira e dava benefícios. Otimista, Enedine fez todos os procedimentos, e ganhou uniforme com meia fina e sapatilha preta. Um coque bem arrumado prendendo os cabelos e um lacinho de cetim deram mais brilho ao seu olhar! Mirou-se no espelho e gostou de sua imagem alegre. Ágil, deslizava pelo salão com bandejas pesadas, com um sorrisão estampado. Não sentia cansaço e não se lembrava da gestação prematura! Podia vislumbrar o orgulho no rosto do pai! Quando o exame acusou sua gravidez, foi dispensada.

Uma agência a enviou para uma mansão no Morumbi, onde tudo era tão grandioso que usavam interfone entre as dependências da empregada e a cozinha. Os quintais eram cheios de bonecos lodosos! Por vezes, Enedine era designada a fazer faxina em cômodos fechados há anos, mofados e cheios de teias de aranha! Gastava um dia inteiro no isolamento! A cozinheira mandava o jardineiro levar sua marmita.

Porém, na primeira semana, foi demitida! Revistaram o quarto e acharam maconha em sua mochila!

No elegante bairro do Caxingui, estava cansada de bater pernas e receber respostas negativas nas casas onde apertava a campainha. No fim da tarde, caminhava para o ponto de ônibus de volta para a favela. Parou em frente a uma residência iluminada e ficou admirando sua entrada, coberta por uma transbordante primavera vermelha! Ficou parada, extasiada pela beleza das flores, e pensou: "Que casa mais linda! Será que a dona dessa casa não está precisando de empregada? Quem sabe, né?".

Rubiana Clarim tinha quase sessenta anos. Era alta, loira, longilínea e muito educada. Observadora, tinha um olhar perscrutador, e seus longos cílios estavam sempre maquiados com rímel. Era casada com o juiz Percival Clarim, de sessenta e cinco anos. Sério, compenetrado e vigilante, lembrava o ator Danny DeVito, e era um *gentleman* com a esposa! Tinham três filhos: Luiz Carlos Clarim, de vinte e sete anos, Adilson Clarim, de trinta e dois anos, e o mais velho, Péricles, de trinta e sete anos. Quando Enedine tocou a campainha, a dona da casa olhou de relance pela vidraça da janela e viu uma mocinha morena com uma cara boa. Mandou a jovem entrar e conduziu-a para uma varanda fresca.

Enedine sentou-se, e a patroa se acomodou à sua frente. Sabatinou-a de todas as formas.

— O que você sabe fazer, Enedine? — começou, desconfiada.

— Sei fazer tudo! Sei lavar, passar, limpar e cozinhar.

— Mas você é muito nova, quinze anos, não é isso?

— Sim, senhora, quinze anos! — respondeu, ereta.

— Onde aprendeu tudo, tão novinha assim?

Enedine engoliu em seco e tentou se manter firme na resposta:

— Costumo ajudar minhas irmãs nas casas onde trabalham, e minha mãe também me ensinou um pouco.

Mentiu. A patroa a olhava profundamente, e por último falou, deixando a mocinha sem chão:

— E você está grávida de quantos meses?

Sem conseguir responder, surpresa com a pergunta, Enedine começou a levantar-se da cadeira para ir embora. Dona Rubiana a observou, espantada:

— Vai aonde, menina? Senta aí, que eu não terminei, não! Só estou perguntando para saber em qual postinho você pode se cadastrar para fazer o pré-natal! Tem que fazer o pré-natal, sabia?! Você pode começar amanhã?

85 Família Clarim
(Caxingui, São Paulo, 1984)

Enedine não tinha vontade de voltar para a favela. Seu quarto na casa da patroa ficava nos fundos, depois da varanda fresca onde servia limonada suíça em tardes quentes. Era amplo e tinha um bonito carpete verde! No meio, havia uma mesa redonda de madeira, onde ela desenhava, pintava e escrevia. Aos poucos, Enedine desvendou delícias em viver confortavelmente, descobrindo que gostava de sua própria companhia. Quando a criança em seu ventre começou a mexer dando piruetas, Enedine pensou que não estava mais sozinha e brincava com os bolinhos formados de um único lado da barriga.

A prataria da casa era limpa quinzenalmente. A empregada, silenciosa, lustrava as peças esbranquiçadas. A barriga havia esticado aos sete meses e estava pesada. A patroa entrou na sala e sentou-se na ponta da mesa, com seu elegante pijama de seda e uma xícara de café. Cruzou as pernas, satisfeita, e ficou admirando o brilho que despontava em seus mimos prateados. Em sete meses de convivência, Enedine gostava da família e sentia vergonha de alguns pensamentos ruins. Perturbada, atendeu o aceno da patroa, apontando a porta:

— Campainha, Enedine! Tá no mundo da lua, menina?! Vai lá ver quem é! Não estou para ninguém uma hora dessas, viu?!

E, altiva, foi encher outra xícara de café na cozinha.

O dia estava nublado e triste. Enedine viu Maurício parado no portão. Não gostou da visita inesperada. A patroa ficou de olho no rapaz magro e desconfiado que falava com Enedine e, inquieta, se projetou na porta. Sem rodeios, perguntou quem era o moço e o convidou para um café. A forte presença observando-o o incomodou, e Maurício antecipou a despedida! Era clara a perturbação instalada na grávida! Enedine estava trêmula!

A patroa iniciou um questionário incisivo.

— Sim, Dona Rubiana! É o pai da criança!
— E você sabia que ele vinha aqui hoje?
— Não, não sabia! Não marquei nada com ele!

A patroa a encarava, investigando.

— Pode acreditar! Estou falando a verdade, Dona Rubiana!
— E você gosta dele, Enedine? O que ele queria falar com você?
— Não sei! — mentiu. — Mas sei que não quero seguir a vida com ele, Dona Rubiana! Acho que ele estava desconfiado se eu trabalhava aqui, de verdade! Sei lá! — respondeu, desorientada, e voltou para continuar a limpeza da prataria.

Condescendente, a patroa silenciou-se e saiu da sala em direção ao quarto, com cara de poucos amigos. Enedine respirou de alívio ao vê-la sair! Há muito que Maurício vivia de golpes e furtos induzidos! Quando soube que Enedine trabalhava numa casa de gente rica, conseguiu o endereço com Brigite. Acostumado à vida mansa, não trabalhava, e estava determinado a persuadi-la para roubar a Família Clarim!

86 | Juventude assassinada
(Jardim Novo Oriente, São Paulo, 1984)

A cidade de madeira crescia a todo vapor, amontoando barracos com folha de madeirite vermelha, parecendo a visão do inferno. Virou uma das principais bocas de fumo, e todos os jovens entre doze e quinze anos estavam envolvidos na marginalidade. Mortes misteriosas se tornaram corriqueiras, tendo início uma lenda na favela, chamada "pés de pato". Homens violentos, assassinos e "justiceiros".

As crianças faveladas continuavam brincando de bola, sem muitas opções. Alguns poucos buscavam a salvação nas igrejas evangélicas; os templos pentecostais disputavam fiéis acirradamente, com muitos pastores dedicados a expulsar o demônio do corpo dos jovens.

Num sábado à tarde, Enedine chegou na favela e, ao longe, notou o irmãozinho, com semblante afobado de menino arteiro, no meio de uma molecada, acertando detalhes para uma partida de futebol. Tinham traves para disputar as partidas, e os melhores eram escolhidos logo de cara, causando piadas sobre os últimos. O prêmio eram as tubaínas geladas. Meninos drogados e ladrões primários se transformavam em garotos para se divertir e jogar bola!

Enedine ficou assistindo ao futebol antes de entrar em casa. Leonardo fazia parte de um grupo de meninos. Os irmãos Evaldo, Biquinha e Rosalvo faziam parte do time. Evaldo, o mais velho, tinha catorze anos, um alemãozinho de cabelos lisos, magro e de olhos claros. Transitava com liberdade em meio aos malandros mais velhos. Pobre e sem orientação, era amparo da família, cuidando dos irmãos menores. Vestia uma bermuda *jeans* e não usava camisa, nem sapato.

A bola voou, e a partida parou por alguns minutos. O rapazinho estava de costas, dentro do campo de visão de Enedine e próximo a Leonardo.

Ficou em posição de descanso, com a mão na cintura, aguardando a bola. No meio da gritaria feliz da molecada, surgiu um homem gordo de estatura baixa. Aproximou-se do alemãozinho pelas costas, encostou um revólver em sua axila e disparou. O garoto ficou caído no chão, inerte; o homem descarregou o restante de balas.

Caos, pandemônio, pessoas correndo desesperadamente! No meio da confusão, Enedine se aproximou do meio-fio com sua barriga esticada, e lá estava o bonito menino Evaldo, encurvado no asfalto quente, em meio a uma poça de sangue! A irmã loirinha do rapaz gritava desesperada, entre soluços altos e a voz entrecortada:

— Mataram o meu irmão! Mataram o meu irmão!

Providenciaram alguns jornais e cobriram o corpo do menino. O IML demorou muito para chegar. Perto do cadáver, Enedine viu Leonardo em estado de transe, com os olhos injetados e vermelhos, olhando estarrecido para o amiguinho morto. Quem mandou e porquê eram perguntas sem respostas que passavam de boca em boca, aumentando cada vez mais o mistério acerca dos justiceiros.

Os dois irmãos de Evaldo se envolveram em negociações perigosas com bandidos mais velhos e queriam vingança a qualquer custo. Falaram em matar aos quatro ventos, mas, depois de pouco tempo, também foram assassinados. A geração de jovens meninos drogados era cada vez mais dizimada.

87 Os bons da boca
(Jardim Novo Oriente, São Paulo, 1984)

No meio dos tiroteios e das negociações escusas havia policiais corruptos, ex-trabalhadores de carro-forte munidos de informações e pais de família que aprendiam a mexer com armas de fogo para se defenderem. Entre os personagens da favela, alguns se destacavam. Eram jovens, vaidosos, oriundos de famílias pobres e sofridas na retaguarda. Buscavam benefícios na ilusão do poder, não tinham nomes nem sobrenomes, e na maioria das vezes eram chamados por apelidos e alcunhas.

Nelsinho tinha dezoito anos; colocava seus eleitos no bolso e ocupava cadeira entre os líderes da boca. Adalberto tinha vinte e oito anos, sorriso irônico, colecionava inimigos e era procurado pela polícia. Cristiano tinha vinte e seis anos, um rapaz bonito, drogado e obcecado. Suas namoradinhas viçosas, depois de um tempo, pareciam corpos sem alma em busca da própria essência. Ernesto era o irmão mais velho de Nelsinho, e usuário de drogas. Tibiricá era um negro de vinte e cinco anos, cara marcada por cicatrizes e um olhar velado de revolta. Viciado contumaz, fazia tudo o que lhe era determinado em troca de drogas. Homem de confiança e soldado vigilante, estava sempre pronto para atuar onde fosse preciso!

Bolão tinha dezenove anos, era pesado e andava de cabeça baixa. De sobrancelhas grossas, seu olhar vivia nas sombras de uma existência confusa! Morava no Campo Limpo, e seu compromisso com o tráfico era levado muito a sério. Seu isolamento na favela embaixo de sol e chuva despertou piedade em Brigite. Pequenos favores: um copo d'água, ovo frito, cafezinho quente! Não demorou, e Brigite estava fritando peixes e entregando marmitas na hora do almoço. De vez em quando, usava a horta de casa e escondia grossos tabletes de maconha para ajudá-lo a driblar a polícia. Equivocado, não sabia o que fazer para agradecer, abastecendo a jovem com drogas sensacionais. Chegou a se iludir que a moreninha estava apaixonada por ele e ficou extremamente decepcionado quando viu desenrolar, diante de seu nariz, um romance tórrido e violento entre Brigite e Tibiriçá.

88 Brigite e Tibiriçá
(Jardim Novo Oriente, São Paulo, 1984)

Um dia de sábado, Enedine chegou do serviço e a mãe estava chorando por causa de Brigite.

— Já faz quatro dias que ela não aparece! Ocê num sabe dela, não, né, minha fia?

— Sei não, mãe! Semana inteira trabalhando! Fica assim, não! Vou dar uma volta e já, já eu volto, tá!?

Nelsinho passava em frente ao portão quando Enedine saiu.

— E aí, Nelsinho, firmeza? — Apertaram-se as mãos em cumprimento.

— Sabe onde anda a Brigite?

Ele ficou analisando-a com o olhar sério antes de prosseguir:

— Só vou falar porque eu te considero, viu?! Sua irmã tá saindo dos trilhos, e a coisa não tá boa pra ela, não! Doidona mesmo, sabe? Usando drogas além do normal, dia desses aí entrou numa de ciúme no meio da galera! Só podia dar errado, né? Tibiriçá acertou ela, brigaram no meio de todo mundo, e ela deu um *show*! Estão mocozados num barraco ali na frente! Tô te falando porque você tem responsabilidade! Fala com seus pais, pra dar um presta-atenção nela! A coisa pode piorar!

Brigite estava em transe, vivendo fora do mundo real. Entregara-se de corpo e alma a uma paixão truculenta e brutal com o soldado negro. Sexo, espancamento e drogas alucinógenas. Estava magra, desarticulada e cheia de hematomas. Seu olhar baço não contemplou a preocupação de Enedine, que a ajudou a descer a escada. A mãe verteu pranto triste e lastimoso ao ver a destruição estampada na figura da filha. Enedine pediu ajuda para as irmãs menores e levaram Brigite até o banheiro. Depois do banho, encarou Enedine em silêncio, e de seus olhos verteram lágrimas quentes de confusão.

O sábado e o domingo foram nostálgicos, e a saúde de Brigite não melhorou. Queimou em febre e teve alucinações que a levavam para polos diferentes entre o sonho e a realidade. Segunda-feira, Enedine foi trabalhar apreensiva. Questionada pela patroa, mentiu e aludiu estar se sentindo pesada e dolorida, em virtude da gestação. Ao longo do dia, Brigite foi levada ao hospital contra sua vontade; aumentou a frequência do seu coração e da respiração. Transpirava em excesso, tinha ansiedade, insônia e agitação! Doente, deprimida e abstinente, Brigite ficou internada.

Na sexta-feira à noite, por volta de vinte e duas horas, Enedine estava recolhida em seu quarto confortável. Com a televisão ligada, soltava pouco a pouco a musculatura e descansava o barrigão. Pensou em Brigite, e seus olhos se encheram d'água. No dia seguinte, ia visitar a irmã no hospital. A criança em sua barriga nadava voluptuosamente na bolsa amniótica, fazendo piruetas engraçadas, como se pudesse consolar a jovem mãe! Passou a mão no ventre, alisando-o carinhosamente. Estava longe dali, passeando em suas concepções alvoroçadas, quando ouviu fortes batidas na porta. A noite estava fria! Levantou-se devagar, com dificuldade. A patroa estava parada na porta, preocupada, e falou:

— Sua irmã Brigite está lá fora, na varanda, te esperando! Cuida dela, Enedine! Boa noite!

Brigite levantou-se ao ver a irmã. Ficaram frente a frente, em silêncio. Enedine falou primeiro:

— O que você está fazendo aqui a uma hora dessas, Bida? Você não estava internada, minha irmã?

Brigite a encarava com olhar perdido e respondeu, cabisbaixa:

— Eu não aguentei ficar lá não, maninha! Eu fugi do hospital! Eu fugi! E não briga comigo, não! Por favor! Só me ajuda! Deixa eu ficar com você essa noite! Não deixe eles me levarem, não!

Enedine se emocionou com o aspecto desditoso da irmã e a abraçou sem julgamentos. Estava sem cor e desorientada. Usava uma blusa de veludo preto com capuz, cobrindo o cabelo pastoso, uma bermuda curta, deixando as pernas arrepiadas à mostra, um chinelo de dedo, e cheirava a remédio! Brigite tomou banho, colocou roupas limpas e dormiu ao lado da irmã. No outro dia bem cedo, Enedine deixou uma cartinha de agradecimento ao lado da xícara da patroa. Arrumou sua mochila de fim de semana e seguiu para a favela, levando Brigite para casa. Sua bolsa estava prestes a romper!

89 | Malu Montanha
(Jardim Novo Oriente, São Paulo, 1984)

Enedine deu à luz no Amparo Maternal pelo método fórceps. Assim que nasceu, a filhinha foi separada dela! A barriga estava mole e flácida depois de carregar sua cria por tanto tempo! As mamas estavam inchadas, derramando leite. Encontrava-se sozinha no quarto silencioso, ao lado de um berço vazio. Brigite foi visitá-la com a mãe, e ficaram desconsoladas ao vê-la sem a neném.

Logo que a enfermeira entrou, Enedine perguntou:
— Onde está minha criança, moça?
— O médico que fez seu parto vai passar no próximo turno e te explicar tudo direitinho, tá?
— Sim, moça, tá bom... mas onde tá minha bebezinha? Aconteceu alguma coisa? Ela está bem?

Tocada pelo quadro delicado, a enfermeira não se conteve e respondeu-lhe, com voz fraterna, enquanto terminava os processos:
— Sua filhinha está ótima e muito bem cuidada, mãezinha! Pode ficar tranquila e descansar! Só vamos manter vocês duas separadas até o médico passar e te ver! Depois desse procedimento, vamos trazer sua neném para mamar.

O médico parabenizou a mãe pela criança e perguntou se ela tinha mais de um parceiro sexual. Sem graça, ela perguntou por quê, e ele explanou:
— Você estava com uma doença sexualmente transmissível, Enedine. E, se de fato você não teve relacionamentos com outra pessoa, como acaba de me afirmar, o pai da criança é o responsável por essa transferência.

Enedine parou de ouvir o médico e voou para outra órbita, enredada por um surto de imagens e acontecimentos relacionados a Maurício. Compreendeu as noites que ele passava fora e a deixava sozinha em Rio Preto. Fragmentada, voltou a olhar para o doutor, que estava de saída.

— Entendeu tudo direitinho? As feridas foram queimadas no parto e você está sendo medicada! Mas precisa procurar ajuda para seu parceiro! A bebê não corre mais perigo, e logo você vai vê-la!

"Em meio às tristezas instaladas em seu íntimo, num instante oportuno, o tempo imprimia uma graça em sua memória, onde por vezes se refugiava e se escondia de sua dor!" Enedine acabava de criar mais um quarto para se instalar quando precisasse. O amor que lhe envolveu a alma quando viu a porta se abrir e a enfermeira entrar com seu pacotinho cor de rosa foram de uma emoção indescritível! Malu Montanha tinha cabelos lisos e pretos, pele clara com tendências morenas e lábios desenhados. Nasceu no dia 25 de outubro de 1984, na primavera cheia de flores, com quase quatro quilos!

Uma semana depois, Enedine saiu do hospital acompanhada de Luiz Carlos Clarim, o filho mais novo da patroa. O rapaz fizera questão de levá-la até a entrada de sua casa na favela. Envergonhada, fora de forma e andando curvada, Enedine o convidou para entrar, por educação, e ele aceitou. Moço de fino trato e boa gente, Luiz entrou e esperou o cafezinho oferecido! Estava encantado com a bebezinha cabeluda e tirou várias fotos de Enedine com sua filhinha, como se aquele dia fosse uma despedida!

90 | Um saco de ouro
(Jardim Novo Oriente, outubro de 1984)

Dulce tinha larga experiência sobre crianças recém-nascidas. Foi uma boa alma para a filha e a netinha. A casa estava perfumada para recebê-las. Enedine se acomodou com Malu na única cama grande da casa, enquanto o pai estava ausente. Brigite ficou maluca com a sobrinha e logo se ofereceu para ajudar.

A mãe tinha o semblante calmo e tratava Brigite com carinho. Parecia que a paz estava reinando, e Enedine sentiu o coração se aquecer. Brigite deu banho em Malu, trocou as roupinhas azedas, passou talco e grudou na menininha como se ela fosse uma boneca!

Enedine desmaiou de cansaço, e quando acordou viu a filha ao seu lado, dormindo tranquilamente. Levantou devagarinho e foi tomar banho, para ficar apresentável. A mãe estava fazendo carne com batatas para a janta. O cheiro estava maravilhoso, e seu estômago roncou! As irmãs mais novas assistiam à televisão e Brigite estava no tanque, lavando os cueiros da bebezinha. Malu acordou chorando, com fome. Enedine terminou de se arrumar e passou batom vermelho nos lábios. Olhou-se no espelho e não enxergou uma jovem de quinze anos; os peitos pesavam, e seu corpo estava inchado.

Desvaneceu pensamentos tristes e acomodou-se na cama para amamentar a filha. Logo, Brigite entrou no quarto ressabiada, e falou baixinho em seu ouvido:

— O Maurício taí, maninha!

Dulce mandou-o entrar e colocou uma cadeira perto da cama onde a filha estava amamentando. Ele entrou cabisbaixo e macambúzio. Em seu ombro, levava uma bolsa executiva de couro preto. Sua aparência era sóbria, e estava muito compenetrado! Enedine não conseguia mover nenhum músculo do corpo. Maurício a encarou e tentou entrar em seu coração, tamanha a intensidade e súplica contidos na sua expressão. Baixou os olhos para a criança e fugiu da intimidação.

— Posso ver minha filha de perto? — perguntou.
— Claro! Claro que pode! Quer pegar ela um pouquinho?
— Não, não precisa, só quero ver de pertinho! — respondeu, embevecido.
— Ela é linda... muito linda! Tão linda quanto a mãe dela!

Estava tão perto, que Enedine sentiu o aroma almiscarado de maconha e conhaque. Ele inalou o perfume do seu cabelo recém-lavado, beijou a filha e sentou-se na cadeira, encarando-a sério.

— Sabe, mãezona, eu nunca quis passar minha vida toda com ninguém! Nunca! Adoro viver livre pelas estradas da vida, e você sabe disso! Pisei na bola várias vezes com você, mas estou aqui hoje por um motivo muito importante. Quero viver uma vida diferente com vocês duas, começando do zero! Eu te amo demais, mãezona!

Maurício puxou a bolsa de couro e tirou de dentro um saco preto de veludo, cheio de ouro. Despejou o conteúdo ofuscante ao lado de Enedine e disse:

— É pra você, mãezona!

Enedine o contemplou surpresa, diante do discurso e intensa declaração de amor. De imediato, ficou mexida com o arroubo impetuoso de suas palavras. E, como num filme, viu passar diante de si tantas situações destoantes daquele homem apaixonado. E a última mensagem da vida foi a lembrança de sua filhinha inocente, separada da própria mãe, sem direito a mamar na primeira semana, por culpa dele e dos seus delírios mundanos! Não tivera êxito ao tentar amá-lo, e ele desdenhara seu amor jovem e desprotegido. Disse não a Maurício, sem arrependimentos e pesares. Ele juntou o ouro em silêncio, jogou-o de volta na bolsa e partiu sem se despedir de Enedine e sua filhinha.

91 | Gangues femininas
(Jardim Novo Oriente, São Paulo, novembro de 1984 a maio de 1985)

A patroa de Enedine estava cansada. Assassinatos, drogas, pobreza e violência foram demais, e ela dispensou o trabalho da empregada. Malu completava quinze dias de vida, e o dinheiro estava no fim. Estressada, a mãe de primeira viagem sentiu o peito secar, e a criança chorar. O acerto feito com os patrões era muito pouquinho para pagar tantas contas! O pai, enfraquecido diante dos problemas, resolveu beber novamente. Ela sentia-se péssima, sem poder ajudar nas despesas. A ladainha era sempre a mesma! Ele bebia para criar coragem e explodir suas raivas internalizadas. Brigite não suportou as pressões e voltou a se drogar. Apaixonada por Tibiriçá, reiniciou o ciclo de maus-tratos.

Um dia, Enedine voltava para casa depois de mais um dia frustrado, procurando emprego. Estava bonita, bem vestida, com sua forma física recuperada. No final do escadão encontrou a turma toda fumando maconha. Notou uma mulher diferente ao lado de Brigite, e, logo, foram apresentadas. Chamava-se Juliana, não usava drogas e fornecia qualquer coisa que os bandidos precisassem. Era uma negra alongada, quarenta anos em média, bonita e articulada em excesso! Usava roupas caras e era respeitada pelos bons da boca. Mediu Enedine de alto a baixo e perguntou-lhe:

— E aí, menina, como foi o corre de hoje, a colheita foi boa?

Enedine ficou surpresa com a interrogação, mas estava tão brisada que simplesmente respondeu:

— Só mais uma correria de porta em porta! Bem difícil arrumar um emprego, viu?! Bem difícil!

Juju era uma raposa velha e esperta! Antes de se despedir do pessoal, disse para Enedine:

— Você é muito bonita e tem futuro comigo, gata! Tenho um bom negócio para você!

Professora de etiquetas contrárias ao que a sociedade rotulava de certinho, Juju era ladrona e formadora de gangues. Procurava meninas bonitas, educadas e necessitadas. Recebeu Enedine numa casa bonita; sentaram-se na varanda da sala em cadeiras confortáveis.

— Na primeira semana você recebe uma grana adiantada para comprar roupas decentes e ficar apresentável, Enedine! É importante ter uma carinha honesta! Na próxima etapa você me acompanha e observa. Depois segue sozinha, e tudo o que trouxer no final do dia eu te pago à vista!

Juju pediu licença e voltou com um maço de notas estendido para a jovem. Perguntou-lhe:

— Tá dentro ou não, gata?

Enedine respondeu sim, sem pensar duas vezes.

Ninguém poderia confundir a bela negra com uma ladra! Eram roubos sutis e sem estardalhaço! Roupas nobres, educação e boa conversa. As maiores encomendas eram vestuários de marca e bebidas importadas. Enedine aprendia e preenchia as listas estipuladas. Seus ganhos eram determinados por seu empenho! Saía de casa arrumada, como se fosse trabalhar num emprego qualquer. Mentia para os pais, e sua consciência ainda não pesava. O mais importante era ter dinheiro para pagar as contas. Sua colaboração financeira em casa aumentou consideravelmente.

92 | Natal de 1984
(Jardim Novo Oriente, São Paulo)

No dia 25 de dezembro de 1984, Malu completou dois meses. Ganhou roupinhas novas, tomava leite especial, comia papinhas de legumes amassados, não lhe faltava nada que o dinheiro pudesse comprar. Enedine se comovia em épocas natalinas. As irmãs iam chegando, e a casa dos pais ficava cheia de calor humano. O cheiro do pernil assado exalava inconfundíveis aromas! Num fogo do lado de fora, a mãe fazia cabeça de porco fresca num grande caldeirão, a pedido do pai. Fritava alho e cebola, colocava pimenta moída, colorau, pimentão, coentro e cebolinha verde e jogava os pedaços do porco no mar de temperos! O sabor era inigualável, e não sobrava nada para novos contos.

As singulares sobriedades do pai davam conforto, ainda que por tempo reduzido. Era bom vê-lo tomar um copo de vinho com a mãe para brindar o Natal. O garrafão de cinco litros de Sangue de Boi estava debaixo da pia, há mais de uma semana, aguardando o momento de seduzir pensamentos e paladares. O bacião de alumínio estava brilhando, à espera da macarronada tradicional com extrato de tomate Elefante. Na mesa farta havia panetones e frutas!

Clotilde e Juarez não deixavam de comparecer no Natal. Abraçado à viola, Juarez tocava o Trio Parada Dura, emocionando os corações. O pai ficava sóbrio, participativo e cantava as modas de Tião Carreiro e Pardinho. Enedine abarcava na memória os momentos raros e o cheiro bom! Quando ouviu o barulho dos fogos e o céu iluminado, encheu a alma de esperanças e agradeceu a Deus por não ter seguido a vida com Maurício!

Em março de 1985, a casa caiu para Juju, e ela foi presa. Deixou as alunas tristes e descapitalizadas. Sem o apoio da mais velha, Enedine voltou a procurar emprego honesto! Candidatou-se para vaga de arrumadeira em um condomínio chique e foi contratada. Tirou a carteira de trabalho no dia 5 de maio e viu o primeiro carimbado no dia 10! Estava feliz e encarou os perrengues numa boa. Tinha na marmita arroz e feijão, e na carteira um registro para mostrar para o pai!

93 | A jovem Brigite
(Jardim Novo Oriente, São Paulo, junho de 1985)

Às vezes Brigite enfeitava Malu com roupinhas coloridas para dar uma volta, e falava para Enedine:

— Mas eu quero ir sozinha, maninha! Pra todo mudo acreditar que essa coisinha linda é minha filha.

Um dia ela viu uma matéria sobre crianças bonitas para comerciais de televisão e insistiu tanto que Enedine acabou marcando uma sessão de fotos para levar a bebezinha. Brigite disse, contente:

— Quem sabe, maninha? Do jeito que ela é linda! Já pensou? Titia vai ficar doidona!

Brigite sem drogas era engraçada, dava gargalhadas com as irmãs menores, era vaidosa, vestia-se bem, tinha cabelos lindos e brilhantes e sempre inventava danças exóticas. A família se entristecia ao vê-la servindo Bolão e outros marginais do tráfico. Enedine chamava sua atenção, e ela falava:

— Dá nada, não, maninha... relaxa! O Bolão é um coitado; fica aí no sol quente o dia inteiro; e eles são gente boa comigo! Não me falta uma boa maconha! Cê tá ligada, né? — E piscava para a irmã.

Enedine amava Brigite e não conseguia entender sua relação doentia com o negro que a maltratava. Era cínico e perverso! Às vezes, Brigite apresentava estado de depressão profunda e entrava num cômodo distante, sombrio e escuro para se esconder de sua dor. Tinha dificuldade em falar sobre os fantasmas que a perturbavam e parecia ter vergonha de si mesma! Desalentada, costumava pedir para Elizângela cantar músicas de Maria Bethânia, sua cantora preferida, e mantinha-se quietinha ouvindo as letras que alcançavam sua alma. Viajava ao som de "Loucura", e seus olhos vertiam lágrimas quentes quando cantava a música baixinho, acompanhando a voz da irmã.

"Eaí, eu comecei a cometer loucura... Era um verdadeiro inferno... Uma tortura... O que eu sofria por aquele amor... Milhões de diabinhos martelando... Meu pobre coração agonizando... Já não podia mais de tanta dor... E aí, eu comecei a cantar verso triste... O mesmo verso que até hoje existe... Na boca triste de algum sofredor... Como é que existe alguém... Que ainda tem coragem de dizer... Que os meus versos não contêm mensagem... São palavras frias, sem nenhum valor... Ó! Deus, será que o senhor não está vendo isto... Então por que é que o senhor mandou Cristo... Aqui na Terra semear amor... Quando se tem alguém... Que ama de verdade... Serve de riso pra humanidade... É um covarde, um fraco, um sonhador... Se é que hoje tudo está tão diferente... Por que não deixa eu mostrar a essa gente... Que ainda existe o verdadeiro amor... Faça ele voltar de novo pra o meu lado... Eu me sujeito a ser sacrificada... Salve seu mundo com a minha dor!!!

94 | Um tiro na noite
(Jardim Novo Oriente, São Paulo, 1º de junho de 1985)

O baile no Jardim Santa Efigênia estava marcado para o dia 1º de junho. O evento badalado, na casa de um chefão, deixou Brigite acelerada! Enedine não estava animada. Brigite ficou brava.

— Como assim, maninha?? Tá doida, é? Nós fomos convidadas! Não podemos dar mancada! Você vai, sim! Toma um banho quando chegar e fica esperta! Da Lila pode deixar que eu cuido!

À noite, *jeans*, tênis confortável para dançar e jaquetas a tiracolo. Na rua, os malandros estavam prontos para ir ao mesmo lugar. Assoviaram ao vê-las bonitas. No caminho, Nelsinho fez presença de um baseado. Se encaminharam para um lugar ermo. Pouco a pouco, chegaram outros malucos. Enedine teve um mau pressentimento percorrendo sua espinha no lugar mal-assombrado.

Nelsinho preparava a seda para enrolar o baseado, ao lado de Enedine. Adalberto virou-se para Cristiano e perguntou:

— E aí, meu irmão? Quer dizer que é hoje? É hoje ou não é, Cristiano?

Cristiano olhou com cara de deboche e não respondeu de prontidão. Adalberto riu alto, com escárnio, e voltou-se para Nelsinho:

— E daí, Nelsinho? É hoje ou não é, meu irmão?

Nelsinho respondeu, sem tirar o olho do baseado:

— Então, maluco! Num sei não, hein?! Quem sabe é o Bolão! Diz aí, Bolão, é hoje ou não é??

Tibiriçá estava ao lado de Ernesto, em silêncio até então, e disparou, irado:

— Fala aí Bolão, fala aí! É hoje que vai rolar cabeça!? É hoje que vai rolar cabeça, irmão!

Bolão estufou o peito, orgulhoso, e se deu o direito de ficar calado. Enedine ficou confusa com o diálogo codificado. Nelsinho apertou seu braço e falou:

— Fica tranquila, não tem nada a ver com você, não!

A festa foi regada a muita bebida, música alta, drogas e uma garagem como pista de dança. Brigite se esbaldou no ladrilho com seus passos de dança inventados e se divertiu muito. A festa terminou por volta de quatro horas da manhã, e Enedine seguia a massa que ia pelo mesmo caminho que ela e Brigite. O lugar era um morrão escuro e tinha um aspecto fúnebre à noite. De repente, as vozes foram se dispersando e os grupos, sumindo. Apenas Bolão continuou pelo mesmo caminho, parecendo uma sombra em câmera lenta.

Brigite caminhava devagar, anestesiada e pensativa. Tinha brigado com Tibiriçá e estava triste. Enedine a esperou e pegou em seu braço. Chegavam perto de uma viela que dava acesso para a favela, quando Bolão gritou:

— E aí, Brigite, tem um baseado aqui de saideira!

Ela soltou o braço da irmã e voltou. Aspirou fortemente a fumaça para dentro dos pulmões e devolveu para ele. Enedine ainda estava brisada da festa e recusou a maconha. De repente, Bolão sacou um revólver da cintura e apontou para Brigite.

Enedine não entendeu nada e o atacou. Tentou tirar o revólver de sua mão, inutilmente. Bolão era grandão e tinha muita força! Entraram em luta corporal, e ele atirou em sua cabeça. O tiro não acertou! Enedine atacou de novo! Ele a jogou para longe, com muita fúria, e vociferou igual um animal:

— Se afasta, Enedine! Se afasta, caralho! O tiro não é pra você, não, porra! Mas, se vier de novo, também vai levar! Fica de fora, caralho! Fica de fora!

Brigite estava estática, sem reação e sem acreditar que ele pudesse atirar. Sua expressão era de confusão mental, e não se moveu. Bolão desvencilhou-se de Enedine, caída no chão, virou-se para Brigite e atirou no meio de sua testa. Em seguida, fugiu, covardemente.

Enedine levantou-se e foi para perto da irmã. Um sufocamento mortal tomou conta de sua respiração, e ela não conseguia formular nenhuma palavra. Apenas sua alma gritava estarrecida e seu coração se encontrava em descompasso! Seus olhos injetados não permitiam que as lágrimas rolassem, e uma disritmia começou a tomar conta do seu cérebro. Pediu a misericórdia de Deus. A escuridão da madrugada sombria era amenizada pela luz da lua e do novo dia que se insinuava.

Estática, notou a dor em Brigite, que agonizava, caída no chão. Seus cabelos pretos e brilhantes estavam empapados de sangue quente e viscoso!

— Ahhhhhhh!!! Biidaaaa!!! Que bosta, Bidaaaa!!! Que bosta, minha irmã!!!

Ela se debruçou em cima de Brigite, urrando igual animal ferido. Desnorteada, desceu correndo pela viela escura em busca de ajuda. Sua blusinha branca estava vermelha. A casa adormecia, quando entrou. A mãe se levantou, e quando a viu, desalentada, começou a esmurrar-se e arremessar a cabeça na quina do guarda-roupa, como se quisesse morrer diante da dor.

95 Dia dos Namorados
(Jardim Novo Oriente, São Paulo, junho de 1985)

O aglomerado de prédios que compunham o Hospital das Clínicas era assustador. Brigite estava internada em um dos quartos instalados em labirintos. Enedine se perdia entre tantas portas, escadas e elevadores! Cinco dias depois da tragédia, Brigite tinha saído da UTI para outra ala. Enedine deixou acender uma luz de esperança em seu coração.

Ficou parada perto da cama, olhando para Brigite, em estado de choque, sentindo as lágrimas silenciosas. A cabeça estava raspada e enfaixada, a face deformada, e as vistas, escondidas numa massa transfigurada e irreconhecível. Estava horripilante! Observou seus dedos arroxeados, notou a mão inchada se mexendo e chegou mais perto. Brigite apertou seus dedos com uma leve compressão e balbuciou palavras quase inaudíveis, sussurradas:

— Essa semana você tem que levar a Lila para fazer as fotos! Não esquece, não, tá?!

E fechou a nesga escura de olhar purulento. A irmã caçula chorava. Brigite comprimiu seus dedos de novo. Faltavam seis dias para as fotos! Seria no Dia dos Namorados! Enedine não quis mais voltar ao hospital.

No ano decorrente, houve um movimento extraordinário de cantores e artistas, que se uniram para salvar vidas africanas. Crianças negras morriam com os ossos à mostra, em virtude da fome e da desnutrição. Imagens absurdas que a televisão mostrava pareciam irreais! Em abril de 1985, quarenta e cinco vozes gravaram o compacto *We are the world*. A canção subiu vertiginosamente para o primeiro lugar nas paradas de sucessos! No mês de junho, a música era cantada aos quatro ventos. *We are the world* dava significado aos sonhos de muitos pobres que gostariam de fazer parte da magia alcançada sem nenhuma remuneração!

No dia doze de junho, pela manhã, o tempo estava nublado e cinzento. Enedine acordou cedo para levar Malu à agência de fotografias. Vestiu-a com um *body* manga longa e meia-calça grossa! Pegou o vestidinho rosa *pink*, que Brigite tinha escolhido, e vestiu na bebê de oito meses. Fez lacinho nos cabelos lisos e pretos dela e foi tomar um banho.

As lágrimas se misturavam com a água do chuveiro. Podia ouvir a voz de Brigite reverberando, no eco de sua existência desvalida, lembrando-a:

— Maninha, você reparou na data das fotografias da Lila? Vai ser no Dia dos Namorados! Legal, né?! E a titia vai junto com ela, não é Lila, linda?

E se desmanchava, com a bebezinha que guinchava.

Enedine vestiu uma saia preta longa, um tênis branco, baixinho e confortável, e uma blusa branquinha, cheia de nervurinhas no desenho do tecido. Saiu do quarto alinhada, ganhou elogios das irmãs caçulas, sorriu um meio sorriso triste e depois seguiu, com Malu e uma bolsa a tiracolo.

Nos últimos dias, abastecia-se apenas das notícias que a família trazia do hospital. Foi demais para seu coração encarar Brigite da forma que a viu e fugiu. Não soube lidar com a situação. Tinha crises desavisadas, em situações comuns do dia a dia, e caía em prantos profundos. A agência de fotos era mais um negócio furado para os pobres sonhadores.

Voltou cansada, e Malu, azedinha; desceu do ônibus, ajeitou Malu em um braço e a bolsa no outro, ficou parada no alto do escadão, observando o cenário, deixando a música *We are the world* preencher sua alma aflita. O escadão fervia de gente que subia e descia. As vozes que ecoavam dos barracos cantavam alto *We are the world*.

No final do escadão, Enedine viu Nelsinho e toda a sua tropa.

Malu adormeceu no regaço da mãe e pesou o braço adormecido da genitora. Enedine apertou a menina de encontro ao peito e desceu as escadas ao som da canção maravilhosa.

Os moradores a olhavam, como se a vissem pela primeira vez. Cumprimentou Nelsinho, que falou sem rodeios:

— E aí, morena, você já soube que a Brigite faleceu hoje?

Enedine sentiu uma cãibra horrível no braço que segurava Malu, e alguém pegou a menina rapidamente, antes que ela caísse no chão.

A música não parava de tocar, e o som foi ficando mais alto. Mais alto. Enedine parou em um silêncio só dela, sem saber o que fazer consigo, olhando ao longe, sem ver nada, nem ninguém. Entrou dentro de si, se deslocou para uma porta que encontrou aberta e se abrigou. Desmagnetizada, encarou todos os olhares desconfiados e penalizados que a mediam e pediu licença educadamente, para sair do meio dos curiosos.

Foi embora devagar, sem emitir uma única palavra e sem derramar uma lágrima sequer. Lembrou-se da irmãzinha do tempo de escola, das saias longas e conguinhas desconfortáveis. Lembrou-se das brincadeiras de rua, dos balanços nas árvores. Lembrou-se de sua amiguinha e companheira dos lixos recicláveis. Lembrou-se de suas crises! E lembrou-se de sua luta para protegê-la do mundo marginal. Brigite era forte e resistente! Mas não suportou, após onze dias internada. Morreu no Dia dos Namorados! Faltavam cinco meses para ela completar dezessete anos.

96 | Recorte de Jornal
(Jardim Novo Oriente, São Paulo, junho a agosto de 1985)

Enedine não comunicou à família que estava desempregada. Circulava por todas as vagas de garçonete, ajudante de cozinha e cozinheira! Arrumava-se e saía bem cedinho para as entrevistas. Estudo incompleto, vagas limitadas, desanimada de serviços domésticos. Um dia, circulou uma vaga de garçonete na Brigadeiro Luís Antônio. Encheu-se de expectativas e marcou entrevista para o outro dia, antes do almoço. Animada, vestiu uma saia azul plissada e comprida até o joelho, colocou uma blusinha branca transpassada com laçarote na cintura e calçou uma sandália alta, de couro branco, para combinar. Fez um penteado juvenil nos cabelos, sorriu para a mocinha bonita refletida e partiu.

Era uma construção antiga, de aspecto descuidado e pintura velha. A recepção interna era feia e escura. Todos os centímetros do lugar fediam a sujeira, tabaco e bebida barata. Uma mulher de meia-idade entrou na sala. Usava um robe de seda puído, até os pés, e tinha *bobs* na cabeça. Ficou parada na frente de Enedine, apontou um sofá encardido e acomodou-se numa poltrona, sorrindo.

— Enedine é o seu nome, né? — disse, acendendo um cigarro enquanto continuava a investigação visual. — Já trabalhou em casa noturna, meu bem?

— Não, em casa noturna, ainda não. Mas tenho experiência de garçonete e gosto de servir os clientes.

— Ah, que bom, querida! Aqui, servir bem os clientes é nossa especialidade. E, se acaso você ficar conosco, vai fazer muito sucesso, viu?! Se quiser, pode começar hoje mesmo! O que acha?

Enedine ficou surpresa com a facilidade do emprego e respondeu:

— Não tem problema! Mas eu gostaria de saber um pouco mais! O que eu vou fazer, realmente!?

A cafetina velha fez cara de espanto, encarou a jovem interessada, refletiu e falou:

— Se trabalhar direito e o cliente escolher você, uma chupetinha é coisa simples, não é mesmo?!

Logradouros famosos como a Brigadeiro Luís Antônio eram compostos por muitos edifícios comerciais. Ao meio-dia, os restaurantes estavam lotados, as ruas ferviam de gente indo e vindo. Enedine estava muito longe, enquanto seguia devagar, de cabeça baixa. A cafetina contou-lhe histórias fantásticas, e os ganhos eram altíssimos! Sentiu raiva por ficar tentada! Sentiu tantas coisas capazes de tirar a esperança de um ser humano... lembrou-se da filhinha, da morte de Brigite, da falta de grana e da pobreza maldita. Sua alma estava em desalinho, e a cabeça ia explodir.

Sentiu um mal-estar súbito e perdeu o controle de si mesma. Sentou-se na guia do asfalto para não cair. O cheiro bom de comida alcançou suas narinas, e ela sentiu o estômago doer. Lembrou-se de que não tinha um tostão e seus trocados pagavam apenas a passagem. Ficou sentada no escoadouro durante um bom tempo, até que a tontura e o mal-estar passassem. Os profissionais alinhados, que transitavam acelerados, a olhavam com curiosidade anormal. Não entendiam por que uma jovem tão bonitinha e bem arrumada como ela chorava copiosamente, sentada na sarjeta.

97 | Aids e furtos solitários
(Jardim Novo Oriente, São Paulo, junho a agosto de 1985)

Depois da morte de Brigite, instalou-se uma tristeza fúnebre na favela e muitas meninas sumiram. Bolão desapareceu, o tráfico foi desviado para outros integrantes, e o crime ficou sem justiça. Enedine desistiu do serviço honesto e decidiu fazer uso do aprendizado adquirido com Juju. Saía de casa logo pela manhã, sempre bem arrumada, parecendo uma moça de boa família. Era educada, falava bem e andava sempre sozinha. O café era um produto caro, e a maioria das famílias pobres não tinha acesso a boas marcas. Enedine descobriu que o pó de café vendia igual maconha. Saiu do perrengue em pouquíssimo tempo e ajudava nas despesas de casa, sem nunca ser questionada de onde vinha o dinheiro. Passou a ser conhecida como a moça do café e não dava conta de atender a toda a demanda. Depois de um mês solitária, precisava de uma parceira de confiança.

Lembrou-se de Aninha, sua coleguinha de escola. Há tempos não a via e foi procurá-la. A mãe de Aninha achava todas as amigas da filha imprestáveis. Sonhava ver Aninha longe das amizades tóxicas! Enedine chamou Aninha, e sua mãe atendeu. A mulher parada na porta não lembrava em nada a destemida mãe que ela conhecia! Sem vigor, sem viço, parecendo sombra de gente.
— Boa tarde! Desculpe incomodar, gostaria de falar com a Aninha!

A mãe da coleguinha estava estática. Tinha dor em sua voz, quando falou:
— Você e todos os outros amigos dela podem procurar no inferno de agora em diante! Ela morreu! Ela não me ouviu e morreu! Minha filha tinha dezesseis anos e morreu drogada e aidética!

A irmã mais nova puxou a mãe para dentro de casa e falou:
— Desculpe! Minha mãe está muito abalada! Enterramos minha irmã ontem.

Enedine pediu desculpas e foi embora, silenciosa e pensativa.

Muita gente estava morrendo com o vírus da aids. A maioria dos malucos viciados que usavam as injeções não se preocupava, e era cada vez maior o número de infectados. Enedine decidiu seguir sozinha e ficou, vendendo café, durante três meses.

Um dia estava em casa, conversando com o pai, num raro momento de lucidez, quando ele iniciou uma conversa que lhe interessou muito.

98 | Sorveteria
(Jardim Novo Oriente, São Paulo, agosto de 1985 a março de 1986)

Às cinco horas da manhã em ponto, Lauro ligava o rádio à pilha, e a voz do locutor famoso preenchia o ar de sonoridade cativante: "Quem é, que não sofre por alguém? É o Zé Béttio!! Quem é, que não chora uma lágrima sentida? É o Zé Béttio!! Quem é, que não tem um grande amor? É o Zé Béttio! Quem é, que não chora uma grande dor? É o Zé Béttio!!".

Dulce gostava quando Enedine assumia o fogão e fazia milagres com poucos ingredientes. O pai estava desempregado nessa época e fazia extras numa sorveteria. Empurrava um carrinho cheio de picolés, com um chapéu na cabeça, buzinando e cantando versos para atrair fregueses. Se não fossem as cachaças, voltaria para casa no fim do dia com uma boa féria!

O sábado estava ensolarado, e Enedine acabava de fazer o almoço. O cheiro bom de torresmo preenchia o ar. Ouviu a buzina do carrinho de sorvete soar do lado de fora, anunciando a chegada do pai.

Lauro entrou com um sorrisão de boa-tarde, tirou o chapéu e o pendurou na parede. Lavou as mãos e o rosto no tanque. Em seguida, sentou no banco do lado de fora, e Dulce serviu sua comida. Enedine sentou-se num banquinho de frente para o pai. Saboreando cada garfada, ele encarou-a e disse:

— Minha fia, o dia de hoje promete hein?! Tô no segundo carrinho, acredita?! — E, olhando no relógio de pulso, fez um gesto enfeitado, de Sinhozinho Malta, e completou, animado: — E olha que não são nem duas horas da tarde ainda, hein?!

Enedine achou graça e riu.

— A bem da verdade, minha fia, eu só não vendi mais por causa da confusão que tava na fábrica hoje. Atrasou a saída dos carrinheiros, e foi um perepepê daqueles!

Enedine perguntou:

— E quem despacha esses homens no dia a dia, pai?

— Ah, minha fia, todo dia tem uma pessoa diferente da família! Eles são gente boa toda a vida, sabe?! Mas a peãozada tá reclamando demais do atendimento! — Lauro olhou para a filha, pensativo, e falou: — Do jeito que você é esperta, ia dar conta daquilo com tranquilidade, cabocla!

99 Picolés e massas geladas
(Jardim Novo Oriente, São Paulo, agosto de 1985 a março de 1986)

A sorveteria ficava na avenida principal do Jardim Maria Sampaio. Os sorvetes eram produzidos no lugar, e um dos braços fortes do negócio eram os carrinheiros. Homens simples e desempregados, pais de família em sua maioria, que precisavam ganhar um dinheiro extra, desesperadamente. A sorveteria oferecia o serviço sem muitas exigências, e eles saíam com um carrinho abastecido de sorvetes para vender. Todos ganhavam na negociação.

O dono, Amadeu Juvêncio, parecia uma caricatura, e sua barba grande era uma de suas marcas registradas. Ampliado nas conversas, pouco ficava na fábrica e seguia, investigando às externas novos negócios para o seu empreendimento. A esposa, Dona Heloísa, era uma mulher valente, corajosa e destemida; ficou feliz quando Enedine veio para ajudar. Lauro era um bom vendedor, e a família acolheu a jovem cordialmente. O casal tinha seis filhos. Germano da Silva era responsável pela produção de massas e picolés, e único funcionário registrado.

No inverno, a sorveteria ficava solitária. No verão, quem vivia das benesses do sorvete começava o dia cedinho, sem hora de parar! Alguns carrinheiros só voltavam com a lua bem alta; vendiam principalmente em praças públicas!
Havia uma cozinha improvisada na sorveteria. Dona Heloísa preparava comidas caipiras para a família: cardápios simples, de arroz, feijão, carne de porco e frango. Enedine cozinhou em sua ausência e surpreendeu os paladares. Em poucos dias, tinha uma dinâmica que começava cedo. Recentemente, o pai havia dito:
— Minha fia, continua fazendo seu serviço direitinho, que logo, logo eles vão te registrar, você vai ver!

Enedine continuava com suas melhores atuações e melhores sorrisos, esquivando-se de seu passado. A primeira tarefa era despachar os homens ansiosos na frente da sorveteria. Havia uma planilha a ser preenchida, com nome, horários e a quantidade de picolés, massa e gelo seco. Era um burburinho tremendo, cada um querendo sair primeiro que o outro.

Depois do almoço, Enedine limpava a cozinha e corria para dar tempo de lavar os banheiros malcheirosos. Varria a frente da loja e limpava balcões e *freezers* do salão. Nem tinha terminado, começavam a chegar os vendedores, querendo reposição. O rodo e o esfregão ficavam no caminho e só eram retomados no outro dia!

Quando o sol ia embora de tardezinha, a frente do comércio novamente se apinhava de homens exaustos, uns mais alegres do que outros, esperando atendimento, impacientes. A jovem atrás do balcão não podia correr e os enrolava com causos e largas risadas. Era necessário redobrar a atenção para não errar nas contas de multiplicação, soma e subtração para vendedores que traziam devoluções. Às vezes, era preciso descontar caixas fechadas de picolés derretidos, por falta de gelo seco. Enedine morria de dó dos vendedores tristes! Era desalentador atender à pobreza de outros!

Nada podia preencher tão afetivamente o coração de Enedine em meio ao alvoroço e agitação daqueles momentos, quando procurava no meio daqueles camaradas extenuados a figura bonita e bronzeada do pai, com um chapelão na cabeça. Lauro piscava de volta para ela, com o olhar sóbrio!

100 | Germano da Silva
(Jardim Novo Oriente, São Paulo, agosto de 1985 a março de 1986)

Germano era folgado; não ajudava Enedine, e os dois começaram a se alfinetar abertamente. Ela buscava reconhecimento, se esforçava, e só ia embora quando finalizava todo o serviço. Depois de um tempo, notou que Germano tinha algumas incumbências instituídas pelos patrões. Antes de fechar a fábrica ele dava uma última checada, certificando-se da segurança. Dormia na sorveteria, em cima de um mezanino, e só visitava a família no sábado. Era um pernambucano orgulhoso e muito bonito, com uma espessa barba negra. Um dia ele mostrou boa vontade e disse para a colega:

— Se você quiser lavar a fábrica depois do expediente, eu te ajudo!

Enedine aceitou, gostou e logo se juntou a ele na lanchonete, depois do expediente. Entre eles nasceu uma necessidade pungente de ficarem juntos. Regalada, começou a chegar em casa de madrugada, a bordo de um Corcel azul 79.

Enedine vivia com o pai, o que nunca imaginou ser possível. Andavam juntos constantemente, e ele tinha prazer em apresentá-la para seus amigos. Em casa ela fazia as comidas preferidas dele, e quando a janta estava pronta tomavam uma birita e brindavam o trabalho, para começar tudo de novo, no outro dia. Havia sorrisos e momentos bons. As tarefas na sorveteria aumentavam conforme Enedine aprendia a lidar com as engrenagens soltas, e ela se envolveu num tórrido romance com o fabricante. Germano, sem humildade, peitou Lauro; o pai sentiu-se desrespeitado pelo namorado da filha, e os dois brigaram feio. Início azedo, sem açúcar que adoçasse o enredo.

Germano não sabia lidar com a paixão complicada! Apimentando o tempero, sua mãe o mimava. Para engrossar o caldo, Enedine ficou grávida, e, ele, atônito, emudeceu diante dela!

O Natal de 1985 foi triste para a jovem Enedine. Envergonhada, sem coragem de dizer para os pais que estava grávida e que o namorado a desdenhava, apenas acrescentou o acontecimento aos seus dilemas já existentes. O namoro com Germano estremeceu; discutiam abertamente no trabalho e não conseguiam mais dividir o mesmo ambiente. A convivência geral ficou frágil e precária, e o tratamento dado a Enedine pela família Juvêncio mudou. Os patrões tinham de decidir sobre um dos dois, e deram preferência ao empregado, naturalmente. Perto de completar cinco meses de gestação, com a barriga ainda recôndita e discreta, Enedine ficou sem emprego e sem um tostão no bolso.

101 | Pó de café e enxoval
(Jardim Novo Oriente, São Paulo, março a julho de 1986)

Lauro não tinha o mesmo prazer em continuar com os picolés e não suportava os encontros com Germano, que o desdenhava abertamente. Pegava a carga de sorvetes de manhã, saía debaixo do sol, bebia o que vendia e voltava para a fábrica sem sorvete e sem dinheiro.

Com muito ódio no coração, Enedine se envolveu novamente em furtos, complicações e injúrias. Foi presa várias vezes, em flagrante. Ficava numa sala erma, de onde saía depois de algumas horas de tortura psicológica. Certa vez foi surpreendida duas vezes no mesmo lugar, pela mesma pessoa. Levou vários bofetões, e a gerente chamou a polícia. Interrogada e humilhada, foi liberada por estar grávida de seis meses!

Os policiais começaram a ver sua cara sequencialmente. Ela era café pequeno na criminalidade. Seguiu vendendo o produto de suas correrias insanas e trouxe de volta, com força total, a moça do café. Uma grávida bem vestida e educada não despertava suspeitas! Pouco tempo depois, estava fora de apuros financeiros. Sentia saudade de Germano, das madrugadas aventureiras e dos passeios no Corcel 79. Gostava de transitar com ele ouvindo modas caipiras de João Mineiro e Marciano. Nunca mais o procurou, envergonhada, tampouco foi procurada por ele, que não tinha o apoio de sua mãe.

A mãe de Germano não gostava de Enedine. Era inconcebível seu filho se juntar a uma rameira como ela, acompanhada de um piolho de puta! Como bálsamo para a dor de Enedine, Jurema da Silva, a irmã de Germano, a tratava como gente. Moça meiga, bonita e de modos educados, Jurema não concordava com a postura da mãe. Acompanhava a gravidez e aguardava ansiosa o nascimento da sobrinha. Costureira das boas, com sua máquina de costura fazia lindas peças para o enxoval.

102 | Gabriela Montanha
(Jardim Novo Oriente, São Paulo, julho de 1986)

Malu completou um ano e nove meses e, avessa a rir como sua mãe, se tornava uma menininha silenciosa e muito séria. A irmã de Enedine, Carmem Lúcia, tornou-se evangélica. Nas reuniões pastorais, sua presença era confirmada junto com a pequena Malu!

No fim do dia, Enedine chegava saudosa da filhinha e, constantemente, não a encontrava. Carmem Lúcia voltava dos cultos tarde da noite, com a menina desmaiada em seu ombro. Mãe e filha ficavam sem se ver durante dias, e Malu passou a recusar o colo materno. Um dia Enedine burlou a si mesma e comentou com a mãe:

— Acho que é por causa da minha gravidez, mãe! Depois que eu ganhar neném, ela melhora!

A gestante ensaiava comprar roupinhas de bebê. Pesadona, aguardava a companhia de uma das irmãs, sempre muito ocupadas! O barrigão estava esticado, perto de nove meses. Resolveu ir sozinha.

— Ocê tá doida, Enedine? Num tá vendo que essa criança pode sair a qualquer hora, minha fia? Cumé qui ocê vai sair assim sem ninguém pra te acompanhar? — disse a mãe, preocupada.

— Ah, mãe, não vou esperar ninguém mais, não! Pode ficar tranquila, que eu tô bem! Falta um tempo ainda pra criança nascer! Santo Amaro é tão pertinho! Vou cedinho e antes do almoço eu volto!

Levantou disposta e colocou um vestido gestante, rosa-claro, cheio de botões grandes na parte da frente. Tinha o aspecto de uma jovem de quase dezessete anos, e estava bonita em sua segunda gravidez. Pensou em levar Malu e usufruir o momento para se aproximar da filhinha.

— Aproveito e já compro uns vestidinhos pra ela também, mãe!

Dulce falou algumas verdades, que a tocaram profundamente! Enedine assentiu e deixou Malu com a avó.

Mais tarde, atravessava uma avenida larga em Santo Amaro, com os braços cheios de sacolas, em direção ao ponto de ônibus. Sentiu um mal-estar súbito, que há muito tempo não sentia, e antes de o desespero tomar conta de todo o seu ser desmaiou no meio da faixa de pedestres. Acordou uma semana depois, na Santa Casa de Misericórdia, sem nenhuma recordação. O diagnóstico acusou disritmia cerebral, e o médico lhe prescreveu Gardenal 100 mg!

Germano conseguiu adicioná-la ao seu plano de saúde. Enedine ficou surpresa, depois de tanto desprezo do rapaz nos últimos meses, sem entender a boa ação! Questionado, ele respondeu:

— É pra você ter um parto mais tranquilo, num lugar decente!

No dia 25 de julho de 1986, Enedine deu à luz Gabriela Montanha da Silva. Uma garotinha branca, de cabelos clarinhos; seus profundos olhos castanhos eram iguais aos de seu pai! Quando Germano e sua mãe viram a menina, ficaram boquiabertos. Arrependidos, não sabiam o que fazer para agradar à mãe e à bebezinha!

Dulce, compadecida de Enedine e sem saber o que fazer diante da doença misteriosa da filha, buscou a misericórdia de Deus. Ficou sabendo de uma curandeira. Um dia conversou com a filha:

— Você confia, Enedine? Se a gente for lá, você tem que acreditar de coração, senão não cura não, minha fia!

Enedine sentia tanta angústia por causa dos desmaios sem precedentes que se agarraria a qualquer tábua de salvação! Viu amor estampado no olhar da mãe enquanto ela falava e respondeu:

— Eu confio, mãe, eu confio, sim! Eu creio que Deus pode me curar! Vamos juntas nessa curandeira!

103 Roseane Fernandes Linhares
(São Paulo, 1978)

No ano de 1978, o musical *Grease: nos tempos da brilhantina*, estrelado por John Travolta e Olivia Newton-John, bombou nas telonas, levando a juventude à loucura! A novela *Dancin' Days*, de Gilberto Braga, marcou o ano de 1978 na televisão, com figurinos superousados para a época! As cocotinhas queriam se igualar a Sônia Braga e dançavam frenéticas, com pedaços de pano servindo de blusas e umbigo de fora! As discotecas ferviam, e os jovens se entregavam ao frenesi das músicas altas e aos movimentos ilusórios do globo de ouro.

Elizângela, a sétima menina da família Montanha, era a mocinha mais bonita da casa, e por muito tempo foi a preferida de Lauro! Vaidosa, adorava dançar e frequentar os bailes da época. Não perdia as rodas de samba nos finais de semana e os coloridos desfiles de carnaval, na pracinha do Campo Limpo. Sem nenhuma orientação de pai e mãe, aos quatorze anos estava à procura de trabalho desesperadamente, para ajudar nas despesas de casa. Numa fase em que as irmãs mais velhas se uniam para somar forças e não deixar faltar o necessário, para ela não podia ser diferente!

Em 1978, dependendo da cultura, crença e valores de cada um, a desconfiança sobre o outro era menor. O crédito dado a uma estranha que batia na porta procurando emprego era baseado em referências facilmente burláveis, mas nem todos estavam preocupados com isso. Existiam uma paz e uma tranquilidade que somente o tempo tiraria, trazendo o medo e instituindo o caos. Certo dia, Elizângela saiu cedinho, junto com sua irmã Teresa, para procurar emprego. Viu uma mulher fechando o portão, e antes que ela entrasse a jovem perguntou:

— Moça, moça, por favor! Estou procurando serviço! A senhora está precisando de empregada?

A dona virou-se para a mocinha de cabelos alvoroçados pela ventania da tarde e respondeu:

— Olha, meu bem, eu não estou precisando, não! Mas eu tenho uma amiga viúva, mãe de três filhos, e eu acho que vocês vão se dar bem! Quer entrar um pouquinho, querida? Vou ligar para ela!

A viúva chegou dirigindo um Opala Comodoro bege, ano 78. No banco do carona, um rapaz bonito, com pinta de galã, de quatorze anos. Roseane Fernandes Linhares tinha trinta e oito anos e era muito elegante. Sem os óculos escuros, era possível notar sua expressão observadora. Na sala de estar, cumprimentou as irmãs e, depois de uma sabatina breve, falou para Elizângela:

— Você sabe cozinhar, querida?

— Não, senhora, não muito — Elizângela respondeu, insegura.

— Mas ler, você sabe?

— Sim, ler eu sei, sim!

— Ah, então, tá bom! Se você sabe ler eu te dou o caderno de receitas, e aí é só seguir!

Três dias depois, a jovem Elizângela iniciou no serviço novo, sem nenhuma experiência. A família Linhares morava em um apartamento na Consolação e a recebeu muito educadamente. A patroa ensinou o básico sobre os cuidados com a casa, entregou-lhe um caderno espiral cheio de receitas fantásticas e a deixou se virar sozinha, surgindo em momentos cruciais.

O apartamento era todo acarpetado, tinha uma sala de estar grande, onde eram servidas as refeições, uma área com janelas de correr, três quartos, dois banheiros, uma cozinha planejada pequena e área de serviço, com quarto e banheiro de empregada.

Os filhos gêmeos de Roseane eram estudantes populares, e o apartamento era muito frequentado. José Luís Linhares, o primeiro a nascer, tinha o apelido de Cazé, e era mais calado do que o irmão; José Augusto Linhares tinha o apelido de Guto e era o rei da comunicação! Abençoados pelo deus Apolo, a estética dos meninos era perfeita. Elizângela assimilou driblar meninas enlouquecidas, que os procuravam com frequência. Gêmeos idênticos, a empregada iniciante nunca sabia quem era quem a princípio e chamava-os de *playboys,* sem que soubessem! O caçula, Carlos Henrique

Fernandes Linhares, era um menino longilíneo, seguindo o mesmo padrão de beleza dos irmãos.

Roseane Linhares tinha boa vontade em ensinar a menina e faria muita diferença na vida da empregada. Elizângela seguiria suas digitais culinárias e se tornaria uma cozinheira de mão cheia, confeccionando com maestria uma das melhores feijoadas de São Paulo! Muitos foram os enredos traçados e trançados entre as famílias!

104 | Uísques e baralho
(julho de 1986)

Em 1986, Roseane era uma mulher de quarenta e seis anos e várias vivências colecionadas. Bem nascida, tinha bom gosto e boa educação. Casamento de sonhos, a descendente de espanhóis ficou viúva aos trinta e três anos. Sociável e articulada, tinha muitos amigos e conhecidos! Era bonita, gostava de namorar, tomar bons uísques e, com o passar do tempo, passou a adorar um bom carteado! Há um ano haviam se mudado para um sobrado no Alto de Pinheiros; nesse tempo, Elizângela morava numa edícula com o marido e um filhinho de dois anos. Cuidava da família havia oito anos, conhecia os costumes da casa e sabia onde a patroa ia passar os finais de tarde. Fiel escudeira, mentia para os jovens patrões que, há muito, desconfiavam dos engodos da mãe e da empregada doméstica!

105 | Visita para Enedine
(Jardim Novo Oriente, São Paulo, julho de 1986)

Elizângela foi visitar Enedine num sábado à tarde. Lauro estava sentado no banco, do lado de fora.

— Bença, pai! — disse ao pai, silencioso, enquanto ele fumava um cigarro.

— Deus te abençoe, minha fia! E esse meninão bonito? — perguntou, passando a mão na cabeça do netinho.

A filha estendeu-lhe uma sacola de papelão com roupas perfumadas.

— Pro senhor, pai! Os meninos fizeram arrumação no guarda-roupa e separaram estas peças! Mandaram um abraço pro senhor, também!

O pai sorriu e piscou para a filha.

— Minha sorte é ser grande e bonito igual seus patrões, minha filha! Manda outro abraço pra eles! — disse, alegre.

Enedine estava debaixo do chuverio, penteando as mamas para diminuir o leite e a dor. A filhinha mamava, mamava, e Enedine não dava conta de tanto leite! Os peitos inchavam e endureciam, deixando-a lívida de dor. Elizângela notou certa tensão ao chegar e perguntou para Suzana se estava tudo bem.

— Mais ou menos, minha irmã! O pai fica numa tristeza só, depois que briga com a Enedine por causa das crianças. E só tem coragem de falar quando tá bêbado, sabe? É duro, Sancha... é duro!

Enedine entrou no quarto, enrolada na toalha. Ficou contente com a visita de Elizângela.

— E aí, Enedine? Como estão as coisas, minha irmã? — Elizângela perguntou, depois do abraço.

— Tá foda, Sancha, tá foda! Dinheiro no fim, duas crianças para sustentar, e a chapa fervendo!

— E o Germano, Enedine, não vai te ajudar? — Elizângela perguntou, compadecida.

— Não sei, Sancha, não sei! Acho que ele quer levar minha filha, isso sim! Acha que vai me ajudar?! Tô esperando acontecer um milagre! Deus nunca me desamparou! Não vai ser agora, né?

— Poxa vida, Enedine! Dona Roseane perguntou se tinha alguma irmã desempregada, acredita?

— Como assim, Sancha? Para trabalhar onde e fazer o quê? — Enedine perguntou, interessada.

— Acho que é um serviço de garçonete, num cassino — respondeu Elizângela.

— Sancha, conversa com a Dona Roseane! Será que ela consegue uma entrevista?

106 | Rosana Shinkai
(Pinheiros, São Paulo, 1986)

Rosana Shinkai era descendente de japoneses. Tinha quarenta e oito anos e muita disposição! Morava com o atual marido, no bairro de Pinheiros, em um sobrado de portal ilusório. Tocar a campainha na pequena entrada não mensurava a grandeza do ambiente. Rosana tinha muitos amigos, e seus amigos também tinham amigos. Processo infinito de indicações de sua casa acolhedora e das mesas de carteado. O marido, Carlos Shinkai, andava na contramão do furacão que era Rosana. Tinha cinquenta anos e explorava o jogo junto com a mulher. Os partidários e amantes do baralho depositavam insuspeição no casal de orientais, que agia com discrição e honestidade!

Eram esquivos ao formato de carteado irresponsável; não iludiam, tampouco empregavam garçonetes de minissaia. Cultivavam um ambiente familiar, aonde os maridos podiam levar a esposa para jogar tranca, cacheta e pontinho. A casa era aberta a partir das quatorze horas, e os jogos podiam durar vinte e quatro horas ou mais. Políticos, empresários e jogadores famosos eram tratados com atenção diferenciada. Nas noites de sábado, após as corridas de cavalos, a turma do Jóquei Clube se reunia para jantar e jogar cartas. Jóqueis jovens e de meia-idade, muitos deles importantes celebridades da época, parceiros de peso para os donos da casa!

Rosana associava ao carteado efetiva prestação de serviço, enquanto os parceiros se divertiam. Tinha empregada fixa, cozinheira de forno e fogão, manobrista e uma garçonete que servia café, fazia lanches e dava assistência aos parceiros no decorrer da jogatina.

A pedido de Roseane Linhares, Rosana Shinkai conversou com Enedine na segunda-feira.

— O serviço não é fácil, não! Precisa perna boa para subir e descer escada a noite toda, ser simpática e ter jogo de cintura, sem ser vulgar! Os parceiros vêm com as esposas, entendeu? Você ganha por serviço prestado! Quanto mais simpática, mais fichas! Quanto mais dedicada, mais fichas! E a escala é dia sim, dia não. Você pode começar amanhã mesmo, se aceitar o trabalho, Enedine!

Uma semana após dar à luz, Enedine vestiu uma cinta cirúrgica, para segurar o corpo. Colocou fraldinhas dentro do sutiã e levou várias trocas de blusas. As dores mais profundas, disfarçava esquálida, trancando-se no banheiro com uma bombinha de leite. Os mais velhos falavam que peito derramando era criança chorando de fome. Os olhos dela se enchiam de água quando se lembrava da recém-nascida! Chorava, agradecia, lambia as feridas e seguia florindo. Externava reconhecimento, e ao sorrir iluminava tudo ao seu redor. Os clientes gostavam de sua energia e doação emanada!

Aprendeu macetes, e no instante em que o ganhador da mesa de pôquer puxava o monte de fichas ela aparecia, num passe de mágica, equilibrando uma bandeja redonda de inox, cheia de café e água.

— Olha o preto fresco, passado no saco brancooo... acabou de sair!

Usava a frase de efeito, cantada, e ficava parada ao lado da mesa, com dez jogadores ou mais. Todos se voltavam ao mesmo tempo, depois da tensão da partida, para receber o cafezinho fresco da mocinha simpática. O momento descontraído virava um grande perepepê com algazarras, antes da próxima rodada. Como música para seus ouvidos, choviam fichas em sua bandeja.

107 Tribunal do crime
(Jardim Novo Oriente, São Paulo, 1986)

Certa vez, Enedine trabalhou vinte e quatro horas no cassino, e a outra garçonete deu o cano!

— Estou esgotada, Dona Rosana, senão ficava sem nenhum problema.

A patroa era o reflexo do cansaço. Diante de seu silêncio atordoado, Enedine falou:

— Tenho uma irmã mais nova, que a senhora vai gostar muito! Quer que ela venha ajudar hoje?

Rosana concordou imediatamente; Suzana caiu nas graças da patroa e foi contratada. Chegou em Pinheiros por volta de três horas da tarde e rendeu a irmã.

Enedine desceu o escadão para casa e se deparou com um silêncio anormal na comunidade. Não havia conexão do horário com a quietude suspeita. Os soldados do tráfico estavam ouriçados e vigilantes, orientando moradores, que voltavam do trabalho, a seguirem para casa e não saírem mais! Dentro do tribunal do crime, havia um novo comparsa chamado Caveira e dois rapazes que estavam sentenciados.

Antes de Brigite morrer, dois integrantes começaram a frequentar a comunidade. Recruta e Josué eram ladrões pé de chinelo e folgados; tinham dezessete anos e vinham cometendo sucessivas infrações há algum tempo. Sem atenuantes para as últimas mancadas, foram condenados.

Enedine conhecia os dois, sem muita afeição, mas quando soube ficou incomodada. Jovens, bonitos, morenos e alegres! Sentiu o coração ficar apertado. Certamente, foi uma das tardes mais tristes que viveu na favela! O grito horripilante da tortura chegava até sua casa e agredia seus tímpanos. O sono esvaía-se, deixando-a alerta e sem possibilidade humana de conciliar o repouso.

Eram gritos quase desumanos, aproximando-se da selvageria. Sentia-se mutilada, e sua carne doía de verdade, voluntariamente!

O silêncio chegou muitas horas depois, de madrugada, quando finalmente foram abatidos. Um verdadeiro *show* de horrores. A comunidade não dormiu esse dia e acompanhou o desfecho com medo e pavor. Muita tristeza se abateu na favela no outro dia, quando a polícia encontrou uma carriola, abandonada no morrão, com o corpo de Recruta e Josué totalmente despedaçados.

108 | CEAGESP e sabores
(Pinheiros, São Paulo, 1987)

A cozinha de Rosana Shinkai era um celeiro de sabores. A patroa e a cozinheira Marisa não se importavam em ensinar truques e receitas. Enedine perguntava, se extasiava e aprendia. Domingo de manhã, por volta de seis horas, quando o sol aparecia atrás dos grandes edifícios, Rosana aparecia com um carrinho de feira. Enedine conheceu o CEAGESP e aprendeu a escolher bons produtos com a patroa. Tudo o que Rosana fazia ficava mágico, e ela queria fazer igual! O feijão com alho e cebola dourada, o arroz soltinho, as verduras refogadas *al dente*! As carnes vermelhas temperadas com alho, *shoyu* e Ajinomoto! Noites maravilhosas de comida chinesa, feijoada, bacalhau e lindas saladas mescladas. Tudo virava fotografia na cabeça da jovem garçonete!

A culinária servida era tão deliciosa que alguns parceiros vinham só para filar a boia. Rosana não se importava e sentia-se homenageada! Os lambeiros tinham costume de virar à noite no jogo, dando lucros significativos para a casa. Em dias alternados, Enedine dividia com a irmã o atendimento a um público misto e heterogêneo.

Em 1987, chegou uma médica obstetra que só gostava de pôquer. Em pouco tempo a doutora ganhou o respeito dos parceiros e começou a frequentar a casa mais vezes.

Na época, os donos da casa tinham um compatriota que passava por dificuldades. Juntos, viram possibilidades de montar outro carteado em um clube particular. O amigo chamava-se Rafael Hiroshi. Tinham o sincero desejo de se ajudarem!

Enedine trabalhava com Rosana havia mais de um ano, tendo aprendido a culinária que lhes agradava; também tinha jogo de cintura com o atendimento! Foi convidada a trabalhar na outra casa, com Rafael, com possibilidade de melhores ganhos!

109 | Casal conflitante
(São Paulo, 1987)

Enedine e Germano seguiam namorando. Períodos atribulados, momentos roubados e encontros inesperados. O instante oportuno contemplava uma paixão jovem e desembestada. Gabriela havia completado um ano, e Germano fazia questão de levá-la nos finais de semana. Ainda que desconfortável com a presença do sogro, não deixou de frequentar a casa de Enedine para cortejar mãe e filha.

Lauro não gostava dele e colocava espinhos em suas visitas. Às vezes Germano ficava no bar da esquina, tomando uma cerveja, enquanto esperava Enedine, apenas para não ficar com Lauro.

Enedine nutria um sentimento diferente pelo rapaz, gostava do jeito honesto dele, mas não sabia se era amor verdadeiro. Ficava para baixo quando brigavam por causa do seu trabalho. Germano não gostava de cassinos, tinha vergonha do ofício de garçonete dela e desconsiderava sua labuta. Enedine tinha temor pela filha Malu, com três anos, preterida deliberadamente pela mãe dele, e não cogitava a hipótese de ir embora, deixando seu pedacinho para trás. Germano tratava Malu com respeito, e sabia que Enedine o mataria se algo saísse em desfavor da criança. E Malu, a moreninha, gostava dele francamente. Outras opiniões não pesavam, e ela queria dividir a vida com o pai de Gabriela.

110 | Dra. Isabel
(São Paulo, 1987/1988)

Um dia, Enedine discutiu fortemente com Germano. A patroa notou-lhe a tristeza estampada na fronte. Esperou que ela passasse a primeira rodada de cafezinho e subiu as escadas atrás.

— Que foi Enedine? Tá esquisita, com o olho inchado! Aconteceu alguma coisa?

Enedine desabou a chorar, com a preocupação da patroa.

— A camisinha estourou, Dona Rosana... estou grávida de novo!

A japonesa ficou encarando-a com o olhar apreensivo e disse, sem pensar:

— Puta que pariu, Enedine! Puta que pariu! Muito menina, poxa vida! Precisa capar urgente! Vou conversar com a Dra. Isabel! Ganha esse nenê e depois opera para não ter mais! Que cê acha?

Enedine a olhava, admirada por sua coragem. Sentiu-se acolhida de imediato e respondeu:

— Claro, Dona Rosana, claro que quero! Mas quanto vai custar?

— O preço não importa! Eu pago, depois acertamos! Fica sossegada!

Rosana e o amigo Rafael Hiroshi alugaram um espaço dentro de um clube de veraneio. A vista bonita abarcava o clube inteiro, e nos finais de semana a área de lazer fervia de associados que vinham tomar banho de sol e curtir a piscina. Enedine fazia as refeições para os frequentadores da casa e atendia o salão de carteado. Nesse tempo de mudanças, houve uma divisão de parceiros.

A Dra. Isabel era uma mulher loura, enigmática e de poucas expressões. Entendeu a situação da garçonete parideira e aceitou operá-la a pedido da amiga amarela.

Enedine estava feliz e pagava as prestações do parto pouco a pouco. O barrigão de oito meses nem pesava tanto, quando se lembrava da operação.

Era um sonho sonhado! Não queria seguir o caminho da mãe. Fértil demais, se não operasse teria mais barrigas. Não tomava os anticoncepcionais de forma correta, e a camisinha, mal colocada, furava! Contava os dias ansiosa para passar pelo bisturi.

Fazia planos para a nova vida com Germano. Recentemente havia comprado alguns móveis de uma zeladora do clube. Uma estante de madeira, um guarda-comida, geladeira, mesa com seis cadeiras e um fogão de quatro bocas. Estava orgulhosa da boa negociação, e certamente ele ia gostar, também! Nessa época, Germano dirigia um caminhão e apareceu no clube no dia combinado, sem camisa, sem ajudante e cheirando a conhaque. Enedine o recebeu sem graça; ele estava estressado.

— Cadê, cadê as tralhas que você comprou? Mania de pobre que você tem, meu! Nunca vi igual! E aí? Vamo, vamo! Não tenho o dia todo, não! Quem vai me ajudar a carregar estas porcarias?

Enedine não sabia se chorava, se ria ou se o jogava ladeira abaixo. Sentiu-se humilhada! Indignada, sua amiga subiu no caminhão com os filhos para ajudar. Enedine ignorou o barrigão e também montou em cima do caminhão. Sua carne tremia voluntariamente, e seus olhos estavam marejados.

No dia 17 de agosto de 1988, Enedine seguiu de Caravan marrom, com Rosana Shinkai, até a Vila Carrão. Assim que chegaram, a doutora levou Enedine para uma sala particular. Tinha uma touca na cabeça e vestia calça e jaleco verde para entrar no centro cirúrgico. Sentou-se na frente da jovem parturiente, encarou-a frontalmente, observando seus modos, e disse placidamente:

— Tá vendo aquela sala de cirurgia, Enedine? Antes de seguir por ela, preciso que entenda que a laqueadura vai inviabilizar futuras fecundações. Você estará impossibilitada de engravidar, para sempre, entendeu?

— Eu sei, Dra. Isa, eu sei! — Enedine respondeu, desconfiada.

— E você é uma menina, Enedine! Ainda vai fazer dezenove anos! Sabe o que isso quer dizer?

— Não, Dra. Isa, não sei!

Estava nervosa. Achava que a médica tinha desistido dela!

— Talvez, hoje, você não esteja feliz, mas pode encontrar alguém, amanhã ou depois, que te ame e queira ter filhos com você, entendeu? É isso, poxa vida! Eu te acho muito nova, Enedine! Muito nova! — A médica falava de pertinho, olhando-a com clemência, e concluiu, amorosa: — Quero deixar isso bem claro, para não sobrecarregar minha consciência! E posso afirmar com convicção que ainda dá tempo de voltar atrás. Você nunca mais poderá ter outros filhos Enedine!

O relógio do tempo parou para Enedine, e os segundos passaram como tempestade em fúria, arrostando sua memória e fazendo-a lembrar-se de suas dores, traumas e medos instalados. Ouviu o ranger de algumas portas trancadas com fechaduras enferrujadas. O bebê deu um salto gigantesco na piscina amniótica de sua barriga, e ela sentiu uma dor física que não era do bebê! Ele só queria nascer; estava maduro e pronto para irromper em busca da vida externa. Não era o bebezinho; era sua alma cansada e cheia de cicatrizes aos dezenove anos! Viu um furacão passar, sentiu calafrios e odores de lugares que ela não queria mais visitar. Não podia trazer outros inocentes para o caos da sua vida. Abriu os olhos, devagar, vermelhos e intumescidos, encarou a boa doutora e falou, firme e convicta:

— Doutora, eu nunca mais na vida quero ter filhos! Nunca mais, entendeu? Não quero que a senhora amarre minhas trompas. Eu quero que a senhora corte para nunca mais eu engravidar! Nunca mais, Dra. Isa!

A doutora balançou a cabeça, aquiescendo, e apertou as mãos da paciente em silêncio. Chamou uma enfermeira de plantão e pediu a ela que preparasse Enedine para a cirurgia.

111 Daniel Montanha
(Vila Carrão, São Paulo, 1988)

Enedine sentou-se na maca tranquilamente, de touquinha e avental cirúrgico. O anestesista examinou sua coluna, localizou o melhor espaço entre as vértebras, para perfurar a membrana dura-máter, e aplicou o líquido através da região lombar de suas costas, entre as vértebras da coluna, abaixo da medula espinhal. O efeito da raquianestesia era quase imediato, promovendo um bloqueio motor e sensitivo.

Enedine Montanha adorava anestesia geral. Para ela, era uma forma de se esquivar da realidade, momentaneamente. Teve um apagão durante a cirurgia de laqueadura, sem dimensionar a dor posterior. Trouxeram o bebê para mamar, e ela mal pôde segurar o filho gordinho. Era uma criança perfeita em todos os detalhes. Enedine se permitiu chorar, depois de vê-lo tão bonitinho ao seu lado!

Viveu nove longos meses apreensiva, em consequência de pensamentos conflitantes, com medo de que Deus pudesse castigá-la depois do parto. Tinha operado com chave de ouro, dando à luz um garotão de quase quatro quilos! As dores não anularam sua alegria.

Saiu do hospital achando que a coluna estava torta para sempre. Foi até a recepção, com a ajuda da enfermeira, e encontrou Rosana pronta para levá-la para casa, como haviam combinado dias antes.

— Oi, Enedine! Caramba, hein... puta que pariu... toda torta! — E deu risada, feliz por concluir com a jovem garçonete aquela etapa tão difícil.

Enedine riu sem poder, sentindo espasmos de dor por todo o corpo! Rosana pegou o bebê e a bolsa de Enedine, e seguiram devagar para o estacionamento. Na Caravan havia um bebê-conforto para transportar o recém-nascido. A patroa abriu a porta para Enedine entrar no carro quando um Maverick azul parou ao lado delas. Germano desceu, alterado.

— Ei, minha senhora! Ei! Esse aí é meu filho, e não seu! Pode deixar que eu cuido disso, falou?!

Rosana não gostava dele, e tampouco o olhou, com raiva. Próxima de Enedine, falou baixinho:

— Fica calma... fica calma... tá tudo bem! Vai com ele! Será melhor para todo mundo!

Enedine estava sem domínio sobre a situação. Sentiu os batimentos se acelerarem e aceitou a ajuda da patroa para se encaixar no Maverick sem conforto e sem estrutura para transportá-la com o bebê.

Daniel era branco, de boa aparência, estrutura grande e forte. Os pais de Enedine ficaram loucos ao saberem que era um menino! Ao saber que seu filho era do sexo masculino, Germano fizera questão de buscá-lo no hospital.

Gabriela tinha dois anos e um mês, e Malu, três anos e dez meses.

112 | Replanejar
(São Paulo, 1988)

O comportamento machista de Germano provocou um acúmulo de raiva em Enedine. Os sentimentos por ele permaneciam verdes e enrolados dentro do forno, acelerando a execução de amadurecimento. O processo nem tinha se concretizado ainda, e seu coração já estava trincado e cheio de rachaduras. Os móveis comprados estavam amontoados no quintal, em vias de virar entulho.

A casa dos pais estava ficando cada vez mais vazia com a partida das irmãs. Enedine encontrou em Suzana um amor mais calmo nos últimos anos e aprendeu a olhar a irmã de forma especial. Suzana era uma boa moça, e seus caminhos escolhidos eram caminhos virtuosos! O amor cresceu ainda mais depois que Enedine teve os filhos. Suzana continuou trabalhando no cassino e, responsável, auxiliava nas despesas de casa!

Enedine foi comunicada que não precisava voltar mais.

— O carteado do Seu Rafael fechou, minha irmã! Disse que não tem clientes para os dois lugares! Acho bom a gente ir pensando em outra coisa para fazer, isso sim! — Suzana finalizou.

Enedine aquiesceu. Em suas constantes incertezas, aumentava a convicção de trilhar um rumo diferente com os filhos. Depois de duras penalidades, enxergou que os caminhos da marginalidade eram nocivos! Entendeu que estava desempregada mais uma vez e confiou a Deus que abrisse outras portas. Não demorou muito, Marisa, a cozinheira do cassino, pediu para Enedine ligar.

— Oi, Marisa! É a Enedine, querida! Tudo bem?

— Oi, Enedine, tudo bem, sim! Como está o nenezinho? Vocês estão bem?

— Graças a Deus, Marisa... graças a Deus! Recebi seu recado... o que manda?

— Então, menina, tem uma vaga num carteado aqui perto de casa! Tem caneta pra anotar o telefone?

— Claro, só um minuto! — Enedine colocou fichas no orelhão e pegou a caneta no bolso da calça *jeans*. — Pode falar, Marisa!

— É Antonina o nome dela, Enedine! Pode ligar, que ela te dá as coordenadas, tá?

113 | Boca do lixo - Rua Aurora
(São Paulo, 1989)

O jogo de Ronda fervia no Centro Velho de São Paulo! Dentro dos prédios antigos, com paredes sujas e descascadas, um sentinela na portaria direcionava os frequentadores. As salas arcaicas eram mal ventiladas e nubladas de fumaça mesclada. Curiosa, Enedine mal conseguia enxergar as duas cartas na mesa e um punhado de cédulas amontoadas, enquanto circulava com sua bandeja cheia de copos sujos de café. Os apostadores formavam um círculo cheio de tensão ao redor.

— É, meu irmão, é calça nobre, ou bunda de fora! Você entra sem nada e sai de carro, ou pode entrar de carro e correr a pé, tá ligado? — falavam entre si os apostadores.

Há dois meses, Antonina, a cozinheira, havia sussurrado:
— Minha amiga, dia desses veio um aí que jogou o salário todinho e saiu sem o dinheiro da condução.

A banca lotava toda semana. Em clubes mais ricos, reinava a nobreza de paladares e boas bebidas. Na Ronda, a comida sem frescura atendia quantidade. Um assobio alcançou os ouvidos de Enedine.

— Avisa o Seu Norberto que a janta tá pronta! — a cozinheira disse.

Enedine colocou a bandeja no buraco e entrou na cozinha pela lateral, para lavar os copos.

— E aí? Ganhou alguma coisa desses miseráveis? — Antonina perguntou, preocupada.

— Ganhei o quê, Toninha! Pelo jeito, eu preciso carregar muito mais bandejas ainda, viu?!

— É, eu espero que você aguente! Onde você trabalhava era tão chique, comparado com essa pocilga!

Antonina era uma nordestina sofrida e tinha quarenta anos. Há muito fugia do marido, vítima de maus-tratos, e carregava uma peixeira escondida dentro da roupa. Enedine ganhou sua simpatia, e de vez em quando Antonina a convidava para tomar umas e outras nos bares da Boca do Lixo. O dono da Ronda chamava-se Norberto, um negro alto, educado, que andava muito bem vestido e tratava as funcionárias com respeito. Enedine estava triste com os ganhos e um dia perguntou para a amiga:

— Antonina, será que o Seu Norberto se importaria se eu trouxesse bolos para vender?

— Ah, sei lá, Enedine... Por que a pergunta?

— Porque os parceiros pedem alguma coisa doce e nós nunca temos nada pra oferecer!

Enedine vendeu tudo o que fez. Assava os bolos pela manhã, e na hora do almoço estava no ponto de onibus, com as assadeiras em panos brancos. Depois de um tempo começou a ter dificuldade no transporte.

Um dia, viu o patrão encostado na janelinha da cozinha, conversando com Antonina, e o interpelou:

— Seu Norberto, sou muito grata pela oportunidade que o senhor me deu. Vendo todo bolo que faço!

— Eu sei garota, eu sei! Os parceiros têm elogiado bastante!

— Queria saber se posso fazer os bolos aqui na cozinha e pagar o gás para o senhor.

— Claro, garota, claro! Pode fazer uso e não precisa pagar coisa nenhuma. A cozinha está liberada!

E retirou-se de cena, bem-posto e imperturbável. Feliz, Antonina piscou para Enedine.

Fazer uso da cozinha deu a ela um descanso maior. Todo dia comprava os ingredientes e chegava mais cedo para fazer os bolos. Pouco tempo depois, seu salário triplicou, e ela desistiu da ilusão das gorjetas. Estava trabalhando feliz, e não sabia o que fazer para agradecer o patrão elegante.

Um dia, chegou no trabalho e deu de cara com um segurança de dois metros na entrada. O sujeito era mal-encarado, usava terno preto e tinha um revólver na cintura. Enedine o cumprimentou alegre, mas ele não respondeu. Enedine não entendeu nada. Uma sensação negativa percorreu seu estômago.

Na cozinha, tinha uma mulher branca, bem vestida, mexendo em suas assadeiras com desdém. Enedine a cumprimentou, e ela a encarou minuciosamente, sem resposta. A mais jovem sentiu calafrios na espinha. O silêncio esmurrava à sua disposição, e ela não sabia porquê! Sentiu alívio quando viu Antonina. A mulher saiu em direção à cozinheira e cochichou alguma coisa em seu ouvido. Se despediu e se fixou por alguns minutos ao lado do segurança, na entrada do salão. O sujeito colocou a mão em cima do revólver brilhante e encararam deliberadamente a garota do bolo, que os olhava, atônita.

Antonina entrou cabisbaixa na cozinha, e com o semblante muito abatido!

— Enedine, essa daí é a mulher do Seu Norberto! Ela detesta vir aqui, e, quando vem, é treta na certa! Tá rolando uma fofoca que o negão tá te bancando, e naturalmente você virou uma ameaça! Esse segurança armado é pau-mandado, e quem atravessa o caminho da doida ela manda matar.

Antonina falava com a voz arrastada, preocupada. Por fim, finalizou, com tristeza:

— Ela mandou te avisar que hoje à noite vai voltar apenas para se certificar da sua partida. E se você ainda estiver aqui, as consequências serão outras!

Enedine estava murcha e com a goela seca. Só pensava na sacola cheia de farinha, ovos e leite condensado. Ouviu a amiga e, por fim, disse:

— Antonina, perdida por um, perdida por mil, minha amiga! Se é à noite que ela vem, dá tempo de vender meus bolos para não perder tudo o que eu já gastei.

Antonina riu com a ousadia da amiga e arregaçou as mangas, animada. A venda dos bolos foi um sucesso. O tempo voou, e Enedine não se deu conta do adiantado das horas. A noite sombria foi um grande pesadelo, quando viu o segurança entrar no salão lotado, junto com a mulher alta e bem vestida.

114 Favela que subtrai
(Jardim Novo Oriente, São Paulo, 1989)

Os crimes hediondos tomavam conta da favela feito doença contagiosa. Mudavam apenas os personagens que chegavam.

Um dia, Nelsinho precisava de uma arma em caráter emergencial. O dono da arma era um cantor bonito, pacífico e cheio de admiradoras na favela. Estava tocando guitarra em sua casa quando ouviu chamarem seu nome. Nelsinho pediu seu revólver emprestado. Ele negou, trocaram tiros, ambos foram baleados e socorridos. Nelsinho perdeu os movimentos das pernas e ficou paraplégico. O guitarrista morreu aos vinte e sete anos. A favela se comoveu com a morte do artista! Houve rebeldia e malquerença da população com Nelsinho e sua turma.

Adalberto foi parado numa batida policial na Bela Vista. Mandaram ele e outros suspeitos encostarem num paredão e os metralharam. A foto do corpo ensanguentado e cheio de pó estampou a capa do jornal no outro dia: "Traficante procurado pela polícia é assassinado pelo comando do tráfico". Adalberto tinha trinta e três anos. Tibiriçá estava enfraquecido na comunidade e foi morar em outra favela, com medo de represálias pela morte do guitarrista. Um dia, exagerou na droga injetável, e seu organismo não suportou a descarga elétrica: teve crises paranoicas e alucinações! Seu corpo foi encontrado com os olhos arregalados e a boca ressecada, aos trinta anos de idade.

Cristiano era mau e não respeitava a família. Certa vez, sacou arma de fogo para sua irmã, que chamou a polícia. As patrulhas chegaram, houve troca de tiros, e ele foi assassinado. Cristiano tinha trinta e um anos.

No ano decorrente, Enedine recebeu uma intimação para o julgamento da morte de Brigite. Sentimentos turvos tomaram conta de seu coração! Era a principal testemunha do caso! Interrogada, falou exatamente o que aconteceu no dia do crime. Reconheceu em Bolão o assassino de sua irmã. Encarou-o de frente pela última vez, e ele não teve coragem de olhar em seus olhos. Bolão tinha vinte e quatro anos quando foi condenado. A família nunca soube por que Bolão assassinara a jovem Brigite!

115 | Coragem para mudar
(Jardim Novo Oriente, São Paulo, 1989)

No final de novembro de 1989, as bagagens de Enedine, Malu e Gabriela, estavam no porta-malas do Corcel azul. As inconstâncias do pai, aliadas à falta de esperanças, ajudaram Endine a tomar a decisão. Tirou coragem de seu jardim cheio de fissuras e raízes amargas e aceitou morar na favela do Jardim Miriam, onde o namorado tinha uma casa para abrigar suas crianças.

Ao se despedir da mãe, ouviu:

— Ocê tem certeza que essa é a melhor solução, minha fia?

— Tenho sim, minha mãe! — respondeu, segurando a mão de Dulce.

— Ah, minha fia, vou sentir tanta saudade dessas crianças, viu!

— Eu sei mãe, eu sei! De vez em quando eu trago elas aqui! Não estou deixando o Daniel?

— Mas até quando, minha fia? — Dulce perguntou, assoando o nariz numa fraldinha.

— Ah, mãe, ele só vai mais pra frente! Ora por mim, mãe!

O pai, cabisbaixo e arrependido, como sempre ficava depois das cachaças, estava sentado no banco de madeira, com os olhos inchados, quando a filha se virou para ele.

— Bença, pai... me dá um abraço, vai?!

Ele se levantou devagar, voz embargada, e abraçou a filha.

— Deus te abençoe, minha fia! Deus te abençoe! Seu pai vai sentir muita falta sua, viu?! Muita falta!

— Eu também, meu pai! Eu também! Quando lembrar de mim, me abençoe de coração!

Secou as lágrimas com as costas da mão e apertou o pai no enlace fraterno. Por último se agarrou a Suzana, sua irmã amorosa. Tinham tanto a dizer uma para a outra, que escolheram a expressão subentendida do abraço! Terna, Suzana estreitou Enedine fortemente e falou em seu ouvido:

— Deus acompanhe você e as meninas! Não esqueça que eu te amo muito!

116 | Jardim Miriam
(São Paulo, 1989)

A casa do Jardim Miriam era geminada, e, na parte de baixo, morava um irmão de Germano. O bairro era boca-quente, mas Enedine não se importou. Conhecia de longe quem era do movimento. Apertou o pequeno quarto e conciliou o beliche das crianças com sua cama de casal. Furou paredes, pendurou quadros e espelhos e foi dando vida à casinha. Em dias de chuva, havia goteiras na sala. Achou bons tapetes no lixo e os trouxe para dentro; higienizados, aqueceram o piso frio e o coração das crianças. Pintou portas e paredes, decorou a entrada com plantas, instituiu aconchego em meio à pobreza!

Germano trabalhava de motorista e ganhava pouco. Enedine se virava para ajudar nas despesas e não deixar faltar nada às meninas. Tinha panelas quentes em cima do fogão, assadeiras com bolos fofinhos, e a fruteira de vime tinha o colorido das frutas. As crianças precisavam estar bem! Tratava Germano com desvelos e cuidados amorosos, e ele se abastecia de sua dedicação. Reconhecia nele um homem vaidoso e ignorante e reprimia seus argumentos para continuar a vida ao lado dele. Germano não a conhecia verdadeiramente, e Enedine não fazia a menor questão de se apresentar!

Em uma semana, Enedine fez amizade com vizinhas da comunidade que tinham filhos. Mulheres lutadoras que se ajudavam mutuamente. Enedine conseguiu vagas integrais na escolinha de educação infantil, pertinho de onde morava. As aulas teriam início em janeiro de 1990.

117 Lima Refeições
(Jardim Miriam, 1989/1990)

Enedine voltava para casa com Malu e Gabriela, depois de matriculá-las. Tinha uma metalúrgica no caminho, e uma placa de emprego: "Precisa-se de Cozinheiro(a) Chefe".

Um italiano de meia-idade, olhos azuis, atendeu a porta.

— Boa tarde! Eu vi a placa e queria saber sobre a vaga!

— Tem experiência em cozinha industrial?

— Sim, senhor... tenho sim! — ela mentiu.

— Sei, sei... — falou, desconfiado, e ficou em silêncio.

Sem mais argumentos, Enedine disse rapidamente:

— Se for interessante pro senhor, moro aqui pertinho e dá para vir a pé!

Iniciou no dia 12 de dezembro de 1989. A vaga era de muita responsabilidade, e sob o olhar atento do italiano Enedine aprendeu o serviço. A Lima Refeições era uma cozinha terceirizada que fazia comida para quatrocentas e cinquenta pessoas.

Depois do primeiro mês, Enedine fazia todos os tipos de molhos e cremosidades solicitadas, entre tantas outras assinaturas do patrão. Na cozinha, havia uma bancada comprida de inox, onde o italiano descarregava peças traseiras de carnes para apartar. Primeiro ele tirava o contra-filé, a picanha e o filé *mignon*, para servir no almoço da diretoria. A capa de filé e a fraldinha davam sabor aos picadinhos com legumes. A ponta de agulha era servida em ripas cozidas e fritas no caldo que soltava. A alcatra, a maminha e o patinho eram as estrelas do estrogonofe. O coxão duro e o lagarto se transformavam em carnes assadas, recheadas com cenoura e *bacon*. E o coxão mole, cortado ao peso individual de duzentos e quarenta gramas, era o grelhado do cardápio. O patrão manuseava um facão branco, longilíneo, pontiagudo e afiadíssimo! Tinha tanta destreza e agilidade com a ferramenta, que Enedine ficava em transe, admirando-o de longe. Uma ajudante não perdia a oportunidade de tirar sarro:

— Ô dó, fecha a boca grandona! Aquilo ali não é para o seu bico, não! Se errar aquele serviço, é prejuízo na certa! E eu duvido que ele deixe você encostar naquela mesa! Pode desistir!

— Vai rindo, Lena! Vai rindo! Uma hora eu aprendo! Você vai ver! Ri melhor quem ri por último!

Um dia o patrão descarregou as peças, chamou Enedine e entregou-lhe sua adaga branca.

— Você consegue separar o coxão mole das peças? Precisamos de quatrocentos e cinquenta bifes de duzentos e quarenta gramas cada um! — disse, desafiando-a diante de toda a equipe.

O silêncio só era quebrado pelas batidas do seu coração e as risadinhas da ajudante Socorro. Assentiu, meio acuada, e aceitou a adaga! Encostou no balcão e tirou a peça de carne do plástico.

— O senhor tem certeza?

— Claro que sim Enedine, pode seguir!

A plateia silenciosa observava cada movimento. Enedine pegou o esmeril pendurado na parede e começou a amolar a faca. A lâmina zunia, e saíam fagulhas no encontro do aço. Plact, plact, plact, plact, plact, plact, plact! Descarregou sua adrenalina no barulho infernal que zumbia em seu cérebro e começou a executar o trabalho que nunca tinha feito na vida. Depois de Enedine separar o coxão duro misturado com o patinho e a picanha amarrada ao contra-filé, o patrão intercedeu educadamente.

— Olha como eu faço, para você aprender, Enedine! Tá vendo estas linhas gelatinosas? Se você segui-las, vai deslizar entre os cortes. Vou continuar, e você olha por enquanto, *O.k.*?

Enedine aprendeu a separar as peças e vez ou outra assumia a bancada, com a supervisão do italiano.

Nove meses depois, cometeu uma infração juvenil. O patrão a desligou para não ser multado. No dia em que foi embora, apertou a mão do italiano e saiu pela mesma porta que entrou.

— Sabe de uma coisa, Enedine? No dia que você bateu na porta, pedindo a vaga de cozinheira, eu sabia que você estava mentindo. Mas sua coragem me fez acreditar que ia dar conta do recado. Tenha mais juízo, e boa sorte daqui pra frente!

Enedine iria completar vinte e um anos no próximo mês.

118 Fraldinha e chupeta
(Jardim Miriam, São Paulo, 1990/1991)

Enedine deixara Daniel na companhia dos pais, na intenção de atender o pedido amoroso dos avós, mas nunca cogitou abrir mão do filho. A ausência da criança talhava machucados profundos em seu relacionamento que estava doente. Frequentemente ela brigava com Germano, que insistia:

— Ele não passa de um favorecido, isso sim! E a culpa é sua, viu?! Fica aí, fazendo o gosto dele e da sua mãe, ó, dá nisso... um filhinho da mamãe folgado, que só falta cuspir na sua cara! Idiota, isso que você é, meu! Uma tremenda idiota!

Enfurecido, ele conferia à ela toda a culpa das birras do filho!

Enedine corria na contramão da tranquilidade, mas conseguia gratuitamente toda a assistência médica e dentária para os filhos. Preocupada, visitava a mãe amiúde, e o comportamento de Daniel a incomodava cada vez mais. Dulce não tinha limites para estragar a criança, e o rapazinho achava que podia tudo. Aos três anos, Daniel estava com a dentição toda comprometida, por causa da chupeta e da mamadeira. Carregava uma fraldinha pendurada no pescoço com uma chupeta amarrada na ponta, e quando era contrariado pelos priminhos os agredia e corria para o colo da vó. Dulce achava bonitinho e ria da situação.

Enedine deixou a mãe em estado lastimável, com a possível debandada do menino! A avó iniciou alaridos e choros intermináveis pelos cantos da casa.

119 | Tentativas de emprego
(Jardim Miriam, São Paulo, 1990/1991)

Enedine conheceu Valéria Conatti dos Santos e foi trabalhar em sua casa no Jardim Aeroporto. A patroa era uma loira bonita e educada, nascida em Santa Catarina e casada com Roberto dos Santos, um mineiro alinhado, dono de escritórios de contabilidade. Tinham dois filhos, e Valéria contratou a faxineira duas vezes por semana.

Enedine não conseguia se manter com dois dias de serviço, apenas, e tentava tudo o que sugeria novas portas. Jogava-se de corpo e alma em novas experiências.

Tinha um amigo negro, que sonhava apresentar *shows* de mágico em escolas públicas.

— E aí, Enedine, não quer fazer parte da nossa trupe como vendedora? — perguntou, animado.

— Quer saber de uma coisa, Márcio? Vamos nessa! Tenho certeza que consigo vender o projeto!

Viveu histórias fantásticas com a trupe sonhadora, mas desistiu porque não lhe trazia um tostão.

Uma vez escreveu textos desenhados em rima e poesia sobre o Dia das Crianças. Entrava nos ônibus e distribuía os folhetos. Discursava improvisadamente, pedia colaboração para crianças e sempre defendia um dinheirinho! Malu, inocente, achava tudo lindo e adorava se envolver na aventura.

Um dia, Enedine leu um artigo na sessão de empregos e foi assistir à palestra: vendas de dedetização. A empresa oferecia sala, telefone, a certeza de riqueza, mas não repassava nem um cafezinho! O gerente se interessou pela desenvoltura de Enedine. Precisava segurar o cliente numa conversa agradável e envolvente, para depois inserir na cabeça dele que sua casa tinha necessidade de dedetização. Um dia ela ligou para uma senhora simpática, que interagiu amistosamente. Depois de quase uma hora, Enedine entrou com os argumentos finais. Era uma venda certa, e a equipe virou uma torcida!

— Que prazer falar com a senhora, Dona Cirila! Muito obrigada, viu?! São pessoas especiais assim que nos motivam a continuar! Claro, claro, no dia que for bom pra senhora! Tenho certeza que vai ficar satisfeita com nosso trabalho! Pode passar seu CPF, por gentileza? Vou fazer seu cadastro!

Desligou o telefone, tensa, os olhares voltados para ela; todos gritaram, felizes ao mesmo tempo:

— Êêêêêêêê!!! Aí, sim, Enedine! Desencantou, hein?! Uhuuuu!!!

A adrenalina tomou conta de suas veias! Minutos depois, o telefone tocou, e ela atendeu novamente:

— Oi, é a mocinha que estava falando comigo agorinha? Enedine, né?

— Isso, Dona Cirila, sou eu mesma, posso ajudá-la?

— Então, filha... vamos deixar pra outro dia, tá? Meu marido não aprovou a compra.

Enedine teve uma descompressão súbita e disparou:

— Ah, mas dinheiro não é o problema, não, Dona Cirila! A senhora pode parcelar! — disse, otimista.

— Eu sei, filha! Mas por enquanto não vamos fazer nada, não!

Enedine não podia acreditar. Surtou.

— A senhora precisa dedetizar sua casa urgentemente, Dona Cirila! Tem ratos andando pela cozinha, e eles vão chegar na sua cama se a senhora não colocar veneno! A senhora entendeu, Dona Cirila?

Enedine estava descompensada. A cliente ficou com medo e bateu o telefone no gancho. Enedine foi desligada junto com uma moça chamada Iracema, que a convidou:

— Amanhã vou conhecer outro trabalho, quer vir junto, Enedine?

— Pra vender o quê? — Enedine perguntou.

— Enciclopédias! A gente sai com um carrinho cheio de enciclopédias e oferece de casa em casa!

— Tá bom... será mais uma tentativa... por que não?

No outro dia, estava dentro de uma Kombi, rodando por São Paulo, sendo despachada num lugar desconhecido, sem dinheiro, somente com a esperança de vender. No final do dia, ao encontrar Iracema, as duas se encararam e começaram a rir. Descobriram que a humilhação se estendia a quilômetros de distância! Vender cultura de porta em porta era surreal. Conseguiram somar apenas as investidas de cachorros bravos atendendo a porta, e muitas bolhas nos pés inchados.

Um amigo de Iracema trabalhava numa gráfica. Gostou da energia de Enedine e lhe disse:

— Por que você não tenta vender brindes, Enedine? É um trabalho legal, e você leva jeito!

— Como funciona esse trabalho?

Dias depois, andava com uma pasta de apresentação para tirar pedidos. Os clientes vibravam com a perspectiva de suas logomarcas veiculadas. Enedine vendeu muitos sonhos costurados aos brindes.

— Arrebentou a boca do balão, hein, Enedine?! — o amigo falou quando viu o talão de pedidos.

A gráfica não honrou a entrega dos calendários, e Enedine não ganhou um tostão!

120 Show de Calouros
(Jardim Miriam, São Paulo, 1991)

Numa sexta-feira, de volta para casa, Enedine encontrou as crianças ansiosas com um telegrama.

— Mãe, olha só o que chegou hoje! Um convite do Silvio Santos para a senhora aparecer na televisão!

Enedine riu com a alegria das meninas, abriu o telegrama e quase não acreditou na mensagem.

Há dois anos, voltava de uma entrevista de emprego quando viu uma fila enorme de gente.

— Pra que serve esta fila, moça? É vaga de emprego, por acaso? — perguntou, curiosa.

— Não, menina, é pra cantar no Show de Calouros! — a moça respondeu, animadíssima.

— Ah, entendi... e ganha alguma coisa? — logo quis saber.

Cinquenta cruzeiros pagavam um dia de faxina, e Enedine entrou na fila para participar.

— Qual música você vai cantar? — a mocinha da frente perguntou-lhe.

— Ah, tem tantas! O que você acha de *O cheiro da maçã*, do Leandro & Leonardo?

No fim do dia, na hora de fazer o teste do piano, o Maestro Zezinho não aceitou sua escolha.

— O timbre da sua voz combina mais com a Eliana de Lima, Enedine! Ensaia um samba dela até a produção te enviar o telegrama! Quero te ver afinada no dia da apresentação, hein, menina?!

Enedine cantou *Undererê* da Vila Guilherme até o Jardim Miriam. A vizinhança ficou sabendo e se transformou em torcida. Enedine cantava limpando a casa, lavando roupa e fazendo comida. Cantou nas primeiras semanas, nos primeiros meses, no primeiro ano, e depois desistiu.

— A senhora vai, mãe? Hein, hein? — Malu não parava de perguntar.

Enedine saiu das lembranças e olhou para a filha. Fazia tanto tempo! Nem se lembrava da música! Ficou olhando para o papel, estatelada. Germano subiu as escadas, viu o alvoroço e riu, debochado.

— Eu duvido que você tenha coragem de pagar esse mico em rede nacional!

Enedine se irritou e respondeu, olhando para as filhas:

— Eu vou sim, meus amores! Tenho hoje e amanhã para ensaiar! E a Tia Suzana vai comigo!

Enedine tinha muito amor pela irmã pintadinha e tornaram-se melhores amigas! No sábado à noite, Suzana combinou de dormir em sua casa para acompanhá-la até o SBT na madrugada de domingo.

A família de Germano tinha um cachorro forte, de pelos dourados, que vivia preso vinte e quatro horas ao pé da escada, atrelado a correntes pesadas. Para acessar a casa de cima, tinha que passar por ele, obrigatoriamente! Era violento, revoltado, avançava em qualquer um que cruzasse seu caminho.

No sábado à noite, Suzana chamou no portão. O cunhado de Enedine segurou o animal. A lâmpada do corredor estava queimada; havia uma escuridão tétrica na escada! O cachorro escapou da corrente e avançou covardemente. Tremenda gritaria! A perna direita de Suzana estava com lacerações profundas, que não sangraram, e começaram a verter um líquido viscoso e transparente!

Depois do susto e das providências, escolheram a roupa do outro dia. Enedine serviu a janta, e logo depois Suzana se jogou no sofá, esmorecida. Enedine notou, preocupada, rugas de dor em seu rosto.

— Você está com dor, né, Zaninha? — perguntou, apreensiva.

— Não, Enedine! Não tô não, minha irmã! Tá tudo bem! — Suzana disfarçou, lívida.

— Mentira sua, e quer saber? Eu não vou em cacete de programa nenhum! Que bosta, viu, Zaninha!

Suzana iniciou um febrão e principiou delírios. Desalentada, Enedine pediu ajuda para Germano.

— Me ajude, pelo amor de Deus! Vai ver se a Dona Maria tem algum remédio milagroso no quintal!

Quando ele retornou com as ervas, a perna de Suzana tinha dobrado de tamanho. Enedine passou a madrugada fazendo compressas. Horas depois, Suzana acordou atordoada.

— Nossa, Enedine, como minha perna inchou! Não vou conseguir te acompanhar, não, minha irmã!

— Eu não vou não, Zaninha! Fica em paz! Não tenho condição de ir! Estou muito mal!

— Ah, você vai sim, Enedine! Se não for por você, vai por mim, então! Você consegue, minha irmã!

Às quatro horas, Enedine tomou banho, se arrumou em silêncio e colocou a roupa bonita que haviam escolhido na véspera. Enrolou um baseado e, perto de cinco horas, saiu, na madrugada calma. No horizonte, viu o sol despontar lindamente, anunciando o novo dia. O primeiro ônibus já estava no ponto, com o motor ligado. Colocou óculos escuros para burlar o vermelho dos olhos. Seguiu chorando pelo trajeto inteiro, até chegar na Vila Guilherme.

No SBT, conversava animadamente na fila, como se o seu mundo fosse cor de rosa.

— Ah, mas com essa animação você já ganhou, minha querida! Qual música vai cantar? – perguntou-lhe um funcionário do SBT.

— *Underêrê*, da Eliana de Lima! — Enedine respondeu, contente.

— Olha só, que boa escolha! Canta um pedaço aí, pra gente ouvir!

Cantou despida de vergonha e esquecida, momentaneamente, de sua dor. Entrou no camarim e ficou hipnotizada com as cores da ilusão! Não foi permitido usar sua roupa; escolheram uma peça desconfortável, para mostrar seu decote. Um sapato menor que o seu número 39, mas o único que ornava com a roupa. De moldura facial simples e desafeita às pinturas, sentou-se na cadeira giratória ao lado de Sônia Lima para ser maquiada. Não gostou de sua imagem refletida no espelho!

Sem empatia, feneceu rapidamente. Seu nome foi anunciado para entrar ao vivo. Pernas bambas, o pé explodindo no sapato apertado. A voz trêmula começou a falhar. Luzes fortes se refletiram em seu rosto mascarado, deixando-a com a visão turva! Não gostou do modo como o locutor Wagner Montes a apresentou para o público. Em pânico, esqueceu a letra da música, disfarçou como pôde, só conseguia ouvir o temido som do patinho: Quen, Quen, Quen, Quen!

121 | Boteco na favela
(Jardim Miriam, São Paulo, 1992)

Sem sorte na vida profissional, Enedine sonhava e lutava incansavelmente, contrariando as premonições do marido, que a desdenhava!

Adália, a esposa de seu cunhado, era sua amiga e comadre duas vezes. Na garagem de casa, Adalia colocou uma prateleira com algumas garrafas de pinga e, de vez em quando vendia, sarapatel e cerveja, intercalando com seu ofício de costureira. No final de 1991, novamente desempregada, Enedine lhe propôs sociedade para alavancar o boteco.

O barzinho ganhou novo viço. Enedine fez cadastro para receber as bebidas na porta, e todo final de semana preparavam enormes panelas de mocotó e sarapatel para a turma do futebol. Bancos eram colocados na calçada, alguns sentavam-se no chão, e a roda de samba estava formada! Enquanto tinha comida na panela, Enedine e Adália não paravam de vender cervejas, batidas e caipirinhas. Triplicaram as vendas e começaram a ser procuradas pelos vendedores de grandes distribuidoras.

Um dia, o irmão de Germano bebeu além da conta, arrumou uma arma de fogo e destruiu tudo o que as duas mulheres tinham conquistado. Perturbação e desordem! Germano saiu no soco com ele, e viraram atração na favela. Se machucaram, o caos foi instituído, e a mágoa, plantada. Enedine sentiu-se agredida e subiu as escadas, resignada! Sem perspectivas, veio a depressão.

Dias depois, ouviu os cacos de vidro sendo varridos e o bar reiniciar. Mas seu coração bom se enchera de rancor!

122 | Festinha para Daniel
(Jardim Miriam, São Paulo, 1991/1992)

Em agosto de 1992, Enedine se virou do avesso e fez uma festinha de aniversário para Daniel. Queria aproximar-se do menino para tirá-lo da avó. Encheram balões e enfeitaram a sala! Fez um bolo gigante para a criançada.

Daniel chegou com a avó e as tias. Brincou muito e se divertiu a valer! Assim que Enedine cortou o bolo, ele pegou os presentes e chamou a avó para ir embora. Enedine intercedeu:

— Você não ia dormir aqui hoje, meu amor? Fiz seu bolo com tanto carinho, meu filho!

O menino de quatro anos correu para a avó, que o acolheu. Enedine se irritou e engrossou com o filho, pronta a dar-lhe uns tapas. O aniversário virou um chororô! Germano culpou Enedine, que brigou com Dulce, que chateada com a filha levou Daniel embora, antes de a festinha terminar.

No domingo de manhã, Enedine levantou cedo e fez um café forte, depois de uma noite maldormida. Sentou-se à mesa e, depois do cafezinho, acendeu um cigarro! Ficou pensando durante um tempo e tomou uma decisão importante: foi no quarto e perguntou para Germano, que ainda estava deitado:

— Você pode me levar na casa da minha mãe, depois do almoço?

Os pais foram surpreendidos com a visita inusitada da filha, no domingo de tarde.

— Bença, mãe... bença, pai!

— Deus te abençoe, minha fia... que bãos ventos te trazem aqui? — o pai brincou.

Desconfiada, Dulce fez um muxoxo e colocou água no fogo para fazer café.

— Cadê o Daniel, mãe? Não estou vendo ele por aqui!

— Ele foi na padaria com a Suzana — a mãe respondeu, baixo.

— Entendi, mãe! Então vou aproveitar que ele não tá, pra conversar com a senhora.

— Se for aquela ideia de levar o menino embora, não quero nem ouvir! — Dulce avisou, nervosa.

— É isso mesmo, mãe! Ele vai hoje mesmo! E eu estou decidida! — Enedine falou, séria.

Dulce começou a chorar convulsivamente e proferir palavras desditas. Enedine se manteve firme.

— Vai ser bom para o seu netinho, mãe! Até mesmo escolinha eu já arrumei pra ele! Pensa nisso!

Daniel chegou e ficou observando o caos, assustado. Enedine se viu na obrigação de resgatá-lo, caso contrário o tempo não perdoaria sua negligência! Ele não queria ir e começou a espernear. Estava com um short vermelho e uma camisetinha regata. Ficou roxo de tanto chorar, a regata esgarçada e molhada de lágrimas! Encurralado, pulou em cima da cama e grudou na parede, como se fosse possível transportar-se para outro plano.

— Vamos meu filho, vamos com a mamãe! Você vai ser muito mais feliz depois que frequentar a escolinha e fazer novos amiguinhos! Desce daí, desce! Eu não vou embora sem você hoje, Daniel.

Enedine viu, estarrecida, o corpo do filho se ouriçar igual a um bichinho ameaçado. As glândulas jugulares dobraram de tamanho, e seu pescoço engrossou, quando começou a gritar alucinadamente:

— Eu não vou com você!!! Eu não quero morar com você!!! Eu te odeio!!! Eu te odeio!!!

Estava fora de si, com a carinha inchada e cheia de catarro! Enedine se compadeceu do filho e nunca teve tanta certeza de que estava fazendo a coisa certa. Subiu na cama, decidida, e saiu arrastando o menino até o carro. Sua mãe estava batendo a cabeça no guarda-roupa, totalmente descompensada!

Sobre o episódio marcante, certa vez um rapaz de trinta e poucos anos disse para Enedine:

— Sabe de uma coisa? Se acaso não fizesse isso pelo garoto, naquele momento, ele certamente iria ficar muito triste com você no futuro. Foi maravilhoso o que fez! Seguramente salvou uma vida!

123 | Joel Domingos
(Jardim Aeroporto, São Paulo, 1993)

Em 1990, quando Enedine trabalhava no Jardim Aeroporto, tinha vinte e um anos e era uma mulher cheia de encantos. Uma vez um estranho, mal-acabado, parou no ponto, mediu-a dos pés a cabeça e perguntou:
— Você é linda, hein, morena? Quer casar comigo?
— Se você fosse o único homem na face da Terra, eu morreria virgem!
O ônibus chegou, e ela foi embora dando risada da cara do sujeito ousado!

Tinha 34 anos, chamava-se Joel Domingos e tinha um comércio de vidros do outro lado da rua, onde Enedine pegava o ônibus. Desde que a viu pela primeira vez, ficava à espreita, sondando sua vida para entender por que ela só aparecia duas vezes por semana. Marcou os dias e ficava no ponto de ônibus conversando com ela. Havia algo especial no sujeito, que tinha uma inteligência emocional cativante. Ouvia a morena com interesse, e sem perceber ela estava fazendo desabafos sobre sua vida pessoal. Não demorou muito, começou a sentir falta dele para conversar sobre seus anseios.

Um dia, quase não reconheceu Joel. Estava alinhado, calçava sapato social, e seu sorriso estava mudado! Notou que ele tinha procurado dentista e o elogiou. Achou-o um moreno bonito! Enedine deixou de se importar com a aparência externa dele, que ficou incomodado quando se apaixonou! Ele sentia falta dela, e ela dele!

Joel vivia uma vida sem esperanças com sua esposa acometida de esquizofrenia, e ela levava uma vida triste com seu marido ignorante! Começaram uma história caótica, mal resolvida e cheia de fissuras enraizadas em suas almas. Sem coragem de dar as costas às responsabilidades de suas vidas paralelas, sofriam calados e sós!

124 | Balde, rodo e esfregão
(Jardim Miriam, São Paulo, 1993)

Um dia, Enedine leu *O poder do subconsciente*, do escritor irlandês Joseph Murphy. Quando terminou a leitura, seus olhos estavam cheios de lágrimas, e seu coração, acelerado! Sentiu em seu eixo que podia mudar sua vida, jogou sementes no Cosmo e considerou, enfática, que ia conseguir pagar as dívidas de seu passado triste.

O incômodo da desonestidade crescia em seu íntimo, e ela descobria, pouco a pouco, as delícias de ser uma mulher honesta, que podia andar de cabeça erguida. Mergulhou na literatura de autoajuda e assumiu uma nova postura, confiante no Universo!

Enedine tinha uma vizinha no Jardim Miriam chamada Luciana. Era uma mulher negra, altiva, bonita, de cabelos curtinhos e sorriso grande. Tornaram-se amigas e confidentes! Encontravam uma na outra um amor benevolente para ouvir lamentos que oprimiam seus corações. Entre uma cerveja e outra, riam e choravam ao mesmo tempo.

Germano estava trabalhando registrado, tinha conta no banco e talão de cheque. Enedine um dia pediu uma folha para fazer compras, e ele disse:

— Folha de cheque? Pede uma folhinha pras suas negas! Do meu você não vai ver nem a cor!

Enedine anuía, se afastava dele e aceitava ajuda de Luciana, que lhe emprestava os cheques.

Certa noite, as crianças estavam dormindo quando Enedine entrou no quarto. Seu ninho estava completo, e nada era mais importante para seu coração de mãe. Passou a mão no rosto de cada um dos filhos, abençoando-os. Saiu e sentou-se na escada. Não havia energia na rua; a claridade vinha da lua alta. Ouviu o barulho do portão e a comadre chegando. As famílias não se falavam mais. Sentiu um arrepio gelado em seu corpo. Ajoelhou-se no cimento duro e rogou a misericórdia de Deus. Olhos marejados de súplicas, pediu ao Senhor que abrisse as portas do trabalho e a libertasse das mágoas e ressentimentos.

Enedine voltou a trabalhar para a família de Valéria Conatti. Nunca imaginara ser tratada tão gentilmente, sendo faxineira! Um dia, Valéria a chamou, e Enedine se deparou com a família ao redor da mesa de refeição na hora do almoço, esperando-a. Ficou totalmente sem graça. A patroa lhe disse:

— Enedine, aqui a gente não separa pessoas na hora da comida! Acho bom você se acostumar!

Sentou-se, encabulada a princípio, e depois achou gostoso e natural.

Não existiam palavras para expressar sua gratidão!

Em seu escopo cheio de cicatrizes pela constante segregação entre ricos e pobres, sentiu-se verdadeiramente acolhida. Joel Domingos conhecia toda a família de Valéria.

Valéria tornou-se fonte de referências sobre o trabalho de Enedine. A faxineira entrava em casas lindas, ricas, desconhecidas, cheias de tesouros valiosos que não despertavam seu interesse. Confiavam-lhe a chave da porta da frente, e a cada cômodo que remexia para limpar abençoava a dona da casa, que, muitas vezes, nem via! Estava feliz e chorava à toa quando se percebia sozinha e sem plateia!

Valeria indicou-lhe a sogra, Dona Vivi dos Santos, uma senhora de meia-idade muito alegre. A faxineira trabalhava cantando e, na hora do almoço, tomava uma cachacinha mineira, ofertada pela dona da casa. Enedine retribuía o afeto atendendo seus pedidos com paciência e amor.

Frequentou a casa de Cleidiane, uma amiga cinquentona, bonita e educada. Era a cara da nobreza, mas detinha dos tempos áureos apenas as lembranças! Amante de bons livros, Cleidiane mostrou à sua faxineira curiosa a riqueza contida nos versos de Castro Alves e, vez ou outra, declamava a plenos pulmões, em sua cozinha, *O Navio Negreiro!* Colocava música clássica quando fazia a poda de suas roseiras, e autorizou o acesso da faxineira à sua vitrola com elepês de Roberto Carlos! Enedine ouvia as músicas do rei até o entardecer.

Havia um cômodo na casa que Enedine não devia mexer. Era um quarto de empregada, atolado de araras com roupas penduradas, uma escrivaninha cheia de sacolas, anotações, e um bocado de pacotes fechados e empoeirados, entulhados pelos cantos.

— Dona Cleidiane, outro dia entrei no quartinho e fiz uma limpeza.

— Ah, Enedine, não consigo me livrar deste caos! Não mexeu em nada não, né? — perguntou, tensa.

— Não, não, fica tranquila! Só dei um jeitinho! O que significam aquelas araras e as roupas bonitas?

— Ah, Enedine, querida, nem queira saber! — respondeu, numa expressão fatigada e consumida. — São roupas seminovas de minhas amigas ricas! — Fez uma careta irônica e revirou os olhos, Enedine riu, e ela seguiu: — Acham que é só estalar os dedos e vender, sabe? E eu estou tão cansada, Enedine, tão cansada, que minha vontade é devolver tudo!

Enedine garimpava as peças, enquanto ouvia as lamúrias da bem-nascida, e, por fim, falou:

— Eu posso levar algumas peças para vender e a senhora me dá comissão, o que acha?

As palavras foram bálsamos para a patroa! No mesmo dia Enedine levou uma mala cheia. Negociou todas as roupas, a notícia se espalhou entre as patroas, e pouco tempo depois ela começou a realizar bazares nos fins de semana. Primeiro em sua casa, depois começou a levar as sacolas para as casas de amigas que a recebiam em troca de brindes. Virou ponte entre as nobres e as pobres, que se montavam com mercadoria de qualidade e a preço acessível!

Foi indicada para uma juíza que tinha muito receio sobre quem entrava em sua casa. Marlene Alves de Castilho era pequena, tinha um metro e meio, olhar direto e investigativo. Sem empregada há muito tempo, seu apartamento acumulava sujeira. Ela tinha um bebê, que tinha uma babá.

Enedine chegou cedo e procurou saber por onde deveria começar.

— Pode começar por onde você quiser! A Dona Marlene só levanta depois das nove, mesmo!

Enedine assentiu e pegou os produtos de limpeza. Mal se via no espelho, tão embaçado que estava. Na parede, prateleiras empoeiradas, cheias de porcelana Limoges, sem brilho. No piso de madeira, um tapete persa sem a cor original, tamanha era a sua sujidade. Enrolou-o e tirou-o para lavar. Aplicou cera líquida no piso, para dar acabamento, reanimou vasinhos e enfeitou o ambiente.

A doutora estava tomando um cafezinho na sala perfumada e disse:
— Onde você estava, que eu não te conhecia?
Enedine riu.
— Quer dizer que a senhora gostou do serviço?
— Se eu gostei? Eu adorei! Pega um cafezinho, também! Senta aí, vamos conversar um pouco!
Depois da sabatina agradável, que mais parecia um bate-papo, Marlene falou para a faxineira:
— Acabei de comprar um apartamento três vezes maior e vou precisar de uma pessoa de confiança. Te interessa trabalhar por mês, como minha governanta? Vai pensando! Gostei muito de você!

Selma Noboni era filha de uma amiga de Valéria e desconfiava do próprio ar que respirava. Baixinha, tinha um metro e quarenta de altura e dois metros de intrepidez. Casada com um homem branco de olhos claros, tinha duas filhinhas loiras, com a face da opulência. Morava num apartamento em frente ao Aeroporto, e Valéria indicou Enedine, com ótimas referências. Selma era muito reservada, mas algumas coincidências a aproximaram de Enedine, naturalmente, e pouco tempo depois estava rindo das aventuras da faxineira. Selma notou que Enedine era honesta e se tranquilizou com sua presença. Seu quarto era um celeiro de multicoisas, lindos anéis ofuscantes e joias brilhantes.
O casal tinha uma aplicadora de sinteco e trabalhava duro. A patroa vivia correndo para dar conta das crianças, das tarefas e do cachorro. O telefone tocava sem parar. Um dia, Enedine disse:
— Quando estiver sobrecarregada, eu posso atender, se você quiser, Selma!
— Tá bom, Enedine, quando tocar, pode atender, pra gente fazer um teste!
— Aplicadora Maré, bom dia! Com quem estou falando, por gentileza? Tudo bem Seu Luis? Isso mesmo! Correto! O preço anunciado contempla a raspagem, calafetação dos tacos e duas demãos de sinteco. Quantos metros quadrados tem a área que o senhor quer renovar? Entendido, Seu Luis! Vou encaminhar seu pedido de orçamentos para o setor responsável e retornaremos em breve!
A dinâmica na vida do casal era intensa, e um dia Selma falou:
— Enedine, estamos pensando em te chamar por mês. As meninas se acostumaram com você, eu não vou poder ficar aqui o dia todo! E você já conhece nossa rotina! Você topa?

"Doméstica - Acordo bem cedinho e já faço uma oração...Tenho que ser ligeirinha, senão perco o busão... Banho morno me desperta, café quente no fogão... Um olhar para as crianças, vou com Deus no coração... A noite nem foi embora, e o dia tá escuro... O meu passo é muito forte, minha Fé é meu Seguro... Pego o ônibus no final, garantindo um lugar... E com um livro sempre à mão, vejo o sol a despontar...Tem "bom dia"!! "Como vai"?? Muita gente conhecida... Faxineiras, enfermeiras, cada qual com sua lida... Eu agora tô mais chique, trabalhando de doméstica... Melhorei minha logística e tô cuidando da estética... Antes era faxineira, tinha um monte de patroas... Todo dia um endereço, coleção de gente boa... Já doméstica, emancipei, aumentei o meu conceito... Lavo, passo e cozinho muito, sou faz tudo de respeito... Trabalho com alegria, meu viver é faculdade... Saio cedo ainda escuro, pra não voltar muito tarde... A vassoura e o sabão, com o rodo e o esfregão... Tomam formas e compõem a higiene do chão... Energizo o ambiente, boto até defumador... E as mãos que limpam fazem a sinergia do amor... Pensamento positivo, perfumo meu dia inteiro... Com reserva de coragem, pra limpar o meu terreiro... Tardezinha, a conclusão, mais um dia de serviço... Banho bom, banheiro chique, batonzinho, novo viço... Retornar é quase mágico, é sustento e esperança... É chegar no meu barraco, é a magia das crianças... E elástica, quase explosiva, de visão um tanto eclética... Louvo a Deus e agradeço, mais um dia de doméstica..!" (Edna Bernardes)

125 | Lauro convalescente
(Jardim Miriam, São Paulo, 1993)

Lauro tinha sido atropelado há mais de um ano. Sofrera uma fratura deslocada no corpo do fêmur, que se alastrara até o pé direito. Fizera cirurgia para corrigir a quebra e tivera alta usando uma haste intramedular, metal especial inserido no interior do osso. No dia da alta, o médico lhe disse:

— Olha, Seu Lauro, essa haste só pode ser retirada depois que a cicatrização estiver concluída. E isso pode demorar um ano! O resultado vai depender muito da maneira como vai cuidar dessa fratura!

A perna não apresentava melhoras, e Lauro foi perdendo algumas alegrias simples da vida. Não se embriagava todos os dias porque não conseguia se locomover até o bar.

Enedine acumulava culpa quando pensava na saudade que ele prescrevia do menino Daniel. Marcou a reunião de domingo na casa dos pais, para o menino passar o dia todo com ele. Lauro adorava a dinâmica da filha, que fazia acontecer o milagre da multiplicação e separava, feliz, um quinhão de seus lucros para ajudá-lo. No final do dia, pediu para Enedine deixar Daniel. Ela disse que não podia e o convidou:

— Vamos com a gente, pai? — As crianças cercaram o avô.

— E o seu marido, minha fia? Aquele sujeito é esquisito!

— Tem erro não, pai, imagina! Bora ser feliz, meu pai!

Germano não gostou da surpresa.

— É só uma semana, Germano! Uma semana! Olha o estado dele, pelo amor de Deus, tenha mais compaixão no seu coração, rapaz!

Na segunda-feira, Enedine foi trabalhar preocupada. Saiu mais cedo, passou no açougue e comprou carne para o jantar. Só queria amar o pai e tentar aliviar sua dor. Lauro a viu subindo as escadas, e seu rosto encheu-se de alegria. Colocou Tião Carreiro e Pardinho na vitrola e esticou a perna fraturada em cima de um banquinho.

O perfume dos temperos invadiu a casa. Arroz, feijão, bife acebolado e salada de tomate. Na hora de dormir, acomodou o pai no sofá e desligou a televisão.

— Bença pai, durma com Deus! Pai, amanhã as meninas esquentam o almoço pro senhor, tá? Deixei tudo prontinho na geladeira! Se precisar de alguma coisa de noite, é só me chamar!

Germano estava deitado, ouvindo o diálogo, e quando Enedine se deitou ele quis transar. Enedine o repreendeu, e ele transformou sua noite num inferno!

Na terça-feira à tarde, quando voltou, cansada do serviço, repetiu tudo com amor, para agradar ao pai. Depois do jantar, as crianças brincavam na sala, e ela estava sentada à mesa, conversando com Lauro. Viu Germano cambaleando na escada, sentiu um frio na espinha e levantou-se para ajudá-lo.

— Tira a mão de mim, tira a mão de mim, sua trouxa! — disse ele, empurrando-a com agressividade.

Lauro saiu da mesa, arrastado, e pegou a muleta para se apoiar.

— Isso, isso mesmo, Seu Lauro, vai saindo da minha mesa, porque aqui quem manda sou eu, e não a trouxa da sua filha! Se ela quiser fazer festinha, pode procurar outro salão! Aqui você não vai ficar, não! — falou Germano, alterado.

Enedine sentiu todas as defesas de seu organismo ativadas. Órgãos e tecidos, juntos, pulsando e exalando ódio. Tentou conversar, mas Germano lhe deu um tapa na cara. Atracaram-se e rolaram pelo chão! O inferno estava instalado, as crianças gritando e chorando. O pai ficou sentado no sofá, impotente, de cabeça baixa. Envolvia-lhe uma tristeza sem interpretação. Enedine saiu pelo portão afora e voltou com um táxi. Chorando, pediu perdão para o pai e o mandou de volta para casa.

126 Edifício Conchas
(Vila Mariana, São Paulo, 1993)

Certa vez, Enedine chegou em casa, engoliu um analgésico para dor de cabeça e foi fazer a janta. Sentia o peito oprimido nos últimos dias e uma tristeza sem fim. A favela vivia uma onda de crimes hediondos. As crianças iam para a escola, mas depois ficavam o dia inteiro por conta. O gritinho da filha Gabriela tirou-a de seus devaneios, quando viu o pai subindo a escada. Germano parou perto de Enedine, à beira do fogão, e perguntou:

— Pode me ouvir?

— Claro! — ela respondeu, e ele prosseguiu:

— Hoje o síndico me chamou para falar que os moradores me elegeram para a vaga de zelador.

Enedine ouviu em silêncio e sentiu uma fisgada no estômago. Respirou fundo para não surtar e perguntou:

— E você pensou em recusar, Germano?

— Claro que pensei! Nem ferrando vou aceitar essa vaga! Ficar preenchendo planilha o dia todo! Vou não! Esqueceu que sou um ignorante que mal escreve o nome? — disse com raiva, sentindo-se humilhado.

Enedine olhou dentro dos olhos dele e lhe disse:

— Agora há pouco eu pensava: o que vai ser das nossas crianças vivendo no meio de bandidos, troca de tiros e tráfico de drogas? Sério, sabe? Eu estava aqui, com dor de cabeça, pensando exatamente isso. E você tem a chance de oferecer uma condição melhor para eles. Você, Germano! Eu te ajudo! As crianças te ajudam! Em nome de Jesus eu te peço, não perca essa oportunidade!

Germano aceitou o trabalho, teve aumento de salário e começou a enxergar a vida através de outras óticas. O ano de 1993 estava chegando ao fim. No Edifício Conchas, surgiram trabalhos para Enedine que foram emendados um no outro: de cuidadora de gatinhos siameses, que ficavam órfãos durante o mês de férias dos donos, a faxineira de luxo em casa de gente muito exigente. Seguia sem nunca ficar parada.

127 | Espírito de cantador
(São Paulo, 25 de junho de 1994)

Enedine tentava apagar lembranças fatídicas e aplicava doses exageradas de amor nos cuidados com o pai. Toda noite de sábado chegava com as crianças, carregada de sacolas pesadas. Os olhos do genitor cintilavam uma alegria sem precedentes!

— Agora eu tô vendo, mesmo! Essa cabocla virou muambeira!

Ela ria e dizia:

— Mas só agora o senhor notou, meu pai?

Foram sucessivos finais de semana!

Ele contava com sua presença iluminada, e ela sempre chegava com um sorriso! O pai mal podia tocar o chão ultimamente, preferia ficar deitado. As fendas por onde a haste acessava os ossos estavam abertas, e a carne, ferida. Enedine sofria seu sofrimento. Apresentou ao pai o livro *Estrelas no chão*, de Chico Xavier.

— Você lê tão bonito, minha fia! — falava manso, de olhos fechados, saboreando cada estrofe.

Leituras profundas e emocionadas no leito do pai. Enedine segurava sua mão grossa e calejada e suplicava a misericórdia de Deus em silêncio.

Internado no Hospital das Clínicas, em situação cada vez mais grave, o velho Lauro de tantas risadas e piadas contadas não resistiu ao sofrimento e a dor! Resignado, vinha se despedindo da vida homeopaticamente nos últimos meses, como se continuar vivendo fosse algo banal. Estava sofrendo além do que podia suportar. Enedine nunca soube o quanto amava seu pai, antes daqueles dias, em que ficou prostrada em seu leito de morte, quando pôde finalmente conversar com ele de igual para igual, como dois espíritos de luz.

No dia 25 de junho de 1994, vítima de um edema do encéfalo, Lauro partiu para outros planos, deixando uma enorme família, que nunca desistira de lutar por ele e amá-lo com todas as suas intemperanças de boêmio errante.

"Uma fonte"
Sentei-me à mesa e fiquei, com a caneta suspensa no ar... pensando em boas palavras, para fazer versos rimar... Lembrei-me então de um poeta, que no mundo não teve fama... que viveu na vida prazeres, que também viveu desprazeres, subiu, desceu e caiu na lama... E ele me veio assim, como dos dedos o estalar... inspirando-me as palavras, me obrigando a pensar... Parecendo exigir de mim que eu colaborasse então... para que sua vida boêmia não morresse na ilusão ... Foi poeta cantador, amante do sertanejo... cantava em trovas e rimas, seu gingado era molejo... Rural da terra que veio, tanta semente plantou... seus pés caboclos, calejos, pelo sertão muito andou... Amava os animais, montava em alazão... cuidava dos bichos, matreiro, com prazer no coração... Em pastos verdes de fazendas, como peão ele viveu... trocou tudo pela cidade, quando sua prole cresceu... Aprisionado então foi o peão da liberdade... que mesmo assim conseguiu sobreviver alguns anos; nas garras de uma cidade... Não teve fama nem nome, porém a tantos marcou... por nunca deixar morrer, seu espírito de cantador... Sobreviveu entre risos, entre lágrimas e dissabor... Mas teve coragem e ousadia, e antes da morte viveu o amor..." (Edna Bernardes)

128 | Chama o síndico
(Vila Mariana, São Paulo, 1994)

Na sala do pequeno apartamento, Enedine acomodou a cama das crianças, uma mesa com quatro cadeiras, e pendurou a televisão em um ponto alto. O apartamento era bem ventilado, com muitos janelões. A vidraça da cozinha, acima da pia e do fogão, ficava de frente para um corredor público por onde Enedine conversava com moradores e funcionários. O corredor continuava por um percurso prolongado, vertendo diretamente no descampado de 1.500 metros quadrados, destinado ao lazer dos moradores. Malu, Gabriela e Daniel passavam a maior parte do tempo brincando na quadra de esportes.

A casa do zelador virou um *point* de crianças, e Enedine ajeitava o espaço para receber as novas castas, que acolheram seus filhos com muita educação. Um dia, estendia roupas na minúscula lavanderia, quando Germano entrou na cozinha para tomar café.

— E esse síndico que a gente nunca vê, Germano? Como ele é?
— Seu Dagoberto? Tá sempre correndo! Mas é um cara bom, se você pegar ele na hora certa!
— Entendi! E a família dele, Germano?
Ele a olhou desconfiado.
— Tá curiosa sobre a vida alheia, hein? Tá perguntando tanto por quê?
— Por nada, uai, só curiosidade!
Germano prosseguiu:
— A mulher dele tem TOC, e nenhuma empregada fica com ela.
— Sério? Me apresenta pra ela, então!

A esposa do síndico pediu para o novo zelador apresentá-las.
Enedine subiu pelo elevador na hora combinada. Tudo estava dando certo, e sua pulsação acelerou junto com os seus batimentos cardíacos. A mulher, polida, abriu a porta da cozinha.

— Bom dia, Enedine, tudo bem?

— Bom dia, dona Rose! Tudo bem, sim, graças a Deus!

— Entre! Entre!

Rose ofereceu um café e ficou em silêncio, observado a faxineira. Enedine se adiantou:

— Dona Rose, eu tenho um dia da semana disponível, e esse dia é hoje!

A loira olhou-a surpresa, deu uma risadinha nervosa e falou:

— Bom, para começar tira esse senhora, senão me sinto muito velha!

Enedine riu, aquiesceu e perguntou:

— Tem algum serviço parado que está te incomodando mais?

— Ah, Enedine, as roupas para passar! O cesto está derramando e eu sou péssima nisso! Na casa eu dou um jeitinho, sabe? Mas as roupas! Meu Deus! — respondeu, revirando os olhos. — Até a hora do almoço eu posso adiantar as roupas, pra ver se você vai gostar! O que acha?

Enedine montou a tábua na lavanderia e começou pelas peças mais difíceis. Usou *spray* perfumado que estava na prateleira e pendurou as camisas sociais em cabides.

Rose quase não acreditava no resultado do trabalho quando guardou as camisas, impecáveis. O marido entrou na cozinha para tomar um copo de água e foi até a lavanderia.

— Bom dia, minha senhora, tudo bem?

Surpreendeu Enedine e riu um sorriso grande. Antes de fechar a porta, atrás de si, virou-se para ela e disse:

— Obrigado por atender às expectativas da Rose! Eu sei o quanto minha mulher é exigente!

Enedine deu uma risadinha conciliadora.

Um dia, chegou do serviço e encontrou os filhos brincando na quadra.

— Malu, não tá vendo que tá frio, minha filha? Por que não brincam dentro de casa?

A menina ficou surpresa ao ver a mãe.

— Vamos entrar, vamos! Pra pegar um resfriado é assim, ó! — E estalou os dedos. Malu falou:

— Ah, mãe, lá dentro não tem espaço, não! Deixa a gente ficar só mais um pouquinho aqui fora? Por favor!

— Dez minutinhos, até eu fazer um chocolate quentinho e uma panela de pipoca, tá bom?

— Êêêêêêê!!!

Sentiu-se aquecida quando viu as crianças dentro de casa tomando chocolate. Saiu para fora na ventania e observou a casa mais uma vez, entre as dezenas de outras vezes que tinha feito a mesma coisa, tentando se convencer de que não era um sonho. Estava na hora de conversar com o síndico.

Na segunda-feira, ele entrou na cozinha para tomar café.

— Bom dia, Dona Enedine! — cumprimentou-a simpaticamente. A mulher chegou em seguida, e Enedine achou que era um bom momento.

— Bom dia, Seu Dagoberto! Como tem passado?

— Eu passo muito bem, Dona Enedine! — ele respondeu, e beijou a mulher faceira ao seu lado. Enedine criou coragem e o interpelou:

— Seu Dagoberto, queria muito conversar com o senhor, quando tivesse um tempo disponível!

Ele fez trejeitos engraçados, olhou para o relógio de pulso e falou:

— Eu tenho tempo agora, minha senhora!

— Sério mesmo? — Enedine balbuciou, quase sem acreditar.

— Pode falar, Dona Enedine! — disse o síndico, com a voz tranquila.

Enedine relatou o aperto em que vivia com a família. Falou de gratidão e do quanto era importante estar morando longe da favela com os filhos. Empolgada, desenhou sua ideia de que, levantando apenas duas paredes, seria possível acrescentar um cômodo na casa do zelador, sem interferir no lazer dos moradores. O casal ouvia atentamente. Em certo momento, Dagoberto disse:

— Vamos descer até o térreo, Dona Enedine. Quero ver de perto o que a senhora está descrevendo, para entender melhor!

No inverno do mesmo ano, quinze dias depois, a casa do zelador contava com mais um cômodo, maior do que o apartamento inteiro. Nunca houve um dia, após sua inauguração, que não ocorressem grandes encontros e brincadeiras entre a criançada.

129 Dra. Marlene Alves de Castilho
(Mooca, São Paulo, 1995)

No ano de 1995, Enedine tornou-se mensalista na casa da Dra. Marlene Alves de Castilho! A proposta de governanta registrada no apartamento da celebridade lhe trouxe novas expectativas. Suas esperanças eram tábua de salvação para sua sobrevivência. Passar pelo crivo da juíza alavancaria seu currículo e lhe traria atalhos para escrever seu livro de contos, ganhar muito dinheiro e pagar as dívidas do seu passado, a assombrar sua existência triste.

O apartamento ficava na Mooca e ocupava um andar inteiro. Os acabamentos estavam no fim, e Enedine foi contratada para acompanhar a mudança, que envolvia dezenas de profissionais acelerados na reta final e uma juíza cansada com a bagunça. A juíza era divorciada do primeiro marido, mãe adotiva de um menino moreno, e aos trinta e três anos tivera seu último filho com um policial militar, com quem ficou casada por pouco tempo.

A doutora tinha uma única irmã de sangue, chamada Amália, que trabalhava na Assembleia Legislativa. Amália ficara grávida de um colega de serviço, e sob as ordens severas do pai tivera de se casar imediatamente. No dia 16 de julho de 1983, nascera um garotinho branco de olhos expressivos, chamado Ricardo Alves de Castilho Guitti. Quando o bebê completou dois meses, o marido de Amália a abandonou! Teve depressão pós-parto e transferiu suas mágoas à criança. Um dia ela acendeu velas no apartamento onde morava, enrolou o bebê em tapetes e, ficou vendo, apática, as cortinas pegarem fogo. Os padrinhos do bebê sentiram cheiro de fumaça e arrombaram a porta. Os avós maternos assumiram a paternidade do neto rejeitado, tão logo notaram o distúrbio da filha. Ricardo morou com os avós até os oito anos de idade, quando a mãe de sua mãe morreu na sua frente!

O garoto era muito articulado. Avô coronel e tia juíza, acompanhava a vivência do Batalhão, do Corpo de bombeiros, e participava de todas as homenagens e solenidades. Seu maior sonho era ingressar na Polícia e fazer parte da Força-Tarefa! O dinheiro do avô lhe permitia acessar o que havia de melhor, mas o desprezo dos pais o tornara um jovem cheio de cicatrizes malcuradas.

Quando completou onze anos, foi morar na Mooca com a tia. A juíza não tinha tempo para se dedicar à educação de três crianças, mas tentava conduzir o menino dentro de seus padrões, que eram mais de amor do que de orientação.

O garotinho, estressado, era uma bomba-relógio e dava baile em todo mundo! A patroa orientava Enedine a ficar de olho no sobrinho quando saía para trabalhar. Mas ele se dava bem com a governanta malandra e apreciava conversar com Enedine.

Um dia, chegou da escola comportando-se de maneira estranha. Enedine ofereceu-lhe almoço e ele recusou, soturno. Não demorou muito, o caos se instalou no apartamento, quando Ricardo se trancou no quarto com uma faca afiada. Ia cortar as redes de proteção e se atirar do décimo quinto andar. O bebê ficou assustado com os gritos e começou a chorar. No meio da balbúrdia, Enedine deu um salto e tomou o telefone da mão da babá, que estava ligando para a juíza no tribunal. Era o inferno na Terra!

Mais de uma hora depois, o menino abriu a porta para Enedine. Argumentos amorosos o tinham convencido a desistir da ideia de se matar. Ela tomou-lhe a faca delicadamente. Na estampa fragilizada do menino estava estabelecida uma tensão de alta voltagem. Seus braços estavam manchados de sangue, que escorriam dos cortes abertos. A casta familiar não diminuía a dor plantada no coração do rapazinho, e seus pensamentos perturbados eram cada vez mais tristes e depressivos.

130 | Governanta
(Mooca, São Paulo, 1995)

O registro de governanta na carteira era apenas ilustrativo. Enedine se virava do avesso para dar conta do recado. Com o cargo de confiança, vieram responsabilidades além do esperado. Logo no início, a patroa confiara-lhe um cheque em branco para fazer todas as compras mensais. Do arroz às carnes brancas e vermelhas, tinha de tomar a decisão certa e manter a geladeira abastecida.

— Enedine, pode comprar tudo o que for preciso para melhorar a alimentação das crianças. Se este dinheiro for pouco me avisa, que eu deixo mais — a juíza dizia, preocupada.

Proativa, Enedine elaborava ricos pratos, que apareciam como mágica na mesa da patroa. A coleção de potes que enfeitavam o armário ficava cheia de bolachinhas nutritivas. A limpeza diária e a faxina eram de sua alçada, e Enedine a dividia de acordo com sua correria. A doutora tinha um gosto peculiar para decoração, e o apartamento ia se tornando uma exposição de obras de arte: quadros, lustres de cristal, utensílios de prata e porcelana! Enfeites espetaculares, e tudo precisava de cuidado e brilho!

No fim do dia, de volta para casa, as estações do metrô passavam velozmente sob o olhar cansado de Enedine, que ficava pensando nas sobras da geladeira, o que estava estragando, e qual cardápio servir no outro dia. Nunca repetia as mesmas comidas. Um dia, perguntou para a patroa:

— A senhora gostaria de relacionar um cardápio semanal com suas preferências?

— Imagine, Enedine! E deixar de ser surpreendida por sua culinária deliciosa?

Ao meio-dia em ponto, a juíza sentava-se à mesa, aguardando uma comidinha caseira, com finos acabamentos. Depois do almoço, arrumava-se com aprumo, perfumava-se com aromas da França e dirigia-se para o tribunal, cheia de pastas pesadas de processos.

131 Carteira de joias
(Mooca, São Paulo, 1995)

A juíza habituou-se com a presença forte de Enedine. A governanta sempre trazia soluções rápidas para os conflitos do dia a dia, e se aproximavam cada vez mais. A meritíssima tinha alguns deleites caros! Comprava sacolas e mais sacolas de roupas, e provava todas, no conforto de sua casa, sem intenção de trocar. Enedine tornou-se sua fiel vendedora! Beneficiava-se com as vendas e fazia bons negócios! Um dia a juíza entregou-lhe um estojo de couro flexível e lhe disse:

— Abre aí e vê o que você acha! — E ficou parada, observando a reação da empregada. Enedine abriu o estojo, e seus olhos se ofuscaram com o brilho de lindas joias preciosas!

— Que coisa mais linda doutora! — disse, seduzida, sem desvencilhar-se das peças.

— Você consegue vender essas joias? — perguntou a juíza.

O semblante da pecadora pesou abruptamente. Por instantes, observou um mundo de ocorrências tristes passarem diante de sua face obscura. Saiu anestesiada, das brumas espessas de seus pensamentos nublados, e ouviu a voz da patroa dizer em voz alta, tirando-a do transe, involuntário:

— Acorda, Enedine! Em que hemisfério você estava? — E riu da expressão de espanto da empregada.

— Claro, doutora, claro! Só não sei se consigo vender fácil como vendo as roupas. São peças caras! Como a senhora pretende fazer? Vamos relacionar o que tem no estojo?

— Não, não precisa, confio em você! — respondeu a patroa, encarando a governanta confusa.

— Como assim, Dra. Marlene? E os preços? Vamos colocar os preços, então!

— Pode precificar também!

A juíza deu-lhe uma piscadinha, encerrando o assunto, e saiu em direção à cozinha, esvoaçando seu robe de seda floral em busca de outro café. A serviçal estava perplexa!

Enedine passou a frequentar quase todos os eventos na casa da patroa. Em muitos deles era apenas convidada, tratada como qualquer outra pessoa. O acolhimento da celebridade despertava novos sentimentos no coração de Enedine. Achava normal andar no meio de gente bonita e educada, e era intensa a sua admiração por quem tinha a virtude da compaixão e da humildade. Reforçava cada vez mais sua fé e suas convicções, e continuava seguindo pela vida, com as mãos cheias de flores!

132 | Novos rumos
(Vila Mariana, São Paulo, 1997)

O tempo com a juíza chegou ao fim em fevereiro de 1997, e a despedida não foi positiva. Enedine sentia-se desigual! Olhava-se no espelho e via o reflexo de uma flor murcha, sem fé na caminhada! Não tinha mais vontade de trabalhar como doméstica para mais ninguém.

— Não vou, não! Tô cansada! A gente trabalha, trabalha, perde a saúde, se arrebenta inteira e não tem um pingo de valor! — costumava dizer, depois de recusar as ofertas que batiam em sua porta, no prédio.

A convivência com Germano a tornava cada vez mais deprimida. Brigavam com frequência e sonhavam diferente. Ele começou a beber conhaque com coca-cola no horário de serviço, enquanto ela discutia a importância do cargo e da moradia conquistada para os filhos.

— Você está preocupada, por quê? Assuma a responsabilidade com seus filhos e toque essa merda em frente… taí, ó… é só abraçar! — ele dizia, e dava as costas em direção à lanchonete.

Elizângela soube que Enedine estava sem emprego.

— Então, minha irmã, não te falei ainda, mas aquele plano de ir embora para o interior está de pé!

— É mesmo, Sancha? Eu tinha esquecido dessa história, acredita? E quando vocês vão? Tudo certo?

— Tá tudo certo, sim, Enedine, só falta uma coisa… arrumar alguém pra ocupar meu lugar no serviço!

— Entendi! E você já arrumou alguém?

—Não, ainda não, os *playboys* querem uma de minhas irmãs, e a única que está parada é você!

— Eu não, Sancha! De jeito nenhum, minha irmã! Casa de família, nem pensar! Quero não!

Elizângela trabalhava havia dezessete anos com a mesma família, e depois de tanto tempo dividindo os conflitos do dia a dia os ânimos não eram mais os mesmos. Cachorro e gritaria de criança não cabiam mais na rotina da casa, que se tornava cada vez mais silenciosa e comercial. Os patrões acertaram seu tempo de serviço, e Elizângela estava contente com a chance de começar uma nova vida no interior.

Dias depois, Enedine saiu da obscuridade em que estava e lembrou-se de que os patrões da irmã tinham uma confecção. Animada, logo ela ligou para Elizângela, que a atendeu no primeiro toque.

— Alô?! Oi, Sancha! Bom dia, minha irmã, tudo bem? Já conseguiu alguém para ficar no seu lugar?

— Que nada, Enedine! Ninguém, menina! Todas as Montanhas estão trabalhando, acredita?

— Sancha, seus patrões têm uma empresa no fundo dessa casa, não têm?

— Têm, sim, Enedine, eles fazem camisas de moda e trabalham com uniformes, também!

— Veja se eles ainda querem uma irmã sua e fala que eu estou disponível, tá?

133 | Entrevista
(Alto de Pinheiros, São Paulo, 1997)

O lote onde se assentava a casa dos patrões de Elizângela no Alto de Pinheiros tinha um jardim com plantas ornamentais e um enorme coqueiro que deixava o chão pintado de amarelo. A construção era um sobrado moderno de janelas grandes e bem ventiladas. Na segunda-feira, Enedine foi andando pelas ruas nobres do bairro elegante. Entrou pela sala acarpetada com Elizângela e tomou um café na cozinha antes da entrevista.

— Com quem eu vou conversar, Sancha? Os dois gêmeos estão aí?

— Não, Enedine, só tem um deles. O Cazé saiu cedinho e quem vai falar com você é o Guto.

No escritório localizado nos fundos da propriedade, havia duas mesas de trabalho, uma estante de madeira com prateleiras abarrotadas de documentos e um arquivo de ferro no canto da parede. O piso antigo era de tacos e quase não podia ser visto, tamanha a quantidade de caixas, pastas e papéis timbrados espalhados. Do lado de fora, sob a sombra de uma árvore, um enorme *rottweiler* descansava, sem mover uma palha sequer, quando viu Enedine à porta. Guto estava atrás de uma das mesas, a esposa jovem e loira sentada em seu colo.

— Olá! Bom dia! — Enedine cumprimentou-os na soleira.

— Bom dia! Quer dizer que você é mais uma Montanha dos Santos? — perguntou Guto.

— Sim, sim, sou mais uma das irmãs!

— Muito bom! Eu conheço algumas, mas não te conheço! Você é quem?

— Meu nome é Enedine! Muito prazer!

— Quer dizer que você vai ficar no lugar da Elis? — perguntou, examinando-a de cima a baixo.

— Se for bom para ambas as partes, sim! — ela respondeu, ponderando.

— Como assim? O que seria bom a ambas as partes, irmã da Elizângela?

— Não quero mais trabalhar como doméstica! E só trabalho com vocês com uma condição.

Enedine estava nervosa, e as palavras saíam atropeladas! Guto a encarou, surpreso.

— Ah sim! Uma condição! Sei, sei! E qual seria essa condição, posso saber? — ele perguntou, crítico.

— Só venho trabalhar se me derem uma oportunidade na empresa de vocês!

José Augusto balançou a cabeça, diante da ousadia da serviçal, e respondeu com desdém velado:

— Tudo bem, Enedine! Pode começar na semana que vem, então! Depois conversamos sobre isso.

Enedine agradeceu, estendeu a mão e se despediu. Guto a achou arrogante.

134 | Irmãos gêmeos
(Alto de Pinheiros, São Paulo, 1997)

Enedine ouvia a irmã falar dos gêmeos sem nunca conhecê-los. Na família da empregada, os rapazes eram mencionados como *playboys*, e isso perdurou por muito tempo! A mãe, Roseane Linhares, conhecia toda a família de Elizângela. O cassino onde Enedine viveu momentos importantes de sua vida em 1986 era palco de muitos acontecimentos que envolviam a *socialite*.

Enedine estava feliz com a promessa de fazer parte da vida de seus filhos. Eram novos tempos, que permitia novos ciclos!

No inverno de 1964, para surpresa de Roseane, depois que o primeiro bebê nasceu, vinte e dois minutos depois, nasceu outro. Os irmãos eram idênticos e confundiam as pessoas que não os conheciam avidamente. O nome dos meninos, José Luís Linhares e José Augusto Linhares, em homenagem ao pai, era mais uma colaboração eficaz para aumentar a confusão estabelecida. Os gêmeos eram lindos e imponentes, e ainda que não quisessem causavam muito alvoroço por onde passavam.

Aos dezoito anos, os irmãos começaram a trabalhar para auxiliar a mãe viúva, que passava por algumas dificuldades, e em 1982 começaram a pintar camisetas em *silk screen* para venderem entre os amigos. Em 1985, iniciaram a confecção de camisas sociais em tricoline com logomarca própria. Estavam indo muito bem, quando vieram o Plano Cruzado e o congelamento dos preços. Depois das eleições, terminou o congelamento, e a inflação, que veio com tudo, os levou à falência. No ano de 1987, continuaram no mercado com pouco dinheiro. A grande chance veio através de um cliente lojista que revendia as camisas. Um amigo em comum trabalhava no setor de compras de uma das maiores empresas de segurança da época. Deram início à Fardamento, que se tornaria uma das maiores confecções de uniformes do interior, empregando centenas de pessoas da região e adjacências.

135 | Esfregão e esperança
(Alto de Pinheiros, São Paulo, 1997)

Em 1997 Enedine começou a trabalhar com os gêmeos. Nessa época, a mãe deles já não morava em São Paulo; havia se mudado para o interior em 1989. Os filhos contavam com ela e o irmão mais novo para fazerem frente aos processos da fábrica.

Enedine ficou admirada com a semelhança entre os rapazes. Apenas com o tempo ficou claro para ela quem era quem! Guto, acelerado, andava sempre com passos largos, como se estivesse atrasado para algum encontro. Cazé era pacífico, impassível e mais observador. Vendedores articulados, cada um defendia sua tese com veemência e não gostava de perder negócios para a concorrência!

Enedine era uma faz-tudo no serviço. Chegava cedo com o pãozinho francês e preparava o café para Cazé e sua noiva. Cuidava da limpeza e da manutenção da residência, lavava e passava as roupas de Cazé, elaborava e preparava o almoço, cuidava do cachorro, atendia o telefone, anotava recados e, uma vez por mês, fazia compras de supermercado, com um cheque em branco que Guto lhe confiava.

Os gêmeos tinham muitos compromissos e não estavam acostumados a dar satisfação para nenhum serviçal. Nascidos em berço nobre, patrão e empregada não se misturavam e não se sentavam à mesma mesa. Depois de passar por tantas culturas de inclusão nos últimos anos, Enedine estranhou o retrocesso. Antenada na oportunidade que esperava no trabalho, folheava os patrões, e pouco a pouco encontrava um meio termo estudado para abordá-los, educada, e frugalmente:

— Como posso driblar os clientes que ligam? Eu preciso saber onde vocês estão para ganhar mais argumentos, uai! Já pensou se eu falo o que não devo e os comprometo?

Homeopaticamente, começaram a avisá-la sobre seus destinos. Tornou-se um diálogo cotidiano, natural e agradável.

Enedine tinha pressa em aprender, e seu maior sonho era atingir melhores salários para se libertar. Seguia alegre pela vida, com um sorrisão estampado na cara, como se não sofresse de insônias, dormindo com uma faca sob o travesseiro. Bonita aos vinte e oito anos, tinha uma velha juventude a lhe sobejar a vida e trabalhava duro! Todo dia terminava as tarefas e se arrumava bonitinha, para ficar sentada na porta do escritório, ouvindo histórias e observando o cenário.

Guto gostava de falar! Pontuava as narrativas com doses extras de ironia, palavrões e muitas exclamações. Tinha orgulho de sua empresa e contava com fascínio sobre uma série de vivências no circuito de vendas.

— Sem falar do prazer, sabe! Você nunca faz as mesmas coisas, sempre há novos desafios!

Nas poucas vezes que Enedine via os irmãos juntos no escritório, Cazé não falava quase nada e ficava absorvido na frente do computador, como se estivesse em outra dimensão.

136 | Porta trancada
(Alto de Pinheiros, São Paulo, 1997)

Enedine não sabia por que a porta do escritório ficava trancada. Quando Guto chegava pela manhã, abria com uma chave do seu chaveiro particular e, ao sair durante o dia, independente do horário, trancava-a novamente. Intrigada, Enedine ligou para Elizângela um dia e perguntou:

— Sancha, minha irmã, por que os rapazes sempre trancam a porta do escritório?

— Ah, Enedine, eu não sei não, viu... na verdade, eu nunca soube! — a irmã respondeu-lhe.

— Ué... e como você fazia a limpeza?

—Ah, eu não limpava, não! — Elizângela respondeu, temerosa.

Certa manhã Enedine encontrou Cazé alinhado, num paletó marinho. Estava mexendo em uma maleta de couro preta, na mesa da sala de jantar. Ela deu bom-dia e o encarou admirada.

— Que beleza que você está, Seu José Luiz! Vai aonde assim?

Ele riu com o elogio.

— Vou viajar e não volto mais hoje, Enedine!

— Huuum, não vai nem esperar um cafezinho? O pão tá quentinho!

— Não, Enedine, não! Na verdade, eu já estou atrasado, isso, sim! — disse ele, olhando o relógio de pulso. — O Guto também não vem hoje! Não precisa se preocupar com almoço! — Ele finalizou e saiu.

Enedine fechou a porta atrás de si, tocando o cachorro, que não perdia a chance de rolar no carpete verde. Fez um cafezinho e comeu um pãozinho com manteiga. Pensativa, fez alguns cálculos e resolveu encarar uma empreitada. Alcançou a penca de chaves de Cazé e inseriu uma a uma na porta do escritório. Ouviu o clique do fecho se abrindo e começou a dançar com o *rottweiler*.

- Aaaah, muito bem, hein, Sheik?! Vamos deixar esse escritório perfumado! E você vai ajudar, viu, seu vagabundo?!

Grandalhão e curioso, ele a encarava, com olhos brilhantes de travessuras. Enedine ria alto!

O dia estava ensolarado. Enedine dispôs todas as informações das mesas individualmente, para não misturar, e dispensou o restante do lado de fora. Lavou tudo e deixou a ventilação natural secar a sala. Aplicou removedor, lustra-móveis e cera pastosa no piso de madeira. Abriu as caixas, separou documentos e iniciou uma organização a grosso modo, utilizando-se das pastas-arquivos. "Depois eu organizo direito, se eles gostarem!" No final do dia, lustrou o piso de tacos com toalhas felpudas, alcançando um ótimo resultado, e devolveu todas as coisas no lugar. O escritório estava totalmente modificado. Antes de ir embora, acendeu um incenso, para energizar o ambiente.

137 | Venda de jaquetas
(Alto de Pinheiros, São Paulo, junho de 1997)

Cazé era um empresário educado e facilmente se tornava amigo de seus clientes. Nunca saía do prumo, e mantinha o tom de voz quase sempre inalterado. Uma empresa de ônibus encomendou duas mil jaquetas de inverno, e a compradora estava com dificuldades para lançar o pedido, por se tratar de duas logomarcas da organização. Um dia ele falava com a cliente por telefone:

— Fernanda, se você falar quantas são para cada empresa, mando bordar e te entregar separado.

— Ainda não consigo dimensionar quais colaboradores vão adquirir a peça, entendeu?

— Podemos costurar um velcro no peito e bordar os dois logos em forma de etiquetas colantes. O que você acha?

José Luiz ofereceu a solução, e a cliente adorou a ideia.

Enedine estava na cozinha preparando o almoço e escutou a conversa. Nessa época, atendia as chamadas telefônicas e interagia com alguns clientes de maneira mais efetiva. Conversava, contava histórias, argumentava, e ria muito quando se olhava no espelho. Trabalhava descalça, de bermuda curta, camiseta e um bonezinho na cabeça. Driblava o enorme cachorro, que a acompanhava o dia todo, e falava ao telefone como se estivesse de salto alto. Quanto mais atendia os telefonemas, mais aprendia sobre uniformes e mais capacitada se sentia para levar o produto até o consumidor final!

No fim do dia, Cazé estava andando no quintal com o telefone sem fio na orelha. Viu Enedine se despedindo, acenou com a mão, para que ela esperasse, e logo em seguida desligou o telefone.

— Enedine, preciso de uma pessoa para ficar de plantão numa empresa de ônibus em Osasco, atender os colaboradores individualmente e vender duas mil jaquetas de brim! — ele falou, e aguardou.

— Sério, Cazé? E como vai ser a empreitada?

— Tem que atender dois plantões, o primeiro começa às cinco e meia da manhã, e o último se encerra às onze e meia — respondeu.

— Os horários são bem puxados, hein?! — falou, pensativa. — Na verdade não tenho problema em aceitar o serviço, desde que eu possa fazer uso da Fiorino e ganhar uma comissão no final. O que acha?

Os irmãos tinham um motorista chamado Genário Virgulino. Enedine alinhou uma logística com ele e contou com Joel para que a deixasse na autoviação às cinco da manhã, voltando mais tarde para pegá-la. Em sua casa, Enedine teve dificuldade para driblar Germano, e ele ficou bravo.

— Puta que pariu, mulher! Que porra de trabalho é esse? Nem seus filhos você vê mais! Pra ganhar quanto? Quanto seu patrão de merda tá te pagando, afinal? Deixa de ser trouxa, caralho!

Extenuada, Enedine o ouvia falar até altas horas e cochilava, por uma hora, no máximo, antes de iniciar tudo de novo. Não sabia explicar a Germano que não se tratava de quanto eles estavam pagando; vivia uma tentativa que podia dar certo ou não! Precisava ser vista, e a doação era integral.

Na empresa de ônibus, ficou alojada em uma sala fechada com as jaquetas de brim azul, lindas, pesadas e forradas com matelassê. O povo procurava pela moça das jaquetas. O público-alvo eram os motoristas, fiscais e cobradores. Ao longo das tratativas, as esposas, namoradas, filhos e filhas também queriam uma peça, como lembrança. Enedine seguia as instruções de Cazé e fazia as vendas separadas por logotipo.

Certo dia, no final da tarde, quando o sol começava a desaparecer no horizonte, Cazé apareceu de surpresa em Osasco. Foi saber se o cliente estava satisfeito. O dono da empresa, que era seu amigo e próspero empresário, perguntou-lhe quanto valia o passe de Enedine.

138 | Escalope de filé *mignon*
(Alto de Pinheiros, São Paulo, 1997)

Um dia, o pedreiro de confiança dos gêmeos tocou a campainha.
— Boa tarde, Joaquim! Tá passeando? — Enedine perguntou.
— Eu tava aqui pertinho fazendo um orçamento, e lembrei de vocês!
— Entendi! E o orçamento deu certo? — ela quis saber.
— Deu nada! O duro é que estou sem nenhuma empreitada por ora.
Ela o ouviu enquanto servia café e bolo. Ele foi embora e deixou um cartão com Enedine.

Um dia, pela manhã, Guto entregou o cheque para Enedine ir ao mercado e lhe disse:
— Estou com vontade de comer um bom escalope de filé *mignon*! Você sabe fazer?
— Não sei, mas você pode me ensinar, que eu faço, com o maior prazer!
— Ah, é muito simples! Compra um pedaço de filé, que eu te ensino!
Na volta, Enedine fez arroz com alho, creme de milho e salada verde com cenoura ralada. Deixou a panela de arroz embalada em jornais e uma toalha grossa, para não esfriar, e preparou a mesa.
— Guto, tá tudo pronto... só falta o filé! — avisou o patrão.
Guto cortou cubos grossos do filé e pediu uma frigideira. Enedine achou engraçado vê-lo na pia com roupas sociais, todo sem jeito. Lembrou-se do pedreiro e aproveitou o momento para falar:
— O Joaquim veio aqui ontem, Guto.
— Ah, é? E o que ele queria, além de filar um café? — perguntou, rindo.
— Estava voltando de um orçamento aqui perto e passou para cumprimentar! Depois eu gostaria de falar com vocês sobre uma ideia que eu tive relacionada a ele, pode ser?
— Pode ser, Enedine, mas só depois que eu degustar esse filé delicioso!

De tardezinha, Enedine fez café e levou no escritório. Sentou-se num banquinho, encarando Guto.

— O que você quer, Enedine? Quanto vai custar esse cafezinho? — ele perguntou, tirando onda.

— Lembra que falei do pedreiro Joaquim? — manifestou-se, séria. — O orçamento que ele fez não deu certo, e pensei que vocês poderiam contratá-lo!

— Aaahn?! Contratar o Joaquim para quê, Enedine? — Guto perguntou, em estado de alerta.

— Meu bem, esse escritório é muito pequeno para homens tão grandes como você e seu irmão! Não combina! Vocês são importantes e merecem um espaço maior! — ela falou e silenciou-se.

— É mesmo? Não diga, puxa-saco! — Guto exclamou, envaidecido. — E qual a solução?

— Simples, uai! É só contratar o Joaquim e reformar a edícula que está abandonada! Se você autorizar, trato com ele do começo até o fim! — se ofereceu prontamente.

— Fala para o Joaquim apresentar um orçamento — finalizou.

139 | Cimento e computador
(Alto de Pinheiros, São Paulo, 1997)

O pedreiro tratava com Enedine, que mediava com Guto. O patrão reclamava para valorizar seu dinheiro, mas nunca deixava de conceder novas folhas de cheque. Nessa época, Enedine quase não tinha tempo para os trabalhos domésticos, conectada cada vez mais com os clientes da Fardamento. O telefone tocava o dia todo, com frequência cada vez maior. Incomodada com as tarefas que se acumulavam, ela reclamou, e Guto autorizou a vinda de sua sobrinha Valentina para ajudá-la.

— A gordinha tá sem serviço, é? Pode trazer ela! Uma vez por semana, né? — perguntou.

— Isso mesmo, querido! — Enedine respondeu, agradecida.

O gêmeo Cazé era calado e quase não falava com a empregada desvelada. Porém, Enedine notava certo conforto em seu semblante bonito quando ele retornava da rua, passava pela cozinha e pegava os recados com a boa caligrafia da serviçal. Inteligente e observador, pouco a pouco ele dava cordas para uma Enedine ansiosa, que, nos rompantes de voar mais alto, não notava a sutileza de suas ações comedidas. Um dia ela se arrumou para ir embora e, antes de partir, levou um cafezinho no escritório, como sempre fazia. Cazé digitava uma proposta no computador e a chamou até sua mesa.

— Vem ver que ferramenta legal, para quem gosta de escrever como você! — E virou a tela, para que Enedine pudesse apreciar o Word e suas teclas pintando palavras no monitor.

— Que coisa mais linda, Cazé! Como é que se faz?

— Muito fácil, é só ir tocando nas letras, que o texto se forma — explicou.

No mesmo dia, Enedine desceu no Metrô Santa Cruz e se matriculou num curso de computação!

140 | Almoço para a cliente
(Alto de Pinheiros, São Paulo, outubro de 1997)

A Fardamento tinha uma cliente no interior de São Paulo que ligava todo dia para solicitar alguma coisa. Apegou-se a Enedine e tornaram-se amigas! Um dia Enedine falou para o patrão:

— Cazé, sua cliente vai vir para São Paulo e quer almoçar conosco! O que devo fazer?

— Marca com ela, ué! Vamos fazer um almoço e receber sua amiga para almoçar!

Durante o mês de outubro, a cliente não falava de outra coisa que não fosse o tal almoço, e a cabeça de Enedine começou a ferver. A moça não sabia de sua ocupação. Os patrões ricos a tratavam como serviçal, e Enedine nunca avançou o sinal. Entendia o muro que existia entre ela e os gêmeos, e definitivamente não sabia como driblar a situação para explicar sua ausência na mesa do almoço.

De volta para casa, à noitinha, um dia antes do almoço, Enedine cuidou das crianças, fez o jantar e driblou o marido embriagado. Sorumbática, teve uma noite de insônia e, no outro dia, levantou mais cedo do que o previsto. Vestiu uma roupa bonita, para não fazer feio com a visita ilustre, e saiu para trabalhar antes da hora. Fez lagarto recheado com *bacon*, arroz branco, alface americana, maionese de batata e, de sobremesa, pavê de chocolate. Passou a manhã toda se iludindo de que poderia ser convidada para sentar-se à mesa de última hora.

Ao meio-dia a campainha tocou, e ela atendeu a amiga simpática. Eles a receberam com galhardia na sala de carpete verde. Algum tempo depois, sem saber onde se colocar, Enedine disfarçou, entrou na sala e perguntou:

— Já posso servir?

Depositou a jarra de suco natural na mesa e colocou as comidas quentinhas em tigelas bonitas de porcelana. Encaminharam-se à mesa bem posta, e ela ouviu a porta do meio bater, isolando-a do lado da cozinha.

Ficou parada durante um tempo que lhe pareceu infinito, olhando para a porta, sentindo os olhos lacrimejarem involuntários. Entrou no banheiro de empregada do lado de fora, com o *rottweiler* dormindo no canto da privada, e chorou copiosamente, em silêncio. Depois secou as lágrimas, retocou a maquiagem e se apresentou para tirar os pratos e servir a sobremesa.

141 | Mamas e Dualid
(Hospital Brigadeiro, São Paulo, 1997)

Em 1994, quando Enedine tinha vinte e cinco anos, o Hospital Brigadeiro Luís Antônio atendia casos muito críticos de mulheres pobres que sonhavam em reduzir as mamas. Ela tinha 1,72 metro de altura, 75 quilos e usava sutiã 56. Ao se cadastrar, foi informada de que as vagas tinham se encerrado.

— Poxa vida, menina! Sério mesmo? Cheguei a acreditar que ia carregar um peso menor na vida! — disse para a mocinha do atendimento e deu uma risada larga. A moça também sorriu e disse:

— Olha, o doutor abre a agenda de vez em quando, sem aviso prévio, e deixa as datas disponíveis com a gente. Se você quiser passar aqui nos dias ímpares, posso ver se consigo te encaixar!

— Poxa vida, Diana, você não tem noção do quanto vai me fazer feliz! Vou bater cartão com você!

Quase um ano depois, Enedine conseguiu um encaixe com o cirurgião sério e meticuloso: um japonês baixinho ligado no 220. Gostou de Enedine, ouviu-a com interesse e examinou suas mamas. Ao término da consulta, pegou um pedacinho de papel branco 5x3, fez anotações, circulou seu peso atual e anotou a data da primeira consulta. Estendeu para a paciente e falou:

— Guarda este papel muito bem! Ele será o passaporte para sua cirurgia! Não engorde, se cuide, e, quando retornar, seu peso não pode estar acima do que está hoje, entendeu, Enedine?

A cada retorno ela apresentava o papelzinho, e ele rabiscava outras informações incompreensíveis! Apavorava-se com a hipótese de perder o passaporte e o guardava a sete segredos. As idas e vindas ao hospital duraram três anos. Enquanto aguardava o milagre, Enedine se burlava para não engordar e tomava Dualid 75 mg, adquirido no mercado paralelo. Administrava o inibidor com os gardenais e vivia muito louca na maior parte do tempo. Foi chamada para operar no final de 1997.

142 | Obrigada, doutor
(Alto de Pinheiros, São Paulo, 1998)

Três dias depois, o cirurgião passou no quarto de Enedine para examiná-la e assinar sua alta.

— Sua cirurgia foi muito bem, Enedine! O repouso precisa ser absoluto, vai usar o sutiã cirúrgico todos os dias, sem poder fazer movimentos bruscos com os braços ou elevá-los acima da linha dos ombros. Isso inclui pentear o cabelo. Não pode, de jeito nenhum, tá entendendo?! — dizia ele, enquanto examinava o prontuário preenchido.

— Pegar peso também não pode, não pode dormir de lado por trinta dias, ou de bruços por noventa dias! Nenhuma atividade física por trinta dias, e troca regular dos curativos no período de trinta a sessenta dias. No próximo retorno, quero ver esses pontos sequinhos para retirar. Compreendido, Enedine? Ficou alguma dúvida? — finalizou, olhando-a, complacente, com as mãos no bolso do jaleco branco.

— Tudo entendido, sim! — respondeu, com voz baixa. — Muito, muito, obrigada, doutor! Sonhei muito com este dia! Deus abençoe suas mãos!

A vida de Enedine não lhe permitia nada do que o doutor havia prescrito. Tomava anti-inflamatórios e analgésicos para controlar a dor e o inchaço local, trocava os curativos regularmente com a ajuda de Malu e, de maneira discreta, fazia toda a tarefa de casa, sem esmorecer ou perder a esperança!

Duas semanas depois, retornou ao trabalho. Pegou atalhos para fugir da multidão que se formava na hora do pico e combinou horários diferenciados com os patrões. Caminhava devagar até o Metrô Santa Cruz, onde embarcava, descia na Estação Sumaré da Linha Verde e fazia o percurso andando. Na caminhada diária a passos de tartaruga, admirava as belas construções ao longo das ruas arborizadas e, sorridente, saudava todas as empregadas domésticas, jardineiros e pedreiros que cruzavam seu caminho. Extasiava-se com a natureza bonita dos canteiros ricos e bem cuidados e, diante do que era belo, seguia sonhando!

143 | A ocasião faz o ladrão
(Alto de Pinheiros, São Paulo, 1998)

A reforma estava concluída quando Enedine voltou. Com a ajuda do motorista Virgulino e de Valentina, fez a mudança do escritório. A edícula tinha duas salas, e no primeiro cômodo foi instalada uma mesa de secretária, um PABX e um aparelho de fax. Decorou o ambiente com plantas naturais e, na porta de entrada, colocou um vaso generoso com uma árvore da felicidade.

A entrada principal da casa ficava de frente para uma rua pouco movimentada, e o bairro era formado por residências de gente endinheirada. O janelão da sala ficava aberto para ventilar e aproveitar os raios solares. O entorno era sossegado, e na maior parte do tempo Sheik sumia pelos recantos. De vez em quando, dava umas voltas para mostrar sua presença imponente que assustava qualquer transeunte, intimidava quem ousasse encará-lo, e voltava a dormir em lugares seguros! Somente os convivas da casa sabiam que ele era um *rottweiler* manso e bonzinho!

Certa tarde, Enedine subiu as escadas do escritório devagarinho, levando o café. Guto estava absorto com o computador novo, apertou a tecla "Enviar" de uma mensagem escrita e falou, orgulhoso:

— É, minha querida, são tempos novos! No futuro ninguém vai usar telefone. Vai ser tudo eletrônico!

Cheia de dor e de costuras, ela sentou-se com cuidado na cadeira atrás do telefone, e o patrão falou:

— Vou ao banheiro e já volto, Enedine. Atende as ligações aí, por favor!
— E desceu as escadas para acessar o lavabo que ficava dentro da casa principal. O telefone tocou em seguida, e Enedine atendeu:

— Fardamento, boa tarde! Sim, sim... claro que eu me lembro de você, querida! O Sr. José Augusto está em uma reunião! Assim que ele voltar, retornaremos sua ligação, *O.k.?*! De nada! Imagine! Disponha!

Ao colocar o telefone no gancho, seu coração acelerou quando Guto começou a gritar, desesperado:

- Enediiiineeeee... Enediiiineeeee!!! Chama a políiciiiaaa... chama a políiiciiiaaa!!!

Desnorteada, Enedine desceu a escada em passinhos duros, segurando-se na parede. A porta que fazia a ligação da sala e da cozinha estava aberta. Guto estava quase se atracando com um estranho, que pulou a janela. A todo momento o ladrão insinuava um revólver por baixo da blusa e gritava:

— Não vem, não, que eu atiro! Eu atiro! Não vem, não, que tô armado!

— Atiraa! Atiraa! Quero ver, quero ver! Se você tem uma arma, então atiraa, seu filho da puta!

O telefone sem fio estava no gancho, sobre uma mesinha de madeira. Para Enedine pegá-lo, teria de passar no meio dos dois homens. Guto a viu estática na porta, feito uma múmia, e gritou:

- Vai, Enedine, vai, chama o Sheik, caralho... chama o Sheik!!!

Ela deu meia-volta, hirta nos calcanhares, sem mexer sequer os ombros rígidos, e foi a passinhos curtos e acelerados para o quintal. De compleição forte e arcada pulmonar grande, Enedine era bruta em assuntos de perigo, mas quando encheu o peito de ar para chamar o cachorro sentiu uma dor pungente nas glândulas mamárias; só conseguia emitir sussurros abreviados, desesperados e quase inaudíveis:

— Sheikiiii... Sheeeikiiii... cadê você, seu vagabundo? Sheeik?!? Aparece, Sheik... em nome de Jesus, aparece!

Enedine rodava resistente, em círculos, pelo quintal, sólida e rija, sem desistir, atrás do cachorro desaparecido. Na sala, o valente José Augusto se atracava com o ladrão, desarmando-o de uma vez por todas da garrafa PET em sua cintura.

Algumas horas depois dos momentos de tensão, o *rottweiler* apareceu espreguiçando-se, tranquilamente! Todo pimpão, estava dormindo profundamente no banheiro, e seus roncos não lhe permitiram ouvir as súplicas de Enedine.

144 | Reforma na favela
(Jardim Miriam, São Paulo, 1998)

— Se você não me ajudar a arrumar aquela casa caindo aos pedaços, eu não vou voltar, Germano! Não vou mesmo! Você vai sozinho, e eu vou pagar aluguel com meus filhos!

Enedine estava triste e alterada. Depois de quatro anos, Germano havia cavado sua demissão, pelos exageros do álcool. Voltar para a favela assombrava-lhe a existência e a deixava deprimida. Era como recuar no jogo da vida e jogar seus filhos adolescentes na arena do crime. Em janeiro de 1998, voltaram para o Jardim Miriam.

A reforma amenizou o impacto do retorno, mas não supriu as deficiências instituídas. Nada podia dar certo para duas almas tão desiguais. Há muito não existia mais amor entre eles! Apenas um desejo doentio e obsessivo de posse. Um dia Enedine, chamou Germano para conversar depois da janta.

— Senta aí, vamos conversar um pouco! Tenho pensado muito em nós dois ultimamente! Nossa vida tá uma bosta, né, Germano?

Ele não respondeu, incomodado com o teor da conversa. Enedine prosseguiu:

— Vamos separar! Você me ajuda com a pensão das crianças, e cada um segue sua vida! O que você acha?

Germano verteu conhaque em um copo americano, bebeu num único gole e respondeu:

— Olha, Enedine, se você está fazendo planos com meu dinheiro para viver na esbórnia, tá dando tiro no pé, viu?! Vai se lascar, com sua proposta indecente! Se depender de mim, você nunca vai alugar porra nenhuma!

Germano se levantou, arrastando a cadeira, e saiu porta afora, resmungando:

— Palhaçada! Palhaçada!

Sentada à mesa da cozinha, pensativa, Enedine viu a madrugada de sábado para domingo chegar. A cada dia reconhecia em si uma insanidade constatada pela falta de dinheiro, que a levava para um abismo de tristezas veladas. Para começar uma nova vida com os filhos, longe do caos que tinha virado seu relacionamento com Germano, precisava unicamente de dinheiro. Brigavam quase todos os dias, e ainda que as paredes estivessem pintadas de azul os corações estavam cinza, fora de sintonia!

145 Tempo iminente
(Alto de Pinheiros, São Paulo, 1998)

Na segunda-feira, Enedine foi ao supermercado na Rua Heitor Penteado, antes de se trocar para pegar no batente. Não estava bem! Seu final de semana azedara de vez quando Germano voltou de madrugada totalmente embriagado. As tarefas durante o domingo só foram possíveis à base de remédios tarja preta. Teve pesadelos e amanheceu sem conexão. Estava cansada de correr atrás de uma chance; precisava desesperadamente ganhar dinheiro e se libertar. Havia muito que sua existência não cabia mais dentro de si. Seu coração acelerava descompassado quando trazia sua dor à tona!

Perto de completar um ano e meio no trabalho, seu patrão nunca mais tinha tocado no assunto sobre oportunidade. Enedine se dedicava desmedidamente, sem conseguir atingir seus objetivos. Sua carteira seguia sem registro! Esmorecida, deixara de ser frequente para não aborrecer o patrão.

Terminou as compras e voltou por uma rua que desembocava numa praça bonita. Parou um segundo junto às árvores altas e escutou suas vozes internas! Decidiu falar com Guto e continuar seguindo sua busca. "Deus não se agrada de gente covarde, que se amedronta diante do futuro." Ela tinha tanta certeza dentro de si, que nada poderia enfraquecer sua fé! Secou as lágrimas insistentes e foi em frente. Os batimentos se acalmaram, e seu coração se alegrou verdadeiramente diante da decisão.

Estava guardando as compras na cozinha. Cazé entrou para pegar uma jarra de água e lhe disse:

— O Guto não vem hoje, e eu vou sair daqui a pouco.

Circunspecta, na contramão do seu estado normal, Enedine falou:

— Sério mesmo, Cazé?? Poxa vida, viu! Eu preciso muito falar com ele!

O gêmeo caçula, mais observador do que Guto, notou-lhe certa tensão no semblante e disse:

— Ele só vem aqui amanhã. Posso te ajudar?

— Pode... pode sim, meu bem... posso falar agora com você? Já?

— Claro que pode... manda!

— Cazé, há um ano e meio, quando conversei com seu irmão, esclareci que só ficaria com vocês se houvesse uma oportunidade na Fardamento. Estou numa sinuca de bico, meu bem! Preciso ganhar dinheiro urgentemente. Caso não exista essa chance, não tem nenhum problema! O que não posso é ficar sem norte, dentro de uma indefinição! Se minha oportunidade não for aqui, é certo que será em outro lugar! Eu creio, Cazé! De todo o meu coração, eu creio!

Finalizou a narrativa para o patrão vigilante sentindo a cabeça vibrar com as marteladas. Todavia, seus ombros estavam mais leves do que plumas! Cazé a ouviu em silêncio, pensativo, e falou:

— Fica em paz, que tudo vai se resolver, Enedine! Amanhã vamos conversar sobre esse assunto.

146 Perspectivas
(Alto de Pinheiros, São Paulo, 1998)

Somente o *rottweiler* morava na casa do Alto de Pinheiros. Cazé tinha se casado e se mudado para um apartamento. A parte térrea da residência era destinada à Fardamento, onde se desdobravam, cada vez mais assiduamente, encontros e reuniões com representantes e vendedores externos. Enedine iniciou vendas ativas. Cazé sinalizou na lista telefônica os perfis de clientes interessantes e deu a ela dicas valiosas. Além do salário fixo, seria comissionada, como vinha sonhando.

O patrão mais jovem era calmo, ponderado, e nele a funcionária depositava maiores confianças para contar suas histórias fabulosas. Em julho, Cazé ia viajar sozinho para o interior. Alguns dias antes de sua partida, estavam na cozinha, tomando um cafezinho, quando ele a surpreendeu e disse:

— As crianças não querem passar as férias na casa da Elis e conhecer a cidade, Enedine?

Emocionada, Enedine não sabia como agradecer! Seus filhos nunca mais se esqueceriam da atenção, do cuidado, do zelo, das paradas nos postos, e da viagem inesquecível proposta pelo patrão! Cazé tornou-se seu preferido, e com ele ela foi desbravando novas chances.

Quando Guto constatou tal aproximação, começou a dificultar assuntos simples. Enedine se fazia de desentendida e o driblava com amor! Paciente, Cazé respondia às suas infinitas perguntas com clareza, e ela adorava ouvir suas narrativas sobre o mundo têxtil. Os patrões eram totalmente diferentes no modo de ver e tratar a vida!

A primeira venda foi feita para a empresa de ônibus Pássaro Preto. Enedine tinha vinte e nove anos e entrou num descompasso frenético de elevação flutuante! Em casa, reuniu as crianças e falou:

— Meus amores, esta venda prova que é possível a gente se mudar! Louvado seja Deus!

147 | Encosta o caminhão
(Jardim Miriam, São Paulo, 1998)

O motorista da Fardamento morava em Osasco, e sua sogra, Dona Amália, era uma mulher honesta e muito respeitada na igreja evangélica que frequentava. Um dia, Enedine perguntou para Genário:

— Será que a Dona Amália conhece alguém que possa me alugar uma casa? Tão difícil conseguir sem papelada! Teria que ser no fio do bigode, porque não tenho comprovação de renda, entendeu?

— Posso ver, sim! Uma coisa é certa, coleguinha, se ela não conseguir, ninguém mais consegue!

Enedine orou e confiou. Só um milagre para ajudá-la a sair de onde estava! A sogra de Genário apresentou Enedine para o pastor da congregação. Era um homem sereno e íntegro, e alugou o imóvel para Enedine sem exigir nenhum papel. A amizade de Dona Amália serviu como seguro!

No fim de 1998, Enedine chamou Germano para conversar. A reação foi das piores.

— Daqui você não vai levar nada! Nada, entendeu? Nem um garfo sequer! Dá seus pulos e se vira!

Os dias posteriores foram dramáticos. Enedine não sabia como carregar o caminhão no sábado. Os planos minimamente pensados não podiam falhar! Estava assombrada, e Germano, desequilibrado.

Enedine conhecia alguns malandros da favela, e eles tinham respeito e admiração pela vendedora. Vez ou outra chamava-os para pequenos serviços, e eles nunca aceitavam pagamento em espécie.

— Dinheiro, a gente não quer não! Tem aquele rango malandro que só a senhora sabe fazer?

Na sexta-feira, chamou-os à sua casa, abriu uma cerveja e falou abertamente sobre a situação.

— E é isso! Preciso de apoio para carregar o caminhão e partir com meus filhos, na paz do senhor!

— Pode contar com a gente, sim, Dona Enedine! Uma pessoa guerreira como a senhora merece todo o nosso respeito! Vai sair da favela com dignidade!

Logo Germano ficou sabendo da conversa. Mais tarde ele se arrumou e vestiu uma jaqueta corta-vento. Virou-se para Enedine e disse:

— Se é isso que você quer, então vá em frente! Como já contratou seus comparsas e gente da sua laia para te proteger, eu não vou ficar aqui pra servir de palhaço, não! Pode ficar à vontade! Eu quero que você se exploda, meu! Se exploda! Um dia a gente vai se encontrar ainda! E sabe o que vai acontecer quando eu te encontrar? Você vai estar debaixo de uma ponte, mendigando, e eu vou passar com meu carro e acelerar bastante areia na sua cara! Seu filho vai ser um bandido e suas filhas vão ser prostitutas! É isso que você merece! Tchau, vou dormir em Cotia.

E saiu, deixando Enedine perplexa e sem fala! "Tá repreendido em nome de Jesus Cristo", ela pensou, com os olhos molhados.

148 | Vila Menck
(Osasco, São Paulo, 1998)

O imóvel do pastor ficava numa parte alta da avenida principal da Vila Menck. Tinha dois quartos, dois banheiros, uma cozinha e uma lavanderia ampla. Do lado de fora, uma escada dava acesso para a laje, de onde as vistas contemplavam quilômetros de bairros iluminados e onde o céu se mostrava mais límpido sem os fios de eletricidade. As crianças pareciam passarinhos soltos da gaiola, quando entraram nos cômodos pela primeira vez!

Enedine não tinha móveis suficientes para preencher os espaços, mas nada era problema depois que se viu livre. Em sua maleta de ferramentas tinha furadeira e uma infinidade de coisas úteis. Ela mesma furava e martelava. No lugar do sofá, aqueceu o piso com tapetes e almofadas. Ajeitou a televisão sobre uma estante inventada e distribuiu suas plantas para alegrar! Na cozinha sem armários, fez prateleiras nas paredes e sentiu muita falta da mesa e das cadeiras que haviam ficado para trás. Pouco a pouco, com amor e trabalho duro, fazia da casa um ninho de aconchego e calor!

Joel foi ficando cada vez mais frequente em sua vida. Ajudava nas tarefas domésticas, acompanhava Enedine no supermercado e puxava um carrinho de feira por quilômetros. Topava suas aventuras incessantes e se colocava sempre disponível. Solitária em suas labutas, a princípio estranhou aquela presença aplicada. Mas com o tempo foi se entregando às delícias de ter um companheiro! Joel somava em coisas que pareciam pequenas e que, na verdade, eram gigantescas na vida de uma mulher como Enedine. O único fantasma que tirava sua paz era o ciúme dele, que aumentava homeopaticamente!

O dono da casa tinha um monte de madeiras amontoadas na laje. Um dia, estavam admirando a horta que Joel criara dentro de caixotes quando Enedine teve uma ideia. Virou-se para Joel e falou:

— Vamos fazer uma mesa com banquetas para colocar na cozinha?

— E as madeiras são suas, por acaso? — perguntou, encarando-a.

— Não, meu amor! Mas tenho certeza que o Seu Omar não vai se importar! Vou falar com ele!

— Claro que pode, filha! Inclusive tenho que dar fim nessas madeiras e limpar a laje! – falou Seu Omar.

A mobília ficou linda, depois de acabada e envernizada! Nenhuma mesa adquirida em lojas finas poderia dar tanta alegria àquelas crianças, naquele momento da vida. Refeições fantásticas eram servidas sobre toalhas alvinhas, e os bancos eram poucos, pelo volume de gente que chegava como abelha no mel! Brincavam, discutiam, jogavam dominó, baralho, e as risadas eram altas e felizes! Nenhum dinheiro do mundo poderia comprar aquele som!

149 | Invólucros pardos
(Alto de Pinheiros, São Paulo, 1998)

Cazé, às vezes, fazia saídas misteriosas. Ficava fora durante manhãs inteiras e, quando voltava, trazia um cabide embalado em papel pardo. Enedine não cabia em si de arroubos. Passava pelos varais na lavanderia e ansiava por rasgar os invólucros para saber o que havia dentro. Tempos depois, acumulavam quatro cabides envelopados no varal juntando poeira. Valentina falou:

— Ah, Enedine, abre logo isso aí, minha irmã! O Cazé não vai nem notar! Estão aí, esquecidos!

Certo dia, Cazé chegou com mais um cabide, colocou-o no varal e subiu as escadas para sua sala. Com expressão cansada, sentou-se atrás de sua mesa em silêncio e ligou o computador. Enedine ofereceu-lhe água e café, e ele aceitou. Ficou parada à sua frente, com a cara lavada.

— Cazé, desculpe a curiosidade, mas o que tem nesses cabides que você vem acumulando?

Ele deu risada, encarou-a e levantou-se da cadeira.

— Vamos lá, vamos! Eu vou abrir para você ver o que é!

Eram paletós e calças em tecidos e tonalidades diferentes. Enedine ficou mais curiosa do que estava.

— Esses conjuntos são para teste! Saber se o tecido vai encolher ou soltar tinta.

— Huuum, que bacana! Entendi! E depois dos testes? — perguntou.

— Comprar o tecido eleito e fechar um lote de 500 conjuntos para iniciar.

— 500 conjuntos? Como assim? Já tem quem compre? — Enedine arregalou os olhos.

— O mercado é carente desse material e temos dois clientes querendo comprar — Cazé respondeu, e continuou: — Essas viagens que eu tenho feito são para conhecer uma fábrica de ternos no interior!

— Poxa, Cazé! E por que ainda não está atendendo essas empresas?

- Ah, por causa de várias coisas, meu bem! Colocar outro tipo de produto na Fardamento, que não sejam as fardas e as roupas operacionais, é complicado! Vou ter que abrir outra empresa! Vamos ver daqui pra frente como vai ser!

Enedine ouviu a narrativa de Cazé, e seus olhos brilharam de expectativa! Ficou parada por segundos e conseguiu se ver fazendo um lindo trabalho com o patrão. Sentiu sua vida melhorando absurdamente e, quando voltou a olhar para Cazé, perguntou-lhe:

— O que falta para começar? Eu posso te ajudar de alguma maneira?

— Pode sim, meu bem! Pode fazer os testes separadamente, pra gente ver a reação dos fios! Beleza?

Enedine estava tão ansiosa que poderia começar naquele momento exato, naquele mesmo instante! Mas o adiantado das horas não permitiu. Foi embora sonhando com tecidos, cores e composições!

150 | Primeiros paletós
(Alto de Pinheiros, São Paulo, 1999)

Os paletós saíram do cabide e foram mergulhados em águas isoladas para os testes. Depois eram enxaguados e colocados para secar na sombra. Enedine fazia relatórios sobre a reação dos tecidos, individualmente, e sentia-se importante fazendo o trabalho. Estava em cólicas de ansiedade! No ideal de Cazé, ela via a oportunidade de realizar seu próprio ideal. Uma empresa de segurança, chamada Estrela de Ouro, tinha fechado contrato para a inauguração de um *shopping* e negociou os paletós com a Fardamento. Cazé se comprometeu a atender noventa e oito homens em tempo recorde!

Na época, a fábrica de paletós Restigma, contratada para a confecção dos uniformes, só fazia o costume completo, e usava no mesmo encaixe os moldes do paletó e da calça para o bom aproveitamento do tecido. O gerente, Adalberto, era um velho metódico e muito competente em suas habilidades fabris. Apaixonado pelo vestuário, trabalhava com roupas industrializadas, mas suas peças apresentavam o corte marcante da vestimenta masculina produzida artesanalmente! Eram cortes retos e precisos, e ele sempre se utilizava dos tecidos clássicos. Homem de confiança, sabia absolutamente tudo acerca da indústria, dos funcionários e das linhas de montagem.

Cazé precisou de bons argumentos para deixar sua produção aos cuidados do velho raposão. Por precaução, fez uma quantidade três vezes maior do que o necessário para o primeiro atendimento.

151 A fila virou a esquina
(Alto de Pinheiros, São Paulo, fevereiro de 2000)

O dia marcado para o primeiro atendimento no Alto de Pinheiros contava com mais de trinta homens ansiosos e enfileirados, dobrando a esquina. Muitos deles estavam sem dormir, depois do trabalho, e foram direto para o endereço disponibilizado pela empresa. O *rottweiler* nervoso estava com a boca espumando e vociferava, instituindo terror nas criaturas desorientadas na segunda-feira de manhã.

Enedine deu graças a Deus quando viu Valentina chegando. Ao inserir a chave no portão, causou alvoroço entre os peões. Expressão séria, olhou para o primeiro cidadão e disse:

— Bom dia! Tudo bem com você? Eu vou entrar, prender o cachorro e volto daqui a pouco para dar início ao atendimento! Enquanto isso, você faz a gentileza de passar essa primeira informação para os últimos da fila? Assim eles ficam mais animados, não é mesmo? — E riu discretamente para o porteiro.

— Tina, prepara o café rapidinho, minha irmã! A chapa tá fervendo pra nós hoje, hein?! Tem homem saindo pelo ladrão! — falou, dando risada. Depois pegou a fita métrica para medir, separou os costumes para provas e os pendurou nas araras. Avisou Valentina que ia trazê-los de dois em dois.

— É nós, minha irmã! Manda a homarada entrar, que eu estou esperando! — Valentina falou e riu alto.

Enedine ficou aliviada. Precisava da sanidade da sobrinha para que tudo desse certo! Valentina era bipolar e, às vezes, ficava triste e impaciente.

Enedine foi ao portão e encontrou o porteiro sorrindo.

— Olha, dona, fiz do jeito que a senhora pediu! Dei o recado pra todo mundo da fila!

— Poxa, que bom! Obrigada, muito obrigada! — falou Enedine, captando a extensão de gente.

Enedine estava elegante e bem vestida. Andou pela fila, alcançando atenção, e fez o comunicado:

— Muito bom dia para vocês! Meu nome é Enedine! Hoje nós vamos tirar as medidas de cada um de vocês. Contamos com a colaboração de todos, para atender o mais rápido possível! Fizemos um cafezinho fresco para vocês, e eu espero que ajude! Beleza!?

Todos concordaram, fazendo algazarras e perguntando coisas aleatórias.

— Qualquer dúvida que tiverem, podem perguntar no atendimento, que eu respondo um por um!

Deu meia-volta na esquina onde a fila virava e se retirou, sorrindo miúdo para os homens ansiosos.

152 | Ateliê da Idalina
(Alto de Pinheiros, São Paulo, 2000)

Idalina era caprichosa e fazia ajustes complicados. Enedine a visitou antes para firmar parceria.

— Vamos medir na segunda-feira, e você tem que devolver as peças em dois dias, Idalina!

— Ai, Enedine, será que eu vou dar conta disso?

— Claro que vai, minha querida! Boto fé em você! O que der errado, a gente conserta!

Idalina riu, abraçou a nova amiga e acrescentou:

— Vê se não segura essas peças por muito tempo, hein, menina, tenho medo de o caldo entornar!

— Vai entornar nada... vai dar tudo certo... acredita! — Enedine falou, e depois se despediu.

O motorista carregava o carro com as entregas e só voltava à tarde. Pela manhã, Enedine o chamou.

— Genário, já falei com o Cazé, e nós vamos precisar muito da sua ajuda! Posso contar com você?

— Opa... é claro que pode contar, minha coleguinha! — respondeu, com cara lavada.

O trabalho ao longo do dia foi insano, e os homens, cansados, entravam na sala estressados. Cafezinho fresco e água gelada não eram suficientes. Como uma dádiva do céu, Enedine notava, encantada, Valentina desenvolta, feliz, e dedicada ao projeto! Conversava, brincava, fazia piadas e colocava os peões no bolso sem nenhum esforço. Enedine anotava nomes e medidas, grampeava a ficha na sacola e a mandava para Idalina, ressaltando a importância de não misturar as estações!

Na primeira devolução, Idalina misturou tudo. Enedine ficou preocupada e mandou a sobrinha ajudar a costureira atrapalhada. Envolveu a filha adolescente, Malu, para ajudá-la no lugar de Valentina. Não demorou muito, outro cliente na área da segurança solicitou o mesmo tipo de atendimento! Aumentava o fluxo de serviço e de homens contratados virando a esquina. Enedine vibrava!

153 | Dona Zaquia Hodaka
(Alto de Pinheiros, São Paulo, 2000)

De olho no futuro, Cazé conheceu uma confecção na Vila Madalena que atendia apenas roupas de alfaiataria. Suas idas constantes ao prédio bem localizado renderam-lhe amizade com a dona, que se afeiçoou a ele e produzia seus pedidos com acabamento impecável. Dona Zaquia Hodaka era uma senhora pequena, de meia-idade e saúde fragilizada. Muito competente, era teimosa e lutava contra suas dores impostas. O marido, um velho colecionador de carros antigos, já havia desistido de brigar com a esposa por causa do trabalho. Cazé tornou-se amigo do casal.

Certa tarde ele voltou ao escritório no final do dia para finalizar uma proposta. Enedine terminava mais um atendimento com Valentina. Ficou alegre com sua presença cada vez mais difícil e disse:

— Cazé! A paz do Senhor, irmão! Sabia que esses vizinhos vão expulsar a gente? — Ela ria.

— É mesmo, Enedine? Por quê? — perguntou, cabreiro e com a fisionomia cansada.

— Simplesmente porque eles não aguentam mais o barulho da homarada que chega cedo demais, fala alto demais e os acorda antes da hora! E o Sheik só falta ficar mudo, de tanto latir. É por isso!

Cazé ouviu em silêncio, encarou-a e disse:

— É tanta coisa pra fazer, pra mudar, pra acontecer, que eu vou dizer, viu?! Mas as coisas vão melhorar! Aliás, eu vou contar uma coisa pra você, ô glória a Deus, mas não conta pra ninguém ainda, viu?

Curiosa, ficou antenada, atenta a cada palavra dita pelo patrão.

— Conheci uma senhora que tem uma confecção aqui perto. Um predinho dividido entre costura, escritório, loja no térreo e um subsolo cheio de carros antigos. Conversei com o casal hoje, e ela tá disposta a ceder um piso pra gente se mudar imediatamente, até as coisas se encaixarem!

— Sério? Louvado seja o Senhor, Cazé! Qual o nome dela?

— Dona Zaquia Hodaka! Mais conhecida como Dona Hodaka!

154 | Um piso de um prédio
(Vila Madalena, São Paulo, 2001)

Dona Hodaka fazia questão de continuar trabalhando em seu ateliê no quarto andar. Mexer nas modelagens era um subterfúgio para esquecer as doenças. Ela e o marido gostavam do jeito honesto de Cazé, que se colocava na dianteira da preferência do casal para qualquer tipo de negociação.

Em 2001, Enedine via a vida cheia de boas perspectivas e sonhava. Imaginava uma boa equipe de costureiras no quarto andar do prédio. O cliente ia aguardar sentado, enquanto esperava! O ateliê de Idalina ficava distante dois quilômetros, e perdiam muito tempo! No segundo andar, Enedine via uma sala para os gêmeos, e outra para ela e o administrativo. No andar de baixo, imaginava uma loja para atendimento exclusivo e, no subsolo, um enorme estoque de paletós, calças, camisas, malhas e tudo o mais que coubesse nas negociações. Sonhar e rezar tornaram-se os verbos preferidos de Enedine!

O patrão aumentava-lhe a confiança, e com liberdade para seguir Enedine se aprimorava nos puxadinhos e voava cada vez mais alto. Tinha prazer em trazer soluções para a empresa e nunca deixou de se interessar pelos acontecimentos gerais, sempre de olho em cada pessoa que chegava e no bom desempenho do coletivo. Dedicada ao extremo, preocupava-se em corresponder ao crédito de Cazé!

155 | Quatro rodas vendem mais
(Vila Madalena, São Paulo, 2001)

O tempo apenas assinalava o sucesso dos paletós e da ideia genial de Cazé. Todavia, por causa dos paletós, existia uma corrente elétrica entre os gêmeos, e cada um defendia suas opiniões. Guto não acreditava no projeto e não queria envolver a Fardamento. Discutiam acirradamente, e o tema nunca tinha um fim positivo. Na contramão dos assuntos familiares, Enedine se envolvera de corpo e alma no projeto de Cazé, sentara no banco do carona, e não perdia uma única oportunidade de alavancá-lo!

Progredia e providenciava todos os documentos necessários para suas novas escaladas. Em 1999, com a ajuda de Joel e um holerite falsificado, conseguira abrir sua primeira conta no banco! Quando recebeu talões de cheques e cartões com seu nome, emocionara-se.

Antes da mudança para o prédio, estava totalmente voltada para as vendas. As finanças eram tratadas com Guto, seu constante desafeto. O rapaz branco e bonitão nunca conseguira engolir o jeito arrogante da empregada morena. Era um verdadeiro desconforto negociar as comissões, e a relação se esfacelava.

Enedine anotava as vendas e as comissões em cadernetas, escrevia cartinhas com frases motivadoras endereçadas a ele e as deixava sobre sua mesa, até que ele estivesse de bom humor. Conhecia os dilemas, respeitava-os, mas não abria mão de ajudar Cazé e de ajudar-se também. Em seu coração, o céu não era o limite e oferecia muito mais do que os olhos podiam ver! Não media esforços e se lançava em todas as possibilidades que ofereciam retornos.

Certa vez, um cliente de São Caetano pediu uma visita. Enedine usou metrô e trem para chegar ao destino. Quando retornou, à tarde, estava suada e descabelada. Não dava mais para andar de transporte público se quisesse avançar nas vendas.

Tempos depois, envolvida em outras visitas, Enedine conseguiu uma reunião com José Augusto.

— Pois não? — ele a encarou, sarcástico. — O que você tem de tão importante para falar comigo?

Enedine pegou as anotações das tratativas ao longo de quatro anos de serviço e as entregou para ele.

— Meu amor, eu desisti do registro na carteira, porém, se você acertasse meu tempo de casa, seria uma bênção na minha vida! Quero realizar um sonho, e você me ajudaria demais!

Pego de surpresa, ele encarou-a com a planilha na mão e disse:

— Eu não tenho nada para acertar com você! Seu patrão agora não é o Cazé? Fala com ele!

— Eu sempre tratei valores com você, Guto! Não tem por que falar com o Cazé agora! Ou é pra falar?

— Vou pensar sobre o assunto e depois conversamos — ele respondeu, meio azedo. — Mais alguma coisa? — perguntou, em vias de encerrar o assunto, e ela estendeu:

— Outro dia demorei muito para realizar uma visita, e um pensamento ficou martelando minha cabeça.

— É mesmo? — perguntou, genuinamente curioso. — Qual pensamento?

— Se consigo vender bem com dois pés, imagina com quatro rodas?

156 | Contrato social e notas fiscais
(Vila Madalena, São Paulo, 2001)

As tratativas entre as equipes de São Paulo e do interior começaram a azedar, e a animosidade se instalou imediatamente. Um dia, chateado com as intrigas, Cazé chamou Enedine e falou:

— Comprei a Modas Hodaka e preciso de uma pessoa de confiança para fazer parte do contrato social.

Em julho de 2001, assinaram a sociedade. Enedine quase não acreditava!

Era uma mulher pobre, negra, sem estudo e sem canudo, advinda de muitas portas fechadas. Emocionou-se até as lágrimas quando fez uma regressão veloz em sua trajetória. Depois de tanto sofrimento, paciência e coragem, tornava-se sócia do homem branco e bonito que era seu patrão!

Cazé aumentava as responsabilidades de Enedine, dando-lhe liberdade para trabalhar. Ela vendia, argumentava e fidelizava os clientes, que indicavam a empresa gratuitamente. Depois do contrato assinado, tomaram conta de todos os andares do prédio. Extasiada diante da vida, Enedine via seus desejos se realizarem de maneira acelerada, como se fossem milagres.

Cazé investiu em matéria-prima específica para fabricação em larga escala. A benesse da pronta entrega ganhou fama no mercado de prestação de serviço. Em um modelo de atendimento, o cliente mandava o funcionário até a loja com um *voucher* e recebia a fatura mensal; no outro, recebia o pedido fechado e faturado no almoxarifado.

Enedine assumia tarefas extras diariamente e se alongava para realizá-las, numa época em que sobrava serviço e faltava mão de obra. As notas fiscais eram manuais, e na última semana do mês ela levava todos os *vouchers* para casa. Pegava o ônibus no ponto final e só se levantava duas horas *depois*, em Osasco. À noite, deixava a casa perfumada com as meninas, e no sábado e domingo organizavam os documentos por ordem alfabética, para preencherem os talões de notas.

Toda a papelada espalhada no piso da cozinha parecia um chão de estrelas cintilantes que se transformavam em dinheiro. Sentada à mesa de madeira, diante da pilha de papéis, Enedine sentia os olhos se encherem de luz, quando parava um instante e prestava atenção aos debates felizes das crianças agachadas pelo ladrilho juntando os *vouchers*. Na segunda-feira, levantava-se alegre, acordava Malu, e começavam o dia animadas, correndo até o ponto para pegar o ônibus lotado. Entregava os talões de notas para o contador e sabia quanto ia ganhar de salário. Seu coração andava acelerado!

Um dia, Enedine teve alguns contratempos e atrasou a emissão das notas. Não conseguiu finalizá-las no domingo à noite e teve de prolongar para segunda-feira de manhã, antes de ir para Pinheiros. Ficou estressada e teve de encarar o ônibus sozinha, com as sacolas pesadas, sem a ajuda de Malu. Quando Cazé chegou, ela o procurou e disse:

— Meu bem, não vou mais levar o faturamento para fazer em casa! Muito cansativo!

Ele ficou observando-a, calado. Notou sua alteração e apontou a cadeira em frente à sua mesa.

— O que está acontecendo? Por que está assim, tão alterada logo de manhã? — indagou.

— Por quê? Porque não dou conta de andar de ônibus com esse monte de papéis pesados, e porque não dou conta de cobrar seu irmão por causa de uma mixaria que pode mudar minha vida!

Cazé encarou-a, como se não soubesse de nada, e perguntou:

— Cobrando meu irmão? Cobrando o quê? O que o Guto te deve, Enedine?

Enedine o olhou sem acreditar de fato que ele não sabia, mas não perdeu a oportunidade e respondeu:

— Desde o ano passado eu espero que um milagre aconteça para ele acertar meu tempo de serviço! É a chance que eu tenho de comprar meu carro, Cazé! Não dá mais para andar de ônibus! E eu cansei!

Cazé ouviu calado, esquadrinhando a indignação de Enedine, e depois que ela se acalmou ele disse:

— O problema é só esse? Vamos resolver, vou falar com ele! Já escolheu o carro que vai comprar? Aliás, por que não vem morar mais perto? Aqui do lado tem uma casa para alugar, você viu?

157 | Um carro e uma casa
(Vila Madalena, São Paulo, 2002)

Enedine recebeu a rescisão de cinco anos e comprou um carro de segunda mão. Era um Gol Atlanta vermelho, de baixa quilometragem e em excelente estado. Começou a trabalhar muito mais, ficando até tarde da noite, para dar conta das tarefas. Em seus primeiros dias de motorista, Joel sempre a esperava. Era o melhor condutor que Enedine podia ter e a ensinava com paciência e coragem. Ela era louca, acelerada na vida, e não gostava de freio. Atrapalhava-se nas subidas e vez ou outra estavam envolvidos em boletins. Um dia, derrubou a porta de aço no sobrado onde morava, e nos finais de semana Joel corria contra o tempo consertando os carros amassados e as portas arriadas.

Cazé começou a insistir para que ela negociasse a casinha ao lado da empresa. Um dia ela se programou para ir depois do rodízio de seu carro. Quando ele passou por ela para ir embora, disse:

— Tá vendo, meu bem?! Se estivesse morando aqui, ia descansar mais! Não teria que enfrentar esse trânsito louco! Sai daquele lugar e vem pra cá! O que está faltando pra você mudar de vez?

Com apenas uma pergunta, Cazé despertou um gatilho de assuntos mal resolvidos dentro de Enedine, e ela não conseguiu responder imediatamente. Lembrou-se de que nunca tivera papéis para financiar sequer um fogão nas Casas Bahia. Lembrou-se da faxineira que sonhava ser cidadã, não tinha comprovante de endereço e pedira ajuda a Valéria Conatti para tirar o título de eleitor. Lembrou-se do holerite falso para abrir uma conta no banco. E lembrou-se de que havia conseguido alugar uma casa, apenas por conhecer pessoas especiais como a família de Genário. Sentiu uma tristeza transitiva quando voltou os olhos para o empresário bonito parado à sua frente e lhe disse.

— Eu sei, Cazé, eu sei! Tenho muito interesse, sim! Seria uma bênção, de fato! Estou tentando juntar a papelada! O problema é o fiador que eles pedem, e eu não tenho! — concluiu, encarando-o.

— Ah, mas isso para você não é problema, Enedine! Tenho certeza que vai conseguir resolver!

Em vias de desistir da casa, um dia Enedine desabafou com Joel:
— É, coração, sem chance! Não vou conseguir alugar a casinha, não!
— Poxa vida, minha gata, sério mesmo? Você chegou a conversar com o Seu José Luiz?
— Conversei por acaso, mas nem pedi nada, sabe?! Só dei a entender que faltava um fiador!

Inquieto, Joel ouviu o relato de sua amada e falou:
— Tô me sentindo um bosta, sabia? Não desiste ainda não, minha preta! Vou conversar com a Dona Emília e ver se ela assina como fiadora! Desiste não! Vai ser tão bom para você e para a empresa!

Emília era esquizofrênica, e seu estado de saúde estava debilitado. As duas mulheres se conheciam, se respeitavam, e Emília ficou feliz ao saber que Enedine cuidava com amor do introspectivo Joel. Assinou o documento sem nenhum problema. Enedine estava, literalmente, ao lado da Modas Hodaka, e se beliscava para ver se era real! Logo notou que não podia mais lidar com os afazeres domésticos; começava uma nova etapa e precisava urgentemente de uma secretária do lar.

158 | A família de Enedine
(Vila Madalena, São Paulo, 2002)

Enedine estava magnetizada, habilitada, tinha todos os documentos necessários para abrir créditos, morava numa casa bacana na Vila Madalena, tinha um bom carro na garagem, quantos cartões de crédito quisesse, um excelente plano de saúde e muita vontade de alcançar patamares mais altos.

Ao longo das lutas, nunca deixara a família de lado, visitando a mãe esporadicamente. Nos encontros, via as irmãs, todas casadas na época. Dulce contava mais de trinta netos, e a casa era repleta nos finais de semana. As irmãs eram marcadas pela dor e traziam cicatrizes profundas na alma! Enedine as amava; sentia, de fato, não poder dar a cada uma a atenção necessária.

Enedine passou a ser vista como soberba e puxa-saco dos *playboys*. Alguns membros da família pobre se abasteciam de seu novo cargo apenas para pedir dinheiro emprestado e se lastimar. Quando precisou de uma pessoa para trabalhar em sua casa, considerou algumas irmãs, mas não teve êxito. Sofridas e confusas, achavam humilhante trabalhar para ela.

Um dia, Cazé perguntou-lhe se conhecia alguém de confiança para ser sua empregada. Leonardo falou de sua cunhada, e Enedine marcou encontro em sua casa. Helena tinha o apelido de Leninha, tão pequena que era. Um metro e meio no máximo, muito sofrimento na terra e dois enormes olhos verdes observando tudo.

Enedine intermediou uma negociação difícil. No final, não deu certo, por causa da condução que Leninha teria que pegar. Os valores não fecharam, e Cazé desistiu da contratação.

Leonardo ficou chateado após a conversa. Enedine disse-lhe:

— Pois é, meu irmão, empregada doméstica é um caso sério, e eu continuo esperando um milagre.

— Como assim, Enedine? Olha essa mulher que acabou de sair daqui, minha irmã! Contrata ela!

— Quero não, Léo, quero não! Deus me livre de família, meu irmão! Só desilusão!

— Pois eu vou te contar uma história sobre ela, e eu duvido você não querer contratá-la depois!

Enedine tentou dissuadi-lo, mas ele estava tão certo e resoluto que resolveu ouvi-lo.

— Minha irmã, a Leninha trabalha há vinte anos para uma família rica e metida a besta. A patroa exige tudo mas não oferece nada, e agora estão falidos. Ela não recebe salário há mais de um ano, a patroa não tem como acertar a rescisão, e todo dia ela vai trabalhar de ônibus com uma sacola lotada de feira para a família que continua arrotando grandeza! Eu posso te garantir que você vai ter a melhor empregada que alguém poderia ter! Dá uma chance pra ela, Enedine! Conhece, pelo menos!

159 | Mundo corporativo
(Vila Madalena, São Paulo, 2002)

Enedine comprou terninhos de alfaiataria, sapatos de salto alto, conheceu o poder do perfume francês com as dicas de Cazé, investiu na estética, ficou bonita e mergulhou de cabeça no mundo corporativo. As antigas vestes tinham ficado para trás! Leninha era uma empregada dedicada, honesta, fiel escudeira. Cuidava dos interesses da patroa com amor, enquanto Enedine voava cada vez mais alto, sem tempo para ser doméstica. Tinha o coração cheio de gratidão, e morar perto da empresa aumentava sua dedicação.

Declaradamente, a família de Cazé não gostava da Modas Hodaka, e seu irmão gêmeo deixou de frequentar o prédio para inaugurar um outro escritório em Barueri.

A maior missão de Enedine era manter o faturamento da empresa em ascensão. Sua paixão em fazer o negócio dar certo fez com que o patrão a levasse para as mesas de reuniões com fornecedores. Ela presenciava, ouvia e aprendia a tomar decisões importantes na operação do negócio. A matéria-prima para a produção dos paletós começou a vir do outro lado do continente, e ela via a Modas Hodaka crescer feito massa de pão em dias de calor. O patrão tinha prazer em ensinar-lhe, e Enedine atingia elevados picos de aceitação na sociedade.

160 | Registro em carteiras
(Vila Madalena, São Paulo, 2002)

O contador da empresa era um negro alto e elegante. Homem de confiança da antiga proprietária, agradou a Cazé e seguiu atendendo o novo dono. Chamava-se Adamastor e parecia uma caricatura africana. Um dia chegou procurando por Enedine, e as atendentes da loja o levaram até sua sala.

- Oi... olá, Dona Enedine! Muito bom dia para a senhora! — falou, galhardo.

— Bom dia, Seu Adamastor, que bons ventos o trazem aqui?

Enedine apontou-lhe uma cadeira.

— Junto com uma sociedade vêm algumas responsabilidades, Dona Enedine! — falou ele, sorrindo.

— Ah, sim, é claro! E quais são as responsabilidades que o senhor me traz, Seu Adamastor?

Ele tirou um envelope pardo da pasta executiva, colocou-o na mesa de Enedine e disse-lhe:

— A empresa está crescendo, e precisamos organizar a vida dos funcionários, não é mesmo?

Mostrou uma série de carteiras de trabalho e apontou onde Enedine devia assinar.

Depois que ele se retirou, Enedine ficou olhando por tempo infinito as carteiras empilhadas à sua frente. Sonhara tão sofregamente com uma carteira assinada, mas só conseguira ser fichada pela polícia. Deu uma risada triste de si mesma! Curiosa, começou a folhear as carteiras, uma a uma, e ler as informações contidas. Sentiu uma lágrima fugaz que logo cessou, para não borrar os olhos maquiados. Assinava dentro de seu coração a certeza de que valia a pena sonhar, lutar e esperar.

161 | Encantar clientes
(Vila Madalena, São Paulo, 2009)

Enedine vivia para o trabalho e tudo o que fazia estava conectado com o empreendimento. Sua casa e sua recepção calorosa atraíam cada vez mais pessoas para fazer parte de sua mesa. Encontros regados a boas comidas e bebidas geladas tornaram-se cada vez mais frequentes, e seus clientes se tornaram amigos. Figuras interessantes falando de negócios e dando prioridade para a Modas Hodaka na corrida pelos uniformes. Enedine vendia os produtos e os irmãos gêmeos linkados a eles. Seus eventos ficaram famosos, aguardados, e sua casa ficou pequena. Um dia, disse para Cazé:

— O que acha de alugarmos um espaço para confraternização anual e reunir clientes importantes?

Foi uma sacada e tanto; todo fim de ano, havia um frenesi de clientes aguardando o convite VIP.

Enedine lia, informava-se e acreditava que o vendedor não podia se aceitar apenas como bom vendedor; era necessário ser um encantador de clientes! Quanto mais se envolvia no universo, maior era seu desejo de trazer novidades ao cenário e aumentar a capacidade de alcance da Modas Hodaka.

162 | Um amigo, talvez
(Vila Madalena, São Paulo, 2009)

As viagens tornaram-se frequentes na vida de Enedine, como também se tornou frequente sentar-se à mesa de qualquer pessoa bacana. Concebia feliz os convites de Cazé para almoçar em bons restaurantes, acompanhar clientes em churrascarias nobres, tomar boas bebidas e, acima de tudo, aprender com quem sabia se comportar em lugares finos. Acompanhava-o nas visitas à Fardamento no interior de São Paulo, rodando mais de mil quilômetros em prosas inteligentes. Agradava-se do jeito educado do patrão e de como era tratada. Convivia intimamente com os acontecimentos de bastidores, as decisões e as festas de confraternização promovidas com as equipes de trabalho.

Tratava com costureiras, oficinas externas, modelistas, um mundo de profissionais ligados ao seu universo. Analisava pessoalmente quem estava chegando para fazer parte da grande família que se tornava a Modas Hodaka.

Um dia, visitou uma fábrica de paletós no interior com a missão de acessar as modelagens guardadas a sete chaves. Uma aventura inebriante, quando o modelista, após longa conversa, lhe concedeu amigavelmente a forma original dos paletós e terninhos femininos, os quais seriam sinônimo de sucesso na linha de uniformes. Participar com Cazé do nascimento da própria fábrica de paletós e montar equipes capazes de operar o negócio no interior foi um aprendizado mágico e inesquecível.

Às vezes, Enedine comprava roupas em magazine apenas para fazer teste e melhorar o atendimento da loja. Copiava modelos de calças, blusinhas, camisas, e quando vestia a peça incrível não sossegava até convencer Cazé de que os modelos poderiam ser utilizados como carro-chefe. Conhecia a maioria dos fornecedores e atendia-os, curiosa, de olho em novas propostas de tecidos uniformes para aplicar na linha de produtos.

Nesse tempo, Cazé tinha saído do contrato social e colocara Daniel, o filho de Enedine, em seu lugar. Enedine, por sua vez, vivia um conto de fadas, sentindo-se, às vezes, feito criança brincando de casinha. O patrão perdera a noção das rédeas soltas para Enedine e já não conseguia retroceder. Confiava no jeitão escancarado dela, e se a empresa rendia ele estava feliz.

163 | Passado de tormentas
(Vila Madalena, São Paulo, 2009)

O passado que atormentava Enedine era desconhecido por Cazé, e até mesmo ela não se lembrava com tanta frequência, dada a intensidade de suas locomoções e atividades incessantes.

Tornara-se Dona Enedine, mulher trabalhadora e empresária respeitada. Patroa e empregadora, ninguém associava sua imagem ao seu passado obscuro. Tinha vergonha de suas lembranças, tornando-se uma excelente ouvinte e contadora de histórias que não contemplavam sua própria vida. Sempre saía pela tangente, enriquecendo seu vocabulário de palavras bonitas que encantavam seus interlocutores.

Um dia foi visitar um cliente na Vila Buarque com Cazé, buscando uma parceria. A empresa era importante, e vestiram-se a rigor. Cazé estava de paletó azul e camisa branca com gravata de seda estampada; Enedine usava roupas sociais sóbrias, lenço floral no pescoço e salto alto. O patrão fazia apostas antecipadas de que o cliente ia fechar negócio, e ela entrava no carro em oração.

O resultado da reunião não poderia ter sido melhor, e ambos vibraram, felizes. Na volta para Pinheiros, Cazé fez uma manobra radical sem avisar, parou na frente de um pequeno comércio na Rua da Consolação e disse:

— Desce aí, meu bem! Faço questão de pagar um café para você que só tem nesse lugar!

Era um bistrô confortável. Enedine misturava o café fumegante numa xícara bonitinha, no balcão.

— Você sabe onde nós estamos, né, meu bem? — perguntou ele, enquanto sorvia o café.

— Não, não sei, não! Não deu tempo de acompanhar suas manobras loucas — ela respondeu, rindo.

Cazé saiu até a porta, e Enedine o viu acenando para algumas pessoas do lado de fora. No canto do bistrô, um rapaz encarava-a além do normal, e ela tentava se lembrar da fisionomia, que não era estranha. Saiu até a porta e ficou ao lado de Cazé, observando a rua. Ele virou-se para ela, nostálgico, e disse:

— Tá vendo ali, o Edifício Cipó, Enedine? Num lembra, não? Onde sua irmã trabalhou com a gente pela primeira vez, em 1984? Nossa, quanta lembrança dessa rua, viu?! Posso ver a turma toda aqui falando besteira! Ponto de encontro da juventude daquela época! — finalizou, saudosista, e voltou para o balcão.

Enedine congelara, sem saber o que fazer consigo mesma. De repente ouviu a voz pacífica de Cazé atrás de si, cumprimentando o rapaz que a encarava ainda há pouco, e não teve coragem de se virar, com medo de dar de cara com os fantasmas do seu passado. Os filhos de Dona Adriana tinham idades parecidas com Cazé, e naturalmente podiam ser amigos, por que não? Seu coração estava descompassado, só tinha desejo de ir embora, e podia sentir o sangue queimando sua cara de pavor! Disfarçou, saiu e, assim que entrou no carro, virou-se para não encarar o rapaz parado na porta, acenando para Cazé.

O episódio despertara em Enedine o desejo insano de criar alguma fórmula mágica, juntar dinheiro e pagar a dívida de seu passado. Quanto mais o tempo passava, mais os *flashbacks* de sua trajetória a assustavam.

164 Maria Luiza e outras pessoas
(Vila Madalena, São Paulo, 2010)

Enedine era sinônimo de amor e acolhimento. Tornara-se trampolim para os jovens que precisavam de colocação no mercado, e os via partir quase sempre já trilhando uma profissão. Sabia que a Modas Hodaka era uma espécie de estágio e ficava feliz em ajudar com seu trabalho. Era péssima administradora quando o assunto era o coração, e sempre dava um jeito de resolver os problemas alheios.

Certa vez, atendeu a um pedido da prima Doralice, filha de sua Tia Marta, que um dia acolhera seu pai no passado. Hospedou Julinho em sua casa, filho de dezoito anos da prima, um moço educado, bonito, gente do bem, cheio de conflitos existenciais, buscando oportunidade em São Paulo. Julinho ficou em sua vida e se enamorou da sua filha, Gabriela, que estava de viagem marcada para os Estados Unidos. Mas o tempo não os separou, e seguiram vivendo um amor verdadeiro.

Aos vinte e seis anos, Malu estava prestes a dar à luz, e a primeira netinha de Enedine nasceu no dia 25 de dezembro de 2010. A vovó, de quarenta e um anos, começou a ter o coração andando fora do corpo novamente, tamanha era a grandeza do amor que a tomava. Enedine via em Maria Luiza a mesma beleza morena e arisca que contemplava sua filha quando criança. Enedine agradecia à vida incansavelmente. Só não sabia dizer não para assuntos que precisavam de estudo aprofundado. Em situações que a tiravam do eixo, sem analisar se era necessidade, precisão ou merecimento, estendia a mão sem pensar.

Um dia, Gabriela entrou em sua sala, no trabalho. Estava desarvorada, com a carinha inchada e vermelha. Enedine mandou que ela sentasse e, depois de a mocinha derramar tantas lágrimas, contou que tinha recebido um telefonema de seu tio, avisando que seu pai estava em estado crítico, precisando de ajuda. Enedine se compadeceu da jovenzinha branca sentada à sua frente e a tranquilizou:

— Fica tranquila, querida! Você não está sozinha, vamos ajudar seu pai no que for preciso.

Disponibilizou carro, dinheiro, boa vontade e mandou o irmão Leonardo e a filha Gabriela até Cotia para ver o que podiam fazer. O caso era de internação urgente, e o irmão de Germano, desesperado, ligou para Gabriela, que não via o pai há anos. O combalido estava em estado tão deficiente que não reconheceu a própria filha. Barba e cabelo enorme, cheio de piolho e caspa. As unhas pareciam as do Zé do Caixão. Magro, desnutrido e cheirando mal, seu aspecto era o mesmo de um mendigo que tinha desistido de viver. Tremia o corpo todo, mal conseguia ficar de pé e se urinava inconscientemente.

Enedine teve muita pena de Germano. Acompanhou todos os acontecimentos para apoiar sua filha, que não sucumbiu apenas por estar amparada por seu amor, mas ficou de longe, sem se envolver diretamente. Pagou todas as despesas, com clínica e remédios, e procurou não encará-lo, para não diminuí-lo ainda mais. Nem de longe lembrava o rapaz bonito e arrogante que lançara pragas nela e em suas crianças, alguns anos antes, quando partiram para longe dele.

165 | Acompanhante
(Vila Madalena, São Paulo, 2011)

Aos setenta e um anos, Roseane Linhares era uma senhora moderna e distante da classificação de idosa. Magra, bonita e elegante, adorava festas e podia virar a noite tranquilamente quando o assunto eram as cartas de baralho. Um dia foi visitar os filhos gêmeos na Modas Hodaka, para falar de um passeio.

— Mãe, não dá! Você ainda não entendeu que não dá? — Guto dizia, alterado.

— Ah, filho, quero tanto ir nesse Cruzeiro! Só falta uma pessoa para ir comigo!

Enedine estava parada na porta, esperando ser atendida, quando Cazé a olhou, e disse:

— Aí, ó, mãe! Uma boa companhia para você nesse cruzeiro taí!

Os olhares voltaram-se para Enedine.

— Nossa, Enedine! Vamos, meu bem? Vamos fazer um cruzeiro internacional? — Roseane perguntou.

O ano de 2010 chegava ao fim, e Enedine estava no auge do trabalho e das boas colheitas. Dirigia um carro zero, viajava pelas estradas com os cinco lugares sempre preenchidos, querendo beneficiar os pobres, e sempre que podia escapava para lugares mágicos na natureza, para ligar o fio-terra. Aumentava seu ciclo de bons relacionamentos e tinha uma bebezinha para amar. Um cruzeiro em alto-mar em sua concepção simples não passava de filme de cinema, e definitivamente não chegava a ser um sonho para quem tinha pavor de muita água e nunca soubera nadar! Um dia Cazé lhe falou:

— Vai, meu bem! Minha mãe precisa de uma companhia, e você vai viver uma experiência bacana!

166 | Cruzeiro em alto-mar
(2011)

As ondas batiam suavemente no imenso navio parado no Porto de Santos. Em terra firme, a animada Enedine aguardava na fila para fazer o *check in* ao lado da experiente Roseane Linhares. Vestiam roupas leves, usavam chapéus e óculos de sol, e o dia quente de verão estava iluminado. O navio Imperatriz tinha capacidade para 2.020 passageiros, e a saída estava marcada para o dia 31 de janeiro de 2011. Sete dias em alto-mar, com paradas em Itajaí, Buenos Aires e Montevidéu.

Mais tarde, estavam bebericando os mais deliciosos drinks na piscina do bar, quando ouviram o apito inconfundível do navio anunciando a partida! O sol estava pertinho de se pôr e coloriu o céu de maneira especial quando visto do alto de um navio. O lado caipira que habitava Enedine estava em êxtase diante de tanto glamour! Uma música animada saiu dos microfones, e todos os passageiros começaram a dançar freneticamente, embalados pela magia do momento. Enedine entrou no clima dançando jubilosa e brindou com Roseane Linhares.

Muito temerosa a princípio, achou bom passar a noite em alto-mar e acordou cedinho no outro dia. Roseane ainda dormia profundamente depois da noite regada a champagne e baralho, e Enedine saiu pisando levemente para a sacada. Estavam no nono andar, lugar privilegiado entre as instalações do navio, e tinham uma área externa particular. Enedine abriu a porta da sacada e se deslumbrou com a imensidão de águas que deixavam rastros no infinito, ofuscando seus olhos diante de cores que se furtavam entre o azul-claro e o verde-ametista. Rezou diante da magnitude e chorou.

Tomou banho no banheiro pequenino e, diferente de tudo que conhecia, vestiu roupas confortáveis de caminhada e saiu com seu cartão magnético pelas dependências do navio, curiosa, olhando, perguntando e acessando tudo que era acessível. Tomou café da manhã sozinha na ala das refeições e ficou deslumbrada com tantas opções de comida no *breakfast*. Tudo era multiplicado no navio!

Visitou a academia de ginástica superequipada com aparelhos ultramodernos, com vista para o oceano, e totalmente solitária. Entrou em setores dedicados à estética e massagem, *playground* para crianças, *shopping center* de perfumes e marcas famosas e uma infinidade de bares e restaurantes oferecendo sabores ímpares, de culturas diferentes. Salas de jogos espetaculares com todos os tipos de jogos que se podiam imaginar, e onde Roseane Linhares havia passado a noite. Palcos de teatro vazios aguardando a noite para acender as luzes da ribalta e iluminar os rostos pintados dos artistas em turnês. À frente, centenas de assentos macios de cor vermelha para os espectadores ansiosos por um bom espetáculo. Alas e mais alas, oferecendo uma infinidade de atividades que não acabavam nunca, colocando a ociosidade para correr. O navio parecia uma cidade em alto-mar.

Enedine subiu e desceu os elevadores glamourosos de vidros transparentes por várias vezes até fazer um reconhecimento de área do navio, como havia se proposto. No oitavo andar, abriu mão do elevador para ir de escadas até a cabine onde estava alojada, mas antes acessou um corredor bonito e amplo que lhe chamou a atenção. Ao abrir a porta que estava apenas encostada no final do corredor, adentrou uma biblioteca de sonhos, silenciosa, plácida e convidativa. O único som era o barulho do vento e do mar. Perdeu-se nas horas e não viu o tempo passar. Depois de quase enlouquecer momentaneamente, diante de centenas de títulos e autores geniais, começou uma leitura, deitada em uma poltrona apropriada e superconfortável, e não conseguiu parar mais. O livro era pesado e contemplava 783 páginas. Enedine se encantou pela história da valente Matilda Jennings.

Na volta, não encontrou Roseane no quarto. Somente seu perfume estava no ar, denunciando sua passagem. Aproveitou para descansar um pouco e mais tarde se arrumou bonita e perfumada para a vida noturna do navio. Fez amizades, e não demorou para que seus dias em alto-mar estivessem cheios de encontros felizes. Organizou sua própria agenda e, no outro dia, cedinho levantou-se com destinos idealizados: academia, caminhada, piscina, ofurô e um café da manhã maravilhoso, na companhia de diferentes figuras, ouvindo as mais diversificadas histórias de vida. Antes do almoço, criou o hábito de se fechar na biblioteca e avançar na leitura do livro, que ficava cada vez mais interessante, deixando-a preocupada se conseguiria finalizar a leitura antes de partir. Durante os dias em que frequentava a biblioteca, jamais encontrou vivalma por ali.

Dividir a cabine com Roseane tornou-se interessante, visto que cada uma tinha hábitos diferentes. Enedine não jogava baralho e se recolhia mais cedo, enquanto Roseane era noturna e avessa a levantar-se muito cedo. Dormiam na mesma cabine, quase não se viam, e começaram a se encontrar à noite, nas festas e nos jantares maravilhosos que o navio oferecia, regado a brindes e comemorações. Vez ou outra Enedine se furtava da multidão para fumar um cigarro e ficar sozinha, contemplando a beleza do oceano. A imponência do mar se esparramava para o infinito, como se nunca fosse chegar a um destino no horizonte misterioso. Sentimentos de medo e admiração se mesclavam, e Enedine concluiu que embarcar naquele gigante e deslizar pelo oceano era uma aventura essencial para ser vivida ao menos uma vez na vida. Estava encantada.

Depois de alguns dias, desembarcaram em Montevidéu, no Uruguai, visitaram uma vinícola e as plantações de uvas que se estendiam em quilômetros de parreiras carregadas e maduras. Tomaram os melhores vinhos e brindaram em taças transparentes. Passearam pela cidade marítima e Enedine tomou uma cachacinha obrigatória na companhia de piratas sujos e mal-encarados, num boteco de aparência feia, num cais do porto, onde havia dezenas de navios atracados. Experiência única e perigosa, vivida por causa da rica Roseane Linhares e sua linda bolsinha cheia de dólares.

Em Buenos Aires, na Argentina, separou-se de Roseane, que preferiu ficar no *shopping center*, e saiu caminhando sozinha, feliz e deslumbrada diante das novidades. Parou no meio de uma alameda pública para assistir um casal dançar tango majestosamente, e continuou o percurso, curiosa, carregando uma mochila nas costas, vestida com calça, tênis, camiseta *fitness* e boné preto e branco na cabeça. Visitou as lojas de calçada, comprou lembrancinhas para a netinha e pagou em dólar. Voltou na hora combinada para o ônibus turístico e foram fazer um *tour* coletivo pelas largas avenidas de Buenos Aires.

O dia chegava ao fim, e Enedine aguardava ansiosamente o momento mágico para o jantar que teriam na casa de espetáculos mais famosa da Argentina: Señor Tango. Sentou-se no último banco do coletivo, para fugir dos olhares curiosos, tirou da mochila um conjunto de saia e blusa de renda vermelha e uma sandália de salto alto, também vermelha. Tirou também o boné da cabeça abrasada, soltou os cabelos, penteando-os com a mão e amassando-os para modelar. Maquiou-se pacientemente e enfeitou as orelhas com brincos prateados. Fez malabarismos silenciosos para trocar de roupa com o veículo em movimento e, depois do sufoco, olhou-se no espelhinho de mão, segurando seu leque vermelho. Gostou do resultado e se achou bonita! Vaidosa, não aceitaria um resultado diferente para visitar o Señor Tango. As referências eram muito boas!

A casa de espetáculos era um antigo teatro totalmente restaurado, decorado com temas do tango clássico, cenários simulando antigos bairros de Buenos Aires e capacidade para 1.500 pessoas. O jantar começava às 20h30, e a casa oferecia cozinha típica e internacional, onde os profissionais selecionavam cada ingrediente, combinando texturas e aromas para obter sucesso. O artista mais importante da casa, Fernando Soler, era o cantor mais destacado do mundo do tango argentino e deslumbrava os ouvintes com sua voz marcante. A plateia, em três níveis, se acomodava em volta do palco circular e tinha ampla visão do espetáculo. O *show*, inspirado nos musicais da Broadway, contava com mais de quarenta artistas, entre dançarinos e cantores. Cavalos, cenografia e show de luzes envolviam o público durante duas horas. No fim, tocavam *No llores por mi Argentina*, e todos os artistas demonstravam o profundo sentimento de lembrar a pátria, assinalando sua identidade nacional.

Enedine não podia ter escolhido cor melhor para o jantar. A casa era decorada com as tonalidades escarlates das paixões avassaladoras. As dezenas de mesas espalhadas pelo amplo ambiente estavam postas com toalhas pretas, guardanapos vermelhos e uma taça translúcida, contendo uma grande rosa vermelha submersa na água. Garrafas fechadas de vinho, pratos e talheres nobres, entradas deliciosas que deleitavam os paladares. Tudo espetacular! Lindos cálices de cristal levantados para brindar e uma magia indescritível envolvendo o coração das pessoas. Em determinado momento, depois de muito vinho apreciado, e conversas descontraídas, as luzes se apagaram completamente, causando suspense. O palco foi invadido por cavalos lindíssimos, dançarinos enfeitados que caíam do céu, mulheres lindas e homens viscerais, cantores e orquestra cantando os maiores clássicos do tango, como Carlos Gardel e Astor Piazzolla. Davam início a uma tórrida história de amor duelada, sensual, fatigada e cheia de emoções! Ritmos envolventes de tirar o fôlego! Enedine estava arrebatada e arrepiada dos pés à cabeça!

167 Não olhes para trás
(São Paulo, 2011)

Dois dias antes do fim do cruzeiro, Enedine estava a caminho da biblioteca para ler seu romance escolhido. Antes, procurou uma funcionária uniformizada no balcão de informações e perguntou-lhe:

— Buenas tardes! Estás bien? Puedes ayudarme por favor? Estoy leyendo un libro de la biblioteca y quiero llevarlo a mi cabaña. Puedo?

A moça riu de seu vocabulário esforçado e respondeu:

— Sí, claro que sí! Nunca me pidieron este tipo de cosa! Nuestra biblioteca casi no tiene visitantes! Puedes llevar el libro sin ningún problema y tener una excelente lectura!

Enedine agradeceu, pegou o livro e se encaminhou para a cabine. Roseane estava na varanda, fumando um cigarro. Iniciaram um bate-papo descontraído sobre a vida, e a senhora elegante de roupão branco contou-lhe algumas passagens sobre o amor de sua vida e a falta que o finado marido fazia. Enedine adorava ouvir bons contos e deixou o livro encostado, esperando uma nova oportunidade. Depois de algum tempo, Roseane levantou-se da cadeira, espreguiçou-se demoradamente e falou:

— Enedine, eu não sei você, mas vou tomar um banho, me arrumar e aproveitar minha penúltima noite neste cruzeiro, meu bem! Amanhã é dia de fazer *check out*, viu? Deixaram um comunicado hoje!

— Eu vi, Dona Roseane! Fazer o quê, não é, tudo que é bom uma hora se acaba! Muitas emoções! Eu vou ficar lendo um pouco e mais tarde me arrumo para o jantar. Eu procuro a senhora antes, tá?

— Tá bom, bem! Você vai ficar aqui lendo o quê, Enedine? É sério que você trouxe um livro?

— Trouxe não, peguei emprestado na biblioteca do navio.

— Olha, só! Nem sabia que tinha biblioteca aqui! — Roseane disse surpresa.

— Pois é, Dona Roseane! E não é qualquer biblioteca, não! É um reduto cultural!

Enedine se despediu do imenso navio que lhe conferira tantas boas emoções. Apertou as malas, para que coubessem todas as compras feitas ao longo dos sete dias mágicos. Estava agradecida e feliz! Com muito pesar, depositou o livro grosso sobre a mesinha ao lado da cama.

Os dois últimos dias no navio foram intensos, cheios de programações imperdíveis, e ela não conseguiu finalizar as 283 páginas que faltavam. Estava hipnotizada com a saga épica de amor, morte, lágrimas e alegria. Emocionada, encontrara muito de si na personagem principal e se apaixonara pela história.

No Porto de Santos, quando o navio atracou e todos desceram em terra firme, Enedine sentiu tontura e uma sensação estranha de quem ainda flutuava em alto-mar. Roseane ficou brava com a ausência de um dos filhos para recepcioná-la. Enedine chamou um táxi, e cada qual seguiu seu rumo.

Mais tarde, Enedine estava desfazendo as malas em casa e distribuindo os presentes da netinha e dos filhos. Sob suas roupas dobradas, acomodado em sacolinha de veludo, havia um livro grosso e pesado. Ficou observando a obra em suas mãos, tentando não sentir-se culpada. Um romance da autora Lesley Pearse, na capa, destacava o título:

"Segue o coração, não olhes para trás."

Fim

editorapandorga.com.br
/editorapandorga
@pandorgaeditora
@editorapandorga